Die Löffelliste

Blanca
Imboden

Die Löffelliste

Ein St.-Moritz-Roman

WÖRTERSEH

*Wörterseh wird vom Bundesamt für Kultur
für die Jahre 2021 bis 2024 unterstützt.*

2. Auflage 2023

Lektorat: Andrea Leuthold
Korrektorat: Lydia Zeller
Umschlaggestaltung: Thomas Jarzina
unter Verwendung des Gemäldes »Die Sixtinische Madonna«
von Raffael, © akg-images, Berlin
Layout, Satz und Herstellung: Beate Simson
Druck und Bindung: CPI Books GmbH

Print ISBN 978-3-03763-145-4
E-Book ISBN 978-3-03763-835-4

www.woerterseh.ch

FSC
www.fsc.org
MIX
Papier | Fördert
gute Waldnutzung
FSC® C083411

Keiner von uns kommt hier lebend raus.
Also hört auf, euch wie ein Andenken zu behandeln.
Esst feines Essen.
Spaziert in der Sonne.
Springt ins Meer.
Sagt die Wahrheit und tragt euer Herz auf der Zunge.
Seid albern.
Seid freundlich.
Seid komisch.
Für nichts anderes ist Zeit!

ANTHONY HOPKINS
BRITISCH-AMERIKANISCHER SCHAUSPIELER

Für Sindy …

… und alle anderen, die in einem Pflegeberuf arbeiten.

Danke!

Wie immer ist auch dieser Roman eine
frei erfundene Geschichte.
Es kommen Menschen darin vor, die gibt es
wirklich – und die (meisten) Fakten stimmen.
Vieles ist jedoch einfach meiner Fantasie entsprungen.

1 ICH WILL DIESES GESCHENK NICHT MEHR

»Wer ist da?«, frage ich misstrauisch. Ich stehe mit zittrigen Knien am Rand des Dachs und sammle mich vor meinem endgültigen Schritt ins Jenseits, als ich irritierende Geräusche hinter mir höre.

»Ich bins nur, Reto Rösti. Ich rauche hier regelmäßig«, vernehme ich dann eine alte Männerstimme. »Lassen Sie sich nicht stören, Oberschwester Karin.« Rösti atmet schwer.

Ich trete vom Abgrund zurück. Das kann doch wohl nicht wahr sein! Der Mann hat Lungenkrebs im Endstadium und raucht hier! Regelmäßig!? Wir geben alles, um unsere Patienten am Leben zu erhalten – und er tritt unseren Einsatz für ihn mit Füßen? Die Empörung lenkt mich kurz von meinem Vorhaben ab.

»Und was machen Sie hier?«, fragt der alte Herr ungerührt. Er hat sich gerade mit einem unterdrückten Stöhnen auf einem Mäuerchen niedergelassen.

Soll ich lügen?

»Ich wollte gerade springen«, gebe ich zurück. »Aber vorher muss ich Ihnen noch sagen, dass ich es ziemlich undankbar finde, wenn Sie regelmäßig rauchen, während wir alles dafür tun, Sie am Leben zu erhalten. Wir investieren viel Zeit, Geld und Wissen in Sie. Wir kümmern und sorgen uns um Sie.«

Reto Rösti zündet sich trotz meiner Standpauke umständlich einen Villiger-Stumpen an. Dass er überhaupt die steile Treppe bis zur Dachterrasse geschafft hat, wundert mich.

Er erwidert ungerührt: »Es gibt sicher auch Menschen, die es undankbar finden, wenn sich jemand umbringt, der jung und

gesund ist. Auch mich verwirrt das gerade ein wenig – mit Verlaub.«
Gesund bin ich schon. Aber jung? Für einen Achtzigjährigen kann eine Frau mit fünfundvierzig durchaus noch jung erscheinen. Alles ist relativ. Doch leider hat auch das gefühlte Alter seine Bedeutung.
Ich antworte unfreundlich: »Was wissen Sie schon von mir!«
»Was wissen Sie denn von mir?«, kontert mein Patient unbeeindruckt. »Ich meine jetzt mal abgesehen von der Kenntnis meiner Blutwerte und Röntgenbilder?«
Eins zu null für ihn.
»Setzen Sie sich zu mir und rauchen Sie eine mit!«, schlägt er dann versöhnlich vor.
Ich wehre mich empört: »Ich habe noch nie geraucht! Ich weiß zu viel über die Schädlichkeit von Nikotin und allen anderen krebserregenden Substanzen in Raucherwaren. Diese Giftstoffe landen nicht nur in der Lunge, sondern im ganzen Körper und richten überall Schaden an. Nein, danke. Sie selber sind ja ein abschreckendes Beispiel, Herr Rösti, wenn ich das mal so offen sagen darf. Man könnte Sie geradezu in Schulklassen herumzeigen, um den Kindern vorzuführen, was das Rauchen alles anrichten kann.«
Ich bin gerade ein wenig außer mir, das entschuldigt vielleicht diesen Wortschwall. Und weil ich so in Fahrt bin, lege ich noch nach: »Doch nicht nur sich selber schaden die Raucher, nein, sogar die Umwelt versauen sie. Schauen Sie sich nur mal hier oben um: überall Zigarettenstummel! Weggeschnippte Zigarettenkippen sind das häufigste Abfallprodukt. Laut der WHO werden weltweit 5,6 Billionen Zigaretten pro Jahr gequalmt. Davon landen tonnenweise Kippen irgendwo auf dem Boden, in der Natur. Die aus den Filtern ausgewaschenen Gifte landen dann in Seen, in Flüssen, im Meer.«

Rauchen ist ein Thema, bei dem ich mich immer wunderbar ereifern kann – und zugegeben, diese Rede habe ich auf meiner Station schon oft gehalten. Ich habe einfach schon zu viele unbelehrbare Raucher mit Lungenkrebs behandelt. Und zu viele Hinterbliebene trösten müssen.
Rösti lacht mich aus und meint: »Ich glaube, vom Dach zu springen, macht auch eine rechte Sauerei, wenn ich das mal so unverblümt sagen darf.«
Mein Ärger, der mich eben noch fest im Griff hatte, verflüchtigt sich innert einer Sekunde. Ich setze mich neben meinen Patienten auf das Mäuerchen und bin nur noch ein Häufchen Elend. Soll doch jeder rauchen, so viel er will! Was geht mich das an, wenn andere ihre Gesundheit aufs Spiel setzen? Ich habe ganz andere Sorgen. Ich habe nicht nur meinen Ehemann verloren, sondern auch gleich noch meinen Liebhaber – der eigentlich nur ein One-Night-Stand war, wie ich erkennen musste –, und außerdem habe ich mich in meinem Job so lächerlich gemacht, dass ich mich auf der Station nicht mehr blicken lassen kann. Alles innert vierundzwanzig Stunden. Das muss mir erst mal einer nachmachen.
Der alte Mann neben mir hustet und sagt mit belegter Stimme: »Schauen Sie mich an, Oberschwester Karin, und erklären Sie mir, warum nicht eher ich mich umbringen sollte.«
Oberschwester Karin. Schon wieder. Wie oft habe ich ihm und anderen Patienten wohl schon erklärt, dass diese Bezeichnung nicht mehr zeitgemäß ist? Doch im Moment habe ich nicht die Kraft, ihn ein weiteres Mal darauf hinzuweisen, sondern folge reflexartig seiner Aufforderung und lasse meinen Blick über ihn schweifen. Was ich sehe, ist ein kleines, abgemagertes Männchen, das Gesicht blass und eingefallen, auf dem Kopf ein paar wenige silbergraue Haarbüschel, die gerade widerspenstig in die Luft zeigen. Ein wandelndes Elend.

Reto Rösti ist austherapiert. Nach Chemo und Bestrahlung und Operationen ist der Krebs wieder zurückgekommen. Ein Rezidiv. Ableger überall. Seine Tage, im besten Fall werden es Wochen, sind gezählt. Mein Patient weiß das sehr wohl.
Doch kann man einen Kummer gegen einen anderen aufwiegen? Natürlich möchte ich nicht seinen Krebs haben. Aber mein Unglück fühlt sich auch an wie eine Krankheit. Ich bin zurzeit genauso in Lebensgefahr wie Reto Rösti.
»Also? Ich habe Zeit«, bringt er sich in Erinnerung. »Was ist es, was Sie so plagt? Lassen Sie mich raten: Liebeskummer?«
»Liebeskummer, das klingt so banal«, erkläre ich, fast schon entrüstet, und überlege kurz, wie ich meinen Schmerz, meinen allumfassenden, überwältigenden Seelenschmerz beschreiben könnte. Zaghaft versuche ich es: »Weltschmerz würde es wohl am ehesten treffen.«
»Das ist natürlich schlimm«, sagt Herr Rösti mitfühlend. »Das tut mir leid. Wenn man an der ganzen Welt leidet oder sich so fühlt, als würde man das Unglück und den Schmerz der ganzen Welt auf seinen Schultern tragen, dann ist das natürlich zu viel für einen einzelnen Menschen.«
Ich bin etwas verwundert über seine Worte, sein so genaues Hinhören. Trotzdem: Sein Mitgefühl fühlt sich falsch an. In seinen Augen bin ich jung und gesund und habe mein Leben noch vor mir – mit Millionen von Möglichkeiten –, während er nur noch Abschied nehmen kann.
Unbeholfen versuche ich mich zu rechtfertigen: »Mein Job laugt mich aus, macht mich immer müder. Wir sind ständig unterbesetzt, sodass ich meinen eigenen Ansprüchen an die Pflege nicht mehr genügen kann. Zu lange müssen Patienten warten, zu wenig Zeit haben wir für sie. Verzweifelte Angehörige, die oft auch Zuwendung bräuchten, müssen wir abwimmeln. Das ist einfach nicht mehr der Beruf, den ich ein-

mal gelernt habe. Aber für einen Neuanfang woanders bin ich längst zu alt.«

Herr Rösti hört mir aufmerksam zu, während er die Luft verpestet und den grässlichen Rauch tief in seine todkranken Lungen zieht.

»Ich habe hier als junge Frau voller Idealismus und Enthusiasmus angefangen«, fahre ich weiter. »Ich wollte helfen und pflegen. Heute komme ich von der Arbeit nach Hause und habe meist das Gefühl, nirgendwo genug getan zu haben, meinen Patienten nicht gerecht geworden zu sein. Und das geht schon seit vielen Jahren so. Das ermüdet.«

»Und?«, fragt der alte Mann.

»Was und?«, frage ich zurück.

»Gibt es noch andere Baustellen?«, will er wissen.

»Meine Ehe. Sie ist keine mehr. Wir sind beide nicht mehr nett zueinander. Wir haben uns irgendwie verloren. Mein Mann verbringt mehr Zeit mit seinen Freunden vom Kegelklub und von der Radsportgruppe als mit mir. Wenn ich heimkomme, bin ich oft viel zu erledigt, um noch große Sprünge zu machen, sehne mich nur nach Ruhe.« Ich wundere mich, was in mich gefahren ist. Wieso erzähle ich diesem todkranken Greis das alles? Doch wie ferngesteuert rede ich weiter: »Wir sind bloß noch ein Ehepaar, weil keiner den Mut hat, das Ganze zu beenden, oder weil jeder von uns zu bequem ist, an der Situation etwas zu ändern. Oder weil wir Angst davor haben, uns das Scheitern unserer Beziehung einzugestehen. Wir machen einfach weiter – wie so viele andere Ehepaare. Jede dritte Ehe wird ja geschieden. Ich denke, dass sich sogar noch weit mehr Paare trennen müssten, wenn alle ehrlich zueinander wären.«

»Okay. Beruf. Ehe. Und sonst? Da muss es doch noch einen aktuellen, akuten Auslöser geben? Für einen Sprung vom

Spitaldach reicht das noch nicht, wenn Sie mich fragen.« Reto Röstis kleine Äuglein schauen mich durchdringend an.
Ganz schön neugierig, der Alte. Noch einmal frage ich mich, warum ich ihm das alles erzähle. Ich muss mich vor ihm doch nicht rechtfertigen! Aber es spielt ohnehin keine Rolle mehr, wem ich was erzähle. Ich springe nachher sowieso.
»Ich wurde in letzter Zeit von Dr. Theo Eberle umworben«, fahre ich also weiter. »Er hatte ein leichtes Spiel, obwohl ich nicht zu den jungen Dingern auf der Station gehöre, die jeden männlichen Weißkittel – vor allem mit Doktortitel – anhimmeln. Er war einfach geschickt und raffiniert, als hätte er mir angesehen, wie sehr ich mich nach Respekt, nach Komplimenten, nach Liebe sehnte. Er flirtete mit mir, war aufmerksam, schenkte mir Blumen, führte mich aus. Ganz alte Schule. Er ist ja selber nicht mehr der Jüngste. Egal. Ich war irgendwann zu allem bereit, auch dazu, an eine neue Liebe in meinem Leben zu glauben. Aber nachdem wir die erste gemeinsame Nacht bei ihm zu Hause verbracht hatten, war alles vorbei.«
Reto Rösti grinst anzüglich und meint: »Waren Sie wirklich so schlecht?«
Fast hätte ich ihn vom Mäuerchen geschubst.
»Ich habe den Grund heute auf der Toilette erfahren.«
»Auf der Toilette?« Jetzt staunt der alte Herr doch sehr. Er hält sogar mit dem Rauchen inne.
»Ja. Ich habe ein Gespräch zweier Kolleginnen mitgehört. Eberle hatte offenbar eine Wette am Laufen. Er gilt hier im Haus als Womanizer, brüstete sich damit, jede Frau haben zu können. Alle fanden aber, ich sei doch eine der korrektesten, integersten Frauen, die sie kennen, und an mich komme er sicher nicht heran. So entstand anscheinend diese Wette. Erbärmlich.« Ich schluchze laut auf.
Herr Rösti schaut mich neugierig an.

»Wie soll ich mich hier wieder blicken lassen?«, fahre ich weiter. »Die ganze Station tuschelt und lacht über mich. Ich habe mein Gesicht, mehr noch meine ganze Autorität verloren. Ich habe sogar den Respekt vor mir selber verloren, weil das alles so banal, so albern, so beliebig ist. Wie eine Geschichte aus einem alten, billigen Film, über die man den Kopf schüttelt und wo man sich über die Dummheit der naiven Frau wundert, die sich einbildet, sie könnte den großen Fang machen. Und ich bin sie, die dumme, naive Frau.«
Die jungen Kolleginnen auf der Toilette lachten über mich. Sie hatten offenbar alle schon ihre Erfahrungen mit dem Eber gemacht, wie sie ihn in dem belauschten Gespräch nannten.
Der Eber.
Passt.
Ich erkläre mit zitternder Stimme: »Das Leben ist ein Geschenk, oder? Ich gebe das Geschenk zurück. Egal an wen. Ich will nicht mehr.«
Reto Rösti hält mir seinen Stumpen hin, und ich lehne erbost und etwas angeekelt ab.
»Nein danke! Ich habe es doch schon gesagt: Rauchen ist eine widerliche, überflüssige Angelegenheit!«
Herr Rösti geht darüber hinweg und sagt kopfschüttelnd: »Liebe Frau Kaufmann, es gibt doch noch andere Spitäler und auch andere Arbeitsplätze in der Gesundheitsbranche. Und vor allem: Es gibt andere Männer, ganz andere. So großartige Exemplare wie mich zum Beispiel.«
Meint er das ernst? Ich schaue ihn an und sehe rein gar nichts Großartiges. Reto Rösti macht so eine erbärmliche, jämmerliche Figur, wie er da auf dem Mäuerchen hockt, dass ich lächeln muss. Ein trauriges, winziges Lächeln.
Jetzt streckt er sich, so gut er kann, räuspert sich und meint dann: »Na gut, dann springen Sie halt. Das muss ich ja weder

verstehen noch gutheißen. Es ist Ihr Leben. Sie sind erwachsen und wissen wohl selber, was gut für Sie ist. Vielleicht springe ich ja auch gerade hinterher. Für mich kommt eh nicht mehr viel Gutes. Ich habe sowieso nur noch das Sterben vor mir. Keiner wird es mir verübeln, wenn ich eine kleine Abkürzung nehme.«
Mit einem Satz bin ich auf den Beinen. Nein, so habe ich mir das wirklich nicht vorgestellt. Das geht doch nicht, dass mir einer zuschaut, wenn ich mich in die Tiefe stürze! Nein. Und ich kann es schon gar nicht verantworten, dass mir ein Patient folgt. Wie würde das denn aussehen?! Da würde mein Tod am Ende völlig falsch interpretiert werden.
Aufgewühlt laufe ich auf dem Flachdach hin und her.
Und tue mir selber noch mehr leid.
Sogar mein Selbstmord wird mir noch versaut.
Mir gelingt wirklich rein gar nichts mehr.

2 · EINFACH NUR WEG

Reto Rösti verliert langsam die Geduld: »Setzen Sie sich wieder hin, bitte! Sie machen mich ganz nervös. Und springen wollen Sie ja ohnehin nicht wirklich, sonst wären Sie längst nicht mehr hier.«
Wie schon vorhin gehorche ich automatisch, setze mich hin und starre ein Loch in die Luft. Einen klaren Gedanken kann ich sowieso nicht fassen. Eben, ich stehe – respektive sitze – irgendwie neben mir. Ich habe mich selber noch nie so erlebt. Vielleicht ist es genau das, was mich am meisten erschüttert: Ich war noch nie in diesem desolaten Zustand und weiß gerade nicht, wie ich mit mir selbst umgehen soll. Und dabei bin

ich ja schon in einem Alter, in dem man von mir eine gewisse Standfestigkeit erwarten dürfte.
Doch was mir jetzt gerade passiert ist, ist irgendwie zu viel für mich. Thomas, meinem Mann, wurde gestern von einem Kegelfreund zugetragen, dass ich letzte Woche mitten in der Nacht aus dem Haus von Dr. Eberle gekommen sei. Thomas hatte meine konstant gute Laune in letzter Zeit bemerkt und eins und eins zusammengezählt. So hatten wir heute Morgen eine kurze, aber heftige Aussprache. Und ich war ehrlich. Thomas' Blick werde ich niemals vergessen: verletzt und enttäuscht bis ins Innerste.
Ich habe alles versaut.
Ich habe alles verloren.
Doch nun sitze ich hier mit dem alten Mann und muss schauen, wie dieser Nachmittag weitergeht. Irgendwann sage ich zu ihm: »Erzählen Sie doch mal was von sich, Herr Rösti. Sie meinten doch, ich wisse nichts über Sie. Also los!«
»Ach, herrje … ich bin schon so alt. Die Geschichte würde sehr, sehr lange dauern. Dann sitzen wir morgen noch hier. Tatsache ist: Ich muss sterben. Bald. Das ist nicht weiter tragisch. Ich hatte ein gutes Leben. Ein erfülltes Leben. Und ja, auch ich habe einige Fehler und Dummheiten gemacht. Aber das ist Vergangenheit. Und meine Zukunft, die kennen Sie ja. Ich bin bereit, abzutreten. Aber …« Er hält inne.
»Was aber?«, frage ich.
»Nun … ich wäre einfach gern noch einmal nach St. Moritz gefahren.«
Ich frage überrascht: »Nach St. Moritz? Ausgerechnet? Warum denn das? So ein Schickimicki-Ort in den Bergen. Ich war noch nie dort.«
»Noch nie? Ich war da jedes Jahr. Früher noch mit meiner Frau, meinem Käthy. Irgendwann halt allein. Es ist eine Art

zweite Heimat. – St. Moritz nochmals sehen und dann sterben. Das wäre schön. Na ja, wird wohl nichts mehr.« Reto Rösti schüttelt den Kopf und überlegt dann laut, ob ich wohl auch einen letzten Wunsch habe, da ich ja sterben wolle. Er schaut mich fragend an.

Ich überlege kurz und antworte dann: »Ich will einfach nur weg von hier. Davonlaufen. Am besten gleich vor mir selber. Einfach weit weg, auf einen anderen Planeten, in ein anderes Universum.«

Wir sitzen immer noch nebeneinander. Mittlerweile hat Herr Rösti seinen Stumpen geraucht. Er sieht aus, als könnte er nicht mehr lange hier sitzen bleiben und als würde er auch die Treppe nach unten nicht mehr allein schaffen. Eigentlich ist das ja nicht mein Problem. Und doch kann ich nicht anders, bin durch und durch eins mit meinem Beruf: Ich sorge mich um ihn.

»Ich mache Ihnen ein Angebot, Oberschwester Karin. Hören Sie gut zu!«

Ein weiteres Mal reagiere ich nicht auf Röstis ewiggestrige Art, mich anzusprechen, sondern bin einfach ganz Ohr.

»Ich lade Sie ein. – Nein, noch besser: Ich mache Ihnen ein Jobangebot. Sie kündigen noch heute – fristlos …«

»… das geht doch nicht!«, falle ich ihm unwillig ins Wort. »Ich habe eine Kündigungsfrist einzuhalten.«

»Wollten Sie sich nicht gerade umbringen? Also kommen Sie mir nicht mit Kündigungsfristen! – Ich möchte einfach, dass Sie Ihren Selbstmord noch ein wenig hinausschieben und mir ein paar Wochen Ihrer noch verbleibenden Zeit schenken. Für mich wäre diese sehr, sehr kostbar. Daher würde ich Sie auch gut bezahlen. Und wenn Sie zusagen, dann entlasse ich mich morgen auf eigene Verantwortung aus dem Spital, und wir fahren zusammen nach St. Moritz. Wir logieren in einem feudalen Hotel. Sie schauen zu mir, ich schaue zu Ihnen. Was sagen Sie dazu, wäre das eine Möglichkeit?«

Ich mustere den alten Herrn misstrauisch. Erlaubt er sich einen Spaß? Will er mich nur vom Dach wegbekommen?

»Ist das ein Witz?«, frage ich ihn.

»Sehen Sie mich lachen?«, kontert er.

»Andere Frage: Können Sie sich mich denn leisten? Privatpflege ist teuer.«

»Kein Problem. Für die kurze Zeit, die mir bleibt, reicht mein Erspartes locker.«

Ich denke nach. Eigentlich hat Rösti ja recht: Was kümmert mich ein Vertragsbruch? Dann sollen die mich doch verklagen. Bis zum Gerichtstermin lebe ich eh nicht mehr. Mein Mann Thomas wird auch froh sein, wenn ich mich verziehe. »Geh mir einfach aus den Augen!«, waren seine letzten unversöhnlichen Worte heute Morgen. Springen kann ich jederzeit an jedem Ort. Dächer und Brücken gibt es überall. Das ist ein beruhigender, befreiender Gedanke. Warum soll ich diesem netten alten Mann nicht seinen letzten Wunsch erfüllen? Und meinen gleich mit: Einfach weg. Nur halt noch nicht in die ewigen Jagdgründe, sondern nach St. Moritz. Vorerst einmal.

»Gut«, sage ich schließlich.

»Gut?«, fragt Herr Rösti.

»Jawohl.«

»St. Moritz?«

»Genau.«

»Schön, schön, schön …«

Dann lachen wir beide. Dabei ist mir schon klar, dass diese Reise und die Zeit in St. Moritz kein Spaziergang werden. Reto Rösti wird sterben. Und mein Leben wird danach immer noch genau gleich beschissen sein wie heute. Vielleicht sogar noch beschissener, weil mir der alte Mann bis dann ans Herz gewachsen ist. Aber ich bin eh nicht wirklich zurechnungsfähig in meinem momentanen Zustand. Und habe ich nicht lange genug funktioniert? Vernünftig und zuverlässig, wie eine Maschine? Es ist Zeit für ein wenig Unvernunft.

»Haben Sie dort einen Vertrauensarzt?«, frage ich.

»Natürlich. Flurin Caprez wird uns helfen. Ein Freund. Ein Internist. Mein Schachpartner.«

»Das ist gut.«

»Wir sind dort sowieso nicht allein. Der Gemeindepräsident Christian Jott Jenny ist mein Göttibueb, der Direktor des Hotels ein Freund, und – das Allerwichtigste – Leah, meine Enkelin, wartet da auf mich. Wie gesagt: St. Moritz ist mein zweites Zuhause. Und dank Ihnen könnte ich dann eine Löffelliste aufsetzen und abarbeiten.«

»Eine Löffelliste?«, frage ich konsterniert.

»Ja, genau. Eine Liste mit all den Dingen, die ich noch erleben möchte, bevor ich den Löffel abgebe.«

Der alte Herr lacht mich an, und ich kann gar nicht anders, als auch zu lächeln. Reto Rösti berührt mich. Darum mache ich jetzt Nägel mit Köpfen.

»Einverstanden, wir reisen morgen«, verkünde ich. »Heute werde ich kündigen, dann nach Hause gehen und packen. Haben Sie ein Auto?«

»Jawohl. Es steht in meiner Garage. Aber ich weiß nicht, ob Sie damit fahren können …«

»… Papperlapapp. Mein Vater hatte eine Autogarage. Ich bin schon mit so vielen Autos gefahren … also wirklich!«

»Na dann. – Ich gebe Ihnen meinen Hausschlüssel. Sie können, wenn Sie Ihre Sachen gepackt haben, bei mir übernachten, falls Sie das wollen.«

»Was brauchen denn Sie noch aus Ihrer Wohnung?«

Rösti lacht und hustet gleichzeitig. »Ich bin schon so lange im

Spital, dass ich alles hier habe, was ich brauche. Und Sie werden es nicht glauben: Ich habe einen Koffer in St. Moritz. Einen sehr großen sogar.«
Ich glaube gerade alles.

Dieser Tag wird in die Geschichte eingehen. In meine zumindest. Ich weiß ja nicht, wie viele verrückte Tage noch auf mich warten, aber kann man diesen noch steigern? Mein Ehemann hat mich verwünscht, mein Liebhaber entpuppt sich als selbstverliebter Lackaffe, mein Selbstmord wurde von einem todkranken alten Mann vereitelt, und jetzt werde ich meine Stelle kündigen und nach St. Moritz fahren.
Bin ich im falschen Film?
Bin ich überhaupt in irgendeinem Film?
Haben das schon andere Menschen vor mir erlebt, dass sich ihr Leben so schnell verändert, dass sie gar nicht mehr wirklich mitkommen? Alles wirkt völlig surreal.
Egal.
Reto Rösti hat es jetzt plötzlich eilig. Er rappelt sich hoch und hakt sich bei mir unter. Ich helfe ihm vorsichtig die Treppen hinunter. Zurück in seinem Zimmer, kramt er seinen Hausschlüssel und eine Visitenkarte aus einem abgenutzten Ledertäschchen und reicht mir beides. Zudem steckt er mir ein paar Banknoten zu.
»Vielleicht müssen Sie noch tanken, dies und das einkaufen? Nehmen Sie Wanderschuhe mit! Und das kleine Schwarze!«
Will er mit mir wandern gehen? Und ausgehen? In seinem Zustand?
»Mache ich, Herr Rösti. Und Sie schauen, dass Sie genug Medikamente bekommen. Erzählen Sie unbedingt, was Sie vorhaben. Nehmen Sie den Arztbericht mit, den Sie dann Ihrem Schachpartner-Freund geben können.«

Wir reichen uns die Hand.
»Sie kommen doch morgen, Schwester Karin?«, fragt mich Reto Rösti eindringlich. »Sicher? Ich verlasse mich auf Sie!«
Der alte Mann schaut mich mit so ernstem Blick an, dass ich es wieder nicht über mich bringe, mich dafür zu wehren, dass er mich korrekt anspricht. Ist ja auch egal.
Mit einem Seufzer nicke ich und verspreche: »Ich hole Sie um elf ab. Bis dahin haben Sie noch einiges zu tun. Wirbeln Sie ein wenig Staub auf, Herr Rösti!«
Er grinst. Ich sehe, das Wirbeln wird ihm Spaß machen. Er wird ohnehin nicht auf großen Widerstand stoßen. Wir von der Pflege haben eigentlich immer Verständnis, wenn ein austherapierter alter Mensch daheim sterben will. Da wird er nicht groß diskutieren müssen. Reto Rösti hatte bereits vor fünf Jahren eine schwere Operation, bei der man ihm ein Stück seiner Lunge entfernen musste. Jetzt, wo sein Krebs zurück ist und schon überall gestreut hat, muss auch ich es akzeptieren, wenn er sich nicht mehr behandeln lassen will. Er ist ja doch schon achtzig. Da braucht man einige gute Gründe, um weiter gegen diese bösartige Krankheit zu kämpfen. Immerhin ist das ein riesiger Kraftaufwand. In diesem Alter müssen es also bessere Gründe sein als ein paar zusätzlich gewonnene Lebensmonate, dass man bereit ist, weiterzumachen. Das ginge mir genauso. Einzig für seine Enkelin Leah, die er vorhin auch erwähnt hat, möchte er noch ein bisschen überleben, das hat er mir letzthin erzählt. Nein, er wird keine Probleme bekommen, seine Austrittspapiere zu erhalten.

Ich hingegen habe gerade einen schwierigeren Gang vor mir. Nach über dreißig Jahren in diesem Spital mache ich mich jetzt auf den Weg ins Büro der Personalchefin. Nicola Jäger ist die jüngste Personalchefin, die wir je hatten. Sie ist erst zwei

Jahre hier und in dieser Zeit schnell gealtert. Ich glaube, schon erste graue Haare in ihrer wilden Haarpracht zu sehen.
Frau Jäger blickt überrascht auf, als ich so unerwartet vor ihr stehe.
»Ich kündige«, sage ich direkt und ohne Einführung.
»Aber Frau Kaufmann! Was ist denn passiert?« Bestürzt sieht mich Nicola Jäger an. »Setzen Sie sich doch«, sagt sie und gießt Wasser in ein Glas, das sie mir dann in die Hand drückt.
Ich zittere tatsächlich, bin ein wenig aufgeregt. Aber das kalte Wasser ändert nichts.
»Ich kann einfach nicht mehr.« Es bricht aus mir heraus, als hätte ich diese Worte seit Jahren schon loswerden wollen. »Ich wurde hier ausgepresst wie eine Zitrone und habe einfach keinen Saft mehr. Keinen einzigen Tropfen. Ich werde morgen nicht mehr wiederkommen.«
»Aber nein, das können Sie nicht machen, Frau Kaufmann! Sie haben einen Vertrag! Und Sie kennen doch unseren Personalengpass! Vielleicht möchten Sie sich krankschreiben lassen. Gehen Sie zum Arzt, vielleicht haben Sie ein Burn-out – das ist ja heute die Lieblingskrankheit der Pflegenden …«
Damit hat sie mir gerade die letzten Skrupel genommen.
Lieblingskrankheit der Pflegenden?
Ich höre wohl nicht recht!
»Ich wünsche Ihnen alles Gute«, falle ich der lieben Frau Jäger ins Wort.
Ich stelle das Glas wieder hin, ohne einen weiteren Schluck getrunken zu haben, und stehe auf. Lieblingskrankheit der Pflegenden? Diese Frau müsste mal eine Weile in der Pflege arbeiten. Sie sitzt hinter dem Schreibtisch mit ihren roten Stöckelschuhen und hat keine Ahnung, was auf den Stationen los ist. Weil sie es gar nicht wissen kann. Und auch wenn sie es wüsste: Was könnte sie dagegen tun? Es geht um Geld, und

es geht um Politik. Zu wenig Personal. Zu wenig Fachkräfte. Zu wenig Zeit. Zu viele Formulare. Tausende von Baustellen. Frau Jäger verwaltet diese nur.
Nur ganz, ganz kurz bin ich versucht, mich zu erklären. Doch sie würde es nicht verstehen. Und ich habe nicht mehr genug Energie für eine Diskussion. Also strecke ich ihr meine Hand entgegen. Sie drückt sie und schaut mich an, als hätte ich mich gerade in eine Außerirdische verwandelt. Schnell zieht sie ihre Hand wieder zurück. Hat sie Angst, sie könnte sich mit etwas anstecken? Es interessiert mich nicht mehr. Ich verlasse einfach das Büro.
Auf nach St. Moritz!

3 ENKELTRICKBETRÜGERIN UND JAGUAR

Da mein Mann Thomas zu dieser Uhrzeit arbeitet, gehe ich in der Gewissheit nach Hause, ihn nicht anzutreffen. Ich packe ziemlich wahllos ein paar Sachen in einen großen Koffer und beeile mich, vor allem, weil ich nicht sentimental werden will. Es ist mein Zuhause. Mein Daheim. Und ich verlasse es. Für immer. Da darf ich nicht groß zögern und nachdenken.
Ein kleines Schwarzes besitze ich nicht. Aber ich packe zwei Kleider ein, die mich seit Jahren bei besonderen Gelegenheiten begleiten. Sie sind bunt. Vielleicht etwas zu bunt. Ich trage allerdings ohnehin viel zu oft Weiß, da liebe ich es, mich in der Freizeit farbig zu kleiden. Sollte ich tatsächlich ein kleines Schwarzes brauchen, muss mir mein Arbeitgeber halt eines kaufen. Ich stelle mir vor, dass es da oben in St. Moritz in jedem Laden ein paar davon hängen hat, wenn sie auch

vielleicht nicht zu einem für mich erschwinglichen Preis zu haben sind.

Nach nur gerade fünfzehn Minuten bin ich fertig und schleppe meinen knallroten Rollkoffer nach draußen. Vor dem Haus begegne ich Thomas, der anscheinend viel zu früh Feierabend gemacht hat. Diese Begegnung hätte ich uns beiden gern erspart. Mein Mann schaut fassungslos auf meinen Koffer.

»Du ziehst aus?«, fragt er leise und schickt anklagend hinterher: »Und du gehst einfach – ohne ein Wort?«

Dabei war er es doch, der mich bat, ihm aus den Augen zu gehen.

»Ich habe im Spital gekündigt«, erkläre ich. »Und nun begleite ich einen Krebspatienten nach St. Moritz.«

Thomas bleibt vor mir stehen und mustert mich erstaunt.

»Gut gemacht!«, sagt er dann. »Das hättest du schon lange tun sollen, kündigen. Dann hätten wir vielleicht noch eine Beziehung. Aber dein Beruf hat dich aufgefressen, und für mich blieb nur noch sehr wenig Karin übrig. Zu wenig.« Betreten schaut er auf seine Fußspitzen.

»Wahrscheinlich hast du recht«, antworte ich kleinlaut.

Noch einmal blickt Thomas mich erstaunt an.

»Alles Gute!«, wünsche ich ihm mit Tränen in den Augen.

»Auch für dich, Karin«, sagt er leise. »Melde dich, wenn du zurück bist.«

Schnell wendet er sich ab und geht ins Haus.

Wars das? Nach gefühlten tausend gemeinsamen Jahren!

Ich bin traurig. Und ich fühle mich leer. Es ist, als würde die Trauer mein Innerstes gar nicht mehr erreichen. Als hätte meine Gefühlswelt auf Stromsparmodus geschaltet. Oder auf Schongang. Irgendetwas in mir ist offenbar bereits gestorben, auf dieser Dachterrasse vielleicht oder – ziemlich sicher – auch schon davor.

Am Taxistand an der Ecke finde ich einen freien Wagen, der mich zu Reto Röstis Adresse fährt. Ich staune. Der alte Herr wohnt in einem Terrassenhaus etwas außerhalb der Stadt. Es sieht ziemlich teuer aus. Jeder Balkon ist mit hohen Pflanzen begrünt, die Front des Eingangs mit Sonnenblumen bemalt. Ein wirklich besonderes, einladendes Haus. »Käthy und Reto Rösti«, steht an einem der Briefkästen. Anscheinend wird er regelmäßig geleert. Im Treppenhaus riecht es nach Zitrone, was zum gelben Anstrich der Wände passt. Ich fahre mit dem Lift in den dritten Stock und bin ein wenig aufgeregt, während ich den Schlüssel in das mir fremde Schloss stecke, ganz so, als würde ich in eine verbotene Welt eindringen. In die Welt von Reto Rösti. Und diese Welt ist natürlich – wie könnte es anders sein – total verraucht. Eine Sekunde lang befürchte ich, es könnte brennen oder jemand habe etwas im Backofen vergessen. Aber noch bevor ich den Gedanken zu Ende denken kann, weiß ich schon, dass er falsch ist. Ich schaue mich nach Fenstern um und öffne sie schnell, um wieder durchatmen zu können.
Wow! Eine echte Raucherhöhle!
Die Wohnung ist – abgesehen vom abgestandenen Rauch – sehr sympathisch. Sie ist erstaunlich modern eingerichtet. Auf jeder Ablage stehen Erinnerungsfotos in klobigen Rahmen. Auch ein paar Zimmerpflanzen in knallroten Übertöpfen stehen herum. Allerdings sind sie halb verdurstet.
Ich wandere durch die Räume. Es gibt eine gemütliche Wohnküche, ein sehr geräumiges Badezimmer, ein Büro, das eindeutig Reto Rösti gehört. Darin steht sogar ein Humidor. Ja, ich weiß, was ein Humidor ist. Das war mal eine Wettbewerbsfrage in einem Quiz auf unserem Personalfest. Und mein Patient hat also auch einen! Darin liegen sicher ein paar sehr kostbare Zigarren. Für Villiger-Stumpen braucht man das

Gerät jedenfalls nicht. Das Schlafzimmer ist riesig und im Gegensatz zu den restlichen Räumen sehr, sehr unordentlich. Verschiedene Kartonschachteln stehen herum, die halb ein- oder ausgeräumt wurden. Und zwei überquellende Altkleidersäcke. Wollte Reto Rösti etwa anfangen, sein Hab und Gut zu sortieren, auszumisten, seinen Nachlass zu regeln? Nun, wie es scheint, werden das dann die Angehörigen machen müssen, Reto Röstis Erben.

Ich suche nach einem Koffer und finde einen unter dem Bett. Mein Patient will zwar nichts aus seiner Wohnung mitnehmen, aber ich denke, ein paar Fotos und Erinnerungen könnten ihm auf seinem letzten Weg guttun. Auf jeden Fall können sie für Gesprächsstoff sorgen, vor allem in den letzten Tagen, wenn Herr Rösti nur noch liegen kann. So stelle ich mir das Ende seines Lebens jedenfalls vor. Ich gehe also durch die Wohnung und packe Dinge ein, von denen ich annehme, dass sie Reto Rösti etwas bedeuten. Doch natürlich kann ich das nicht wirklich beurteilen.

Irgendwann meldet sich mein Handy.

»Frau Kaufmann?« Reto Rösti hustet ins Telefon. »Ich mache mir ein wenig Sorgen wegen meines Autos. Bitte klingeln Sie bei meinem Nachbarn gegenüber. Bruno Blatter. Er kann Ihnen zeigen, wo es steht, und Ihnen erklären, wie es funktioniert. Ist sonst alles in Ordnung?«

Ich beruhige ihn einmal mehr. Ich kann Auto fahren. Gut sogar. Und ja, auch sonst ist alles klar. Ich verspreche ihm, mich bei seinem Nachbarn zu melden.

»Sie kommen sicher morgen?«, fragt er zum Schluss, anscheinend ein wenig besorgt.

»Wohin sollte ich denn sonst gehen?«, antworte ich. »Habe ich Alternativen?«

Das beruhigt ihn.

Bruno Blatter, der Nachbar, wurde wohl auch schon von meinem Patienten angerufen, denn noch während die Kaffeemaschine mit unverhältnismäßig viel Lärm einen Kaffee für mich ausspuckt, klingelt es an der Wohnungstür. Ein sehr sympathischer, rundlicher Mann steht da, der mich allerdings ziemlich misstrauisch mustert. Ich biete auch ihm eine Tasse Kaffee an, und er setzt sich zögernd zu mir an den Küchentisch.

»Leider gibts keine Milch und keinen Kaffeerahm«, entschuldige ich mich.

Eine Weile reibt sich Bruno Blatter seine Glatze, wohl als eine Art Verlegenheitsgeste, und dann platzt er heraus: »Wer sind Sie? Und was haben Sie mit Reto gemacht?« Die Fragen sind ihm schon peinlich, kaum hat er sie ausgesprochen. Er verhaspelt sich fast bei seinen Erklärungen: »Reto hatte noch nie Besuch, den ich nicht kannte. Und vor allem: Er hat noch nie jemanden mit seinem Auto fahren lassen – außer mich. Und Ihnen gibt er einfach die Schlüssel – für alles?! Entschuldigen Sie, dass ich mich da etwas wundere. Man hört schließlich allerhand, so von wegen Enkeltricks und so.«

Jetzt muss ich laut lachen. Aber er hat recht: Ich könnte eine Betrügerin sein. Eine Enkeltrickbetrügerin! In der Tat: Ein paar Erklärungen bin ich dem netten Nachbarn schon schuldig. Ich stelle mich kurz vor und erkläre, dass es Reto Rösti nicht gut geht und er ein letztes Mal nach St. Moritz möchte.

»Ohne die Schweigepflicht zu verletzen, darf ich wohl sagen, dass ich ihm seinen letzten Wunsch erfülle.«

Jetzt ist Herr Blatter beruhigt – also über Röstis Zustand ist er natürlich beunruhigt. Aber er glaubt mir.

Traurig meint er: »Reto ist ein guter Mensch. Ein sehr guter. Er wird mir fehlen. Aber er hat tatsächlich einen würdigen Tod verdient und sollte nicht an Maschinen hängend hinüberdämmern müssen. Und St. Moritz bedeutet ihm so viel. Es ist sein Land der Erinnerungen.« Er schnäuzt sich die Nase, wischt sich eine Träne aus den Augen. Dann räuspert er sich und meint: »Da haben wir aber noch viel zu tun. Sind Sie bereit für einen Autofahrkurs?«

Nun bin ich doch langsam beleidigt. Ja, ich bin eine Frau. Ja, ich bin fast blond. Aber sehe ich wirklich aus, als könnte ich nicht Auto fahren? Hat der alte Knabe einen Lastwagen, einen Traktor oder eine Pferdekutsche? Irgendetwas Exotisches muss es ja sein, wenn so viel Aufhebens darum gemacht wird. Vielleicht ein selbstfahrendes hypermodernes Gefährt?

Reto Röstis Nachbar fährt mit mir im Lift in die Tiefgarage hinunter.

»Der Wagen steht ganz hinten«, sagt er und marschiert zügig voraus.

Das Auto, das ganz hinten steht, ist von einer Blache bedeckt und lugt ein Stück über den Parkplatz hinaus.

»Aha, ein großes Auto also«, kann ich noch denken, bevor Bruno Blatter die Blache wegzieht. »Nein, das darf nicht wahr sein!«, entfährt es mir dann, und mein Mund bleibt eine Weile offen. »So eine alte Karre!«, fällt mir als Nächstes ein.

Blatter schaut mich schockiert an und belehrt mich umgehend: »Sie haben wirklich überhaupt keine Ahnung, oder? Das ist ein Oldtimer. Ein Schmuckstück. Ein Jaguar Mark V mit Jahrgang 1949.«

Dann eben ein seeehr altes Auto.

Und ein sehr langes, großes, altes Auto!

»Es ist sicher sehr wertvoll?«, frage ich vorsichtig.

Bruno Blatter nickt und bestätigt: »Ja. Sicher. Reto hat seinen Jaguar extrem gut in Schuss gehalten. Er hat keinen Kratzer. Dafür würde ein Liebhaber locker hunderttausend hinblättern.«

»Und wie soll ich dieses Gefährt nach St. Moritz steuern?«, frage ich kleinlaut.
Röstis netter Nachbar mustert mich, als würde er sich das schon lange fragen und als sei er froh, dass diese Frage mich jetzt auch endlich erreicht hat. Dann seufzt er und sagt: »Steigen Sie ein! Ich fahre Sie zu einem Platz, auf dem Sie üben können.«
Die Vordertüren gehen nach hinten auf.
»Selbstmördertüren nennt man die«, erklärt Blatter.
Ich setze mich vorsichtig in den äußerst bequemen Ledersitz.
»Das Interieur ist aus Walnussholz«, sagt Bruno Blatter stolz, als hätte er es selbst gezimmert, und streicht mit seiner Hand über das Armaturenbrett.
Wirklich schön.
Ich bin beeindruckt.
Aus dem Innern des alten Autos ist ein komisches Geräusch zu hören, bevor es anspringt.
»Erst pumpt es Benzin in den Vergaser«, erklärt Bruno Blatter beruhigend.
Aha.
Er muss ordentlich fuhrwerken, bis er das Gefährt aus dem Parkplatz herausbekommt. Servolenkung gab es damals natürlich noch nicht. Sehr gewöhnungsbedürftig ist die extrem lange Kühlerhaube. Der Motor muss riesengroß sein. Mir gefällt die Kühlerfigur – eine zum Sprung ansetzende Raubkatze. Der Wagen sei 1,6 Tonnen schwer und fünf Meter lang, klärt mich Blatter auf. Fünf Meter! Ein Wunder, dass man den mit normalem Führerschein fahren darf. Und erstaunlich, dass ein Auto ohne Gurte und Airbag überhaupt noch auf die Straße darf.
»Es ist ein historisches Fahrzeug, ein sogenannter Veteran«, referiert Röstis Nachbar, als wir die Tiefgarage verlassen.

»Man darf damit maximal dreitausend Kilometer pro Jahr fahren. Bis St. Moritz wird das Kontingent aber schon reichen.« Bruno Blatter betätigt den Blinker. Also eher den Winker, ein kleiner Zeiger nur. Wahnsinn.
Nach ein paar Metern auf der Fahrt zu meinem Übungsplatz fällt mir auf: Der Jaguar fährt erstaunlich leise und vibrationsarm. Doch schon bald bin ich völlig eingeschüchtert von diesem Auto und von Blatters Erklärungen. Wie soll ich das alles korrekt bedienen? Volllicht zum Beispiel schaltet man mit einem Fußschalter ein.
Auf dem riesigen Parkplatz eines Möbelhauses, das um diese Zeit geschlossen hat, fährt Bruno Blatter noch ein paar Runden und erklärt mir dabei weitere Tücken des Juwels. Dann steigen wir aus, und Blatter öffnet den Kofferraum. In der schweren Klapptür ist einiges an Werkzeug integriert.
»Das werden wir doch nicht brauchen?«, frage ich mit großen Augen.
»Hoffentlich nicht«, meint Blatter nur und erklärt mir nun dies und das über Sinn und Zweck des Werkzeugs. Dann schließt er den Kofferraum und führt mich zur Fahrertür, ohne mit seinen Erklärungen innezuhalten.
Mein Kopf ist bald nicht mehr groß genug, um all die Informationen aufzunehmen. Gerade bekomme ich noch mit, dass das Auto zwar einen Feueranzünder hat, aber keinen Aschenbecher.
»Der Jaguar-Gründer war gegen das Rauchen in seinen edlen Fahrzeugen«, sagt Röstis Nachbar dazu.
»Tja, das wird Herrn Rösti nicht davon abgehalten haben, im Auto zu rauchen, oder?«, stelle ich fest.
»Ganz bestimmt nicht«, meint Bruno Blatter mit einem bitteren Lachen.
Dachte ichs mir. Und dann sitze ich plötzlich hinter dem Steuer und fahre. Zuerst im Schneckentempo. Also im Tempo

einer sehr alten, schon etwas kriechbehinderten Schnecke. Es ist fast so, als müsste ich das Autofahren neu lernen, weil viele Handgriffe in diesem Gefährt nicht einfach automatisch erfolgen können. Ich muss ständig denken beim Lenken.

Am Ende ist Bruno Blatter einigermaßen zufrieden.

Schön für ihn.

Ich werde in der kommenden Nacht bestimmt kein Auge zutun.

Das kann doch nicht gut gehen!?

Das wird bestimmt nicht gut gehen.

Röstis Nachbar beruhigt mich: »Wenn man so viel Angst hat, muss man sich immer überlegen, was denn das Schlimmste sein könnte, was passieren kann. Wenn Sie vorsichtig fahren, blüht Ihnen höchstens ein Blechschaden, wenn auch ein teurer. Sehr teuer sogar. Aber Reto kann sich das leisten. Es ist vielleicht trotzdem besser, wenn Sie keine Beule fabrizieren, sonst hat er eventuell einen Herzinfarkt. Wobei – er wird ja sowieso bald sterben, und vielleicht tun Sie ihm einen Gefallen, wenn alles schneller geht.«

Ganz schön viel Gelassenheit.

Bruno Blatter merkt, dass mir immer noch nicht ganz wohl ist bei der Sache, und fügt an: »Das Auto ist sicher optimal versichert.«

»Kommen Sie doch mit«, sage ich spontan, und ich befürchte, es klingt sogar ein wenig flehend.

Blatter wehrt sofort ab: »Nein, nein! Auf keinen Fall! Morgen kommt Sofia. Sie ist meine neue Liebe. Ich habe sie übers Internet kennen gelernt. Sie stammt aus Polen. Nein, ich komme bestimmt nicht mit. Es hat lange genug gedauert, bis ich sie überreden konnte, hierherzukommen.«

Na ja, gegen eine neue Liebe habe ich natürlich keine Chance.

Reto Röstis gutmütiger Nachbar parkiert dann den Jaguar

wieder in der Tiefgarage und verspricht mir, ihn morgen auch wieder hinauszumanövrieren.
Während wir zusammen mit dem Lift hochfahren, redet er weiter beruhigend auf mich ein: »Das geht schon irgendwie. Denken Sie einfach immer, dass Reto das so wollte. Es war nicht Ihre Idee, nicht Ihr Wunsch. Sie tun das für ihn, so gut Sie es eben können. Die Konsequenzen muss er selber tragen. Er ist ja alt genug.«
Stimmt. An diese Aussage sollte ich mich halten.
Wir sind im dritten Stock angekommen, und Bruno Blatter verabschiedet sich.

Und dann bin ich allein.
Und ich frage mich einen Moment lang, wie es so weit kommen konnte, dass ich hier in dieser fremden Wohnung sitze, statt daheim in meinem Bett zu liegen, neben meinem schnarchenden Mann.
Das Leben schreibt wirklich die verrücktesten Geschichten. Wäre mein Leben ein Film, dann würde ich ihn mir tatsächlich anschauen gehen. Mit einer Tüte Popcorn wohlig im Kinosessel sitzen und dann wohl heimgehen und froh sein, dass ich ein ganz normales Leben habe, ohne Verwicklungen und Dramen.
Aber jetzt bin ich der Film.
Ich öffne eine Flasche Wein, die neben dem Kühlschrank steht, und gönne mir ein einziges Glas, sozusagen als Schlafmittel. Dazu schaue ich mir auf dem Handy die Route nach St. Moritz genau an. Aha, über den Julierpass. Eine Passstraße mit sechsundzwanzig Kurven. Die Motorradseite »Kurvenkönig« attestiert: Schwierigkeitsstufe 3. Was soll das denn jetzt für mich heißen? Bei Wikipedia lese ich aber auch, dass die Straße immer rund fünf Meter breit sei, also leicht zu befahren.

Höhendifferenz 1433 Meter, maximale Steigung zwölf Prozent. Ist das jetzt alles viel oder wenig? Ich präge mir ein paar Ortschaften ein, schaue mir den Streckenverlauf genau an. Und ich werde wieder nervös. Und beruhige mich selber: Reto Rösti ist schließlich dabei, und er wird diesen Weg ja ganz genau kennen.

Ich schalte den Fernseher ein. Eine Sendung über die Schlafgewohnheiten von Tieren trägt zu meiner eigenen Schläfrigkeit bei. Wirklich bemerkenswert: Bei Walen und Delfinen schläft immer nur die eine Hirnhälfte, die andere bleibt wach. Sie schlafen sozusagen halbseitig. Mauersegler schlafen, während sie ganz hoch oben weite Kreise fliegen. Vier Sekunden Flügelschlag, drei Sekunden Gleitflug. Und die Flusspferde könnten zwar super schlafen, sind aber einfach zu dick und müssen daher ständig ihre Schlafposition verändern. Giraffen schlafen meist im Stehen. So geht das weiter. Tier für Tier. Eine wunderbar einschläfernde Sendung.

Ich lege mich aufs Sofa, decke mich mit einer Wolldecke zu und schlafe innert kürzester Frist. Doppelseitig, wohlgemerkt.

4 DER WEG IST NICHT DAS ZIEL

Natürlich bin ich viel zu früh wach. Und nervös. Und aufgeregt. Und ich mache mir tausend Gedanken. Ich hätte das alles nicht tun sollen. Alles! Ich möchte den ganzen gestrigen Tag einfach auslöschen und wieder zur Arbeit gehen. Aber ja, dann müsste ich noch viel mehr auslöschen. Und eine Delete-Taste gibt es im wirklichen Leben leider nicht.

Ich dusche. Ich trinke einen schwarzen Kaffee mit viel Zucker.

Und dann warte ich auf Bruno Blatter, der viel zu pünktlich auf der Matte steht. Wahrscheinlich ist er auch aufgeregt, weil seine Sofia kommt. Verliebt zu sein, ist etwas ganz und gar Wunderbares, und ich beneide ihn ein wenig. Aber es ist auch ein vergänglicher Zustand. Was nach der Verliebtheit kommt, ist anfangs nicht vorhersehbar. Ich wünsche Reto Röstis nettem Nachbarn von Herzen, dass es kein böses Erwachen für ihn gibt.
Die beiden Koffer passen auf den Rücksitz. Der Kofferraum gibt nicht viel her, dort werde ich dann Röstis Spitalgepäck platzieren.
Vor dem Haus übergibt mir Bruno Blatter den Jaguar.
»Viel, viel Glück. Gute Reise. Sie schaffen das. Denken Sie an Obama: Yes, we can!«
Was für ein Vergleich!
»Ich denke lieber an das, was Sie mir gesagt haben: nämlich dass es nicht meine Idee ist und Herr Rösti die Verantwortung für alles übernehmen muss, weil er ja alt genug ist, um zu wissen, was er tut.«
Wir lachen kurz zusammen, und dann gilt es ernst: Ich sitze in dem viel zu großen Auto und fahre durch Luzern. Allein! Der Wagen ist zu breit. Der Wagen ist zu lang. Allerdings merke ich jedes Mal, wenn ich irgendwo halte, vor einem Rotlicht zum Beispiel, wie viel Bewunderung mir und meinem Gefährt entgegenschlägt. Fehlen nur noch Applaus und Jubel und eine Begeisterungswelle am Straßenrand. Fast möchte ich königlich winken, auch wenn ich mich wahrlich nicht königlich fühle. Ein ganz klein wenig berauscht bin ich aber schon. Es ist wie Bungeejumping, nur dass mein Abenteuer, mein Kick, drei bis vier Stunden dauern wird.
Vor dem Krankenhaus finde ich in der Parkverbotszone viel Platz, um Reto Röstis Wagen hinzustellen. Rösti sitzt draußen

vor dem Eingang und – raucht. Neben ihm sitzt ein junger Pfleger. Der raucht auch. Ein unglaubliches Bild! Nein, ich rege mich nicht mehr auf. Sollen doch alle rauchen, so viel sie wollen. Die brauchen gar nicht erst von einem Hausdach zu springen. Sie erledigen das auf ihre Weise.

Um den Jaguar herum entsteht eine Menschentraube.

»Danke, danke, danke«, sagt Herr Rösti immer wieder zu mir, nachdem er mich begrüßt hat. Er ist völlig aus dem Häuschen. Zuerst umarmt er mich, und dann streicht er stolz über die Kühlerhaube seines Autos. Ich bitte den Pfleger, Rösti auf den Beifahrersitz zu bugsieren, und kümmere mich um das Gepäck. Es ist nicht viel: eine Reisetasche und eine Plastiktüte. Ich will schnell weg. Lange kann das Auto hier sicher nicht ungebüßt stehen bleiben. Vor allem, weil es so große Aufmerksamkeit auf sich zieht. Doch die Umstehenden machen sofort Platz, als ich einsteige.

Und dann fahren wir los.

»Auf nach St. Moritz!«, rufe ich aus, munterer und unternehmungslustiger, als ich mich fühle. Vielleicht ist es dabei so wie mit dem Lachen: Wenn man viel lacht, denkt das Gehirn, man sei glücklich, und schüttet Glückshormone aus. Vielleicht werde ich automatisch munter und unternehmungslustig, wenn ich so tue, als ob?

Reto Rösti sitzt neben mir, als hätte er gerade im Lotto gewonnen, und zwar sehr, sehr, sehr viel Geld. Er grinst, er lächelt, er strahlt. Er ist ein altes, krankes, glückliches Männchen. Und am meisten erstaunt es mich, dass er sein Lächeln beibehält, obwohl ich total verkrampft durch die Stadt schleiche. Entweder scheint er meinen Fahrkünsten wirklich zu vertrauen, im Gegensatz zu mir selber, oder meine Kollegen haben ihm die richtigen Medikamente für die große Reise gespritzt. Davon hätte ich jetzt auch gern eine Injektion. Etwas

entspannter bin ich erst, als ich endlich die Autobahn erreicht habe, und dies wohlgemerkt ohne ein Fahrrad umgefahren oder irgendein anderes Auto gestreift zu haben. Noch nie habe ich mich so über eine Autobahn gefreut. Endlich genug Platz! Und jeder kann mich überholen – so fühle ich mich ein bisschen weniger gestresst.
Ich lächle Herrn Rösti an und sage: »Sie dürfen jetzt mit der Fahrerin sprechen.«
»Sie machen das gut«, sagt der alte Herr anerkennend. »Aber Sie können das Steuerrad ein wenig lockerer halten.«
Aha. Er hat also doch bemerkt, wie sehr ich mich ans Steuerrad klammere.
»Ein herrliches Fahrzeug, nicht wahr?«, sagt er dann.
»Geht so«, erwidere ich knapp. Soll ich Begeisterung heucheln? Nein.
Reto Rösti wackelt verständnislos mit dem Kopf und meint: »Sie erleben gerade etwas Einzigartiges, Sie werden noch Ihren Ururgroßkindern davon erzählen.«
Ich lache bitter und kläre ihn auf: »Ich habe keine Kinder. Konnte keine bekommen. Ein Grund für verschiedene Probleme in unserer Ehe.«
»Ach, Kinder werden überbewertet.« Herr Rösti seufzt. »Ich habe einen Sohn. Aber ganz ehrlich: Er ist ein ...«, er überlegt kurz und meint dann entschieden: »Ja, doch – er ist ein Arschloch.«
Daraufhin schüttelt ihn ein kleiner Hustenanfall. Geschieht ihm recht. Was für eine Ausdrucksweise für einen Achtzigjährigen! So sollte keiner über seine Kinder reden.
»Wie können Sie Ihren Sohn als Arschloch bezeichnen?!«, frage ich vorwurfsvoll.
Rösti zuckt nur mit den Schultern und entgegnet: »Weil er eines ist.« Dann schweigt er wieder, und leider ist ihm jetzt auch sein Lächeln abhandengekommen. Schade.

Ich fahre. Konzentriert.
Den Hirzel lasse ich rechts liegen. Da mache ich lieber den Umweg durch den Uetlibergtunnel. Den engen Kurven fühle ich mich noch nicht gewachsen. Lieber genieße ich die Autobahn so lange wie möglich.
»Wird der Wagen gut über den Julierpass kommen?«, frage ich nach einer Weile.
Reto Rösti lacht nur und winkt ab. Er sei schon sicher hundert Mal mit seinem Jaguar nach St. Moritz gefahren. »Und so vorsichtig, wie Sie fahren – was durchaus in Ordnung ist –, wird das sowieso kein Problem sein.«
Gut.
Als wir dem Walensee entlangfahren, döst Herr Rösti ein wenig vor sich hin. Ich bewundere – natürlich nur mit einem Auge – die Churfirsten. Sie kommen mir immer vor wie Schneewittchens sieben Berge.
Dann, wieder ganz wach, beginnt der alte Herr neben mir unruhig auf seinem Sitz hin und her zu rutschen. Beim »Heidiland« machen wir also Rast. Ich dachte, Rösti müsse dringend auf die Toilette, aber nein: Er muss dringend eine rauchen. Er setzt sich auf der Terrasse an einen Tisch, und ich hole uns beiden einen Kaffee und zwei Wasserflaschen, die ich dann ins Auto mitnehmen will. Zum Kaffee hat sich mein Patient ein kleines Bündner Röteli-Törtchen gewünscht, von dem er nun einen Bissen abbricht. Ich esse den Rest. Danach versuche ich, mich ein bisschen zu erholen, atme ganz bewusst tief ein, entspanne meine verkrampften Muskeln. Von weitem sehe ich wieder viele Menschen um den Jaguar herumstehen. Es ist wirklich ein sehr prächtiges Fahrzeug. Von weitem.
Auf dem Handy-Navi heißt es, wir bräuchten noch etwas mehr als anderthalb Stunden bis St. Moritz. So schnell werde ich das aber nicht schaffen.

Bevor wir wieder aufbrechen, verkündet Herr Rösti: »Im Hotel Albula & Julier in Tiefencastel machen wir den nächsten Halt.«
»Warum?«, will ich wissen.
Rösti schaut mich verwundert an und meint: »Das haben wir immer so gemacht.«
Ich lache und bin natürlich einverstanden und froh um jede Unterbrechung.
»Hoffentlich haben sie dort auch einen richtig großen Parkplatz«, denke ich laut nach.
»Haben sie«, beruhigt mich Herr Rösti. »Und man sitzt auf der Terrasse und hört die Albula rauschen. Ein wilder Fluss. Es wird Ihnen gefallen.«
Wir fahren also weiter, und ich freue mich schon auf das Rauschen der Albula.

Ich steuere den Jaguar inzwischen viel lockerer durch die Gegend. Das ist auch gut so, denn bei Thusis Süd verlassen wir die Autobahn. Der schwierigste Teil der Reise beginnt. Ich fahre eine ganze Weile hinter einem langsamen deutschen Kleinbus her. »Renn Rad Reisen«, steht am Fahrzeug. Ich lese es tausendmal. Ich bin froh, den Bus vor mir zu haben. Das entlastet mich von dem Druck, ich müsste schneller sein. Wir durchfahren höhlenartige Tunnels, blicken seitlich in wilde Schluchten hinunter. Und nach nicht einmal einer Stunde erreichen wir Tiefencastel.
Beim Hotel Albula & Julier erwartet uns ein riesiger Parkplatz. Rösti will jetzt den Wasserstand und den Ölstand kontrollieren. Er läuft um seinen Wagen herum, öffnet die Motorhaube und den Kofferraumdeckel. Er gießt etwas Wasser nach. Und schon stehen wieder Menschen um den Jaguar herum, fragen dies und das, und Reto Rösti erläutert stolz jedes einzelne

technische Detail. Er liebt dieses Auto. Aber er kann es nicht mitnehmen, da wo er letztlich hinreisen wird. Das muss ihm wehtun.

Ich beobachte ihn eine Weile, und mir wird klar, dass ich überhaupt nichts Materielles besitze, an dem mein Herz hängt. Was sagt das über mich aus? Und überhaupt: Woran hängt denn mein Herz? Meine Eltern leben nicht mehr. Sie haben mir viel bedeutet. Dann mein Ehemann Thomas. Tja ... Und dann wäre da noch meine Freundin Rita, die schlauer war als ich und ihren Beruf schon vor drei Jahren an den Nagel gehängt hat. Nein, eigentlich ja nicht. Sie hat nur die Kulissen verändert und arbeitet heute in einem Hilfsprojekt in Burkina Faso. Wir schreiben uns regelmäßig. Trotzdem weiß sie im Moment nicht, dass es mir so schlecht geht. Es kam mir irgendwie falsch vor, mich bei ihr auszuweinen. Sie hat andere Sorgen, andere Probleme, sieht so unendlich viel Elend und Schmerz. Manchmal hält sie das fast nicht aus. Wie könnte ich sie da noch mehr belasten?

»Jetzt gibt es einen Imbiss«, verkündet Reto Rösti plötzlich und schwankt ein wenig. Ich reiche ihm meinen Arm.

»Danke, Schwester Karin«, sagt er höflich.

Manieren hat er ja. Wenn auch leicht veraltete. Doch schon wieder lasse ich die Gelegenheit verstreichen, ihm zu sagen, dass er mich nicht Schwester nennen soll. Denn im Zusammenhang mit Manieren beschäftigt mich gerade, wie so ein höflicher Mensch seinen Sohn als Arschloch bezeichnen kann.

Und schon sitzen wir auf der Restaurantterrasse, und unter uns rauscht laut und wild die Albula vorbei, ganz so wie versprochen. Ich lege Herrn Rösti die Jacke um die Schulter. Es ist kühl hier. Doch er schüttelt sie unwillig ab und meint nur, so lange sei ihm die Fahrt eigentlich noch nie vorgekommen.

Ich weiß, warum. Und ich befürchte, mein Patient überschätzt seine Kräfte ohnehin. Wie viel wird er in St. Moritz noch unternehmen können von all dem, was er sich vorgenommen hat? Von all dem, was er »immer so gemacht« hat? Ich hoffe wirklich, die Höhenluft wird seine Lebensgeister wecken und die schönen Erinnerungen werden ihm noch etwas Auftrieb geben. Wir werden sehen.

Der letzte Teil der Reise ist der schwierigste. Es gibt Ortschaften, da wird die Straße plötzlich mitten im Dorf ganz eng, extrem eng. Ich lese Ortsnamen, die klingen, als wären wir in einem anderen Land. Tinizong zum Beispiel. Abgesehen von wenigen Momenten, in denen ich mit Panik und Schweißausbrüchen zu kämpfen habe, kann ich die Fahrt manchmal durchaus genießen. Wir fahren durch ein Bilderbuch.
»Schön, schön, schön …«, murmelt Herr Rösti immerzu vor sich hin. Ab und zu laufen ihm still ein paar Tränen über die faltigen Wangen. Steinige Hänge, grüne Hügel, schäumchenschlagende Bäche, ruppige Geröllhalden, wunderschöne Alpenrosen, wiederkäuende Kühe, bunte Blumenwiesen. Mir gefällt es hier auch. Eine ganz eigentümliche Landschaft, eine unvergleichliche, eigenwillige.
Schön, schön, schön …
In der Tat.
Wir fahren am Marmorera-Stausee vorbei. Ich habe früher einmal darüber gelesen, dass man für diesen Stausee ein ganzes Dorf umgesiedelt hat. Alles wurde überflutet. Das will man sich ja nicht vorstellen, wie das für die Dorfbewohner gewesen sein muss, wenn sie ihr Dorf verlassen mussten und dann alles im See unterging. Heute tauchen Bergseetaucher gern zu den alten Ruinen hinunter. Das Wasser sei glasklar.
Und dann sind wir oben auf dem Julierpass. Wir steigen aus, ziehen uns die frische Luft in die Lungen.

»Danke«, sagt Reto Rösti, und seine Augen strahlen.

Wir sind jetzt auf 2284 Metern Höhe. Auf einem Schild lese ich, dass wir an der »europäischen Wasserscheide zwischen den Einzugsgebieten von Rhein und Donau« stehen, was immer das auch heißen mag. Es klingt auf jeden Fall eindrücklich und bedeutend. Etwas befremdlich hingegen wirkt der moderne, rostrote Turm, der da mitten in der eher kärglichen Landschaft steht.

»Der Julierturm«, weiß Rösti. »Er wird im Moment als Theater genutzt.«

Reichlich abgelegen, dieser Spielort, finde ich.

»Der Turm ist natürlich umstritten. Aber ganz privat finanziert, und irgendwann wird er wieder rückgebaut. Mir gefällt er«, entgegnet mein Schützling. »Der Grundriss ist konzipiert wie ein zehnstrahliger Stern. Das Gebäude soll an den Turmbau zu Babylon erinnern, und die Bühne hänge an Ketten. Kann ich mir nicht vorstellen, aber ich finds spannend.«

Mir gefällt vor allem der riesige Parkplatz gegenüber, wo der Jaguar jetzt steht. Wir gehen ein paar Schritte. Ich klettere eine Anhöhe hoch, um auf den kleinen Grevasalvas-See hinunterschauen zu können.

Ich wollte nicht hier sein.

Ich sollte nicht hier sein.

Aber es ist wirklich schön, schön, schön.

Ich recke und strecke mich. Mir tut alles weh. Dabei bin ich die Gesunde von uns beiden. Aber offensichtlich sehr verkrampft und definitiv gestresst. Ich mache ein paar Selfies von Herrn Rösti und mir auf dem Pass und von uns beiden vor dem schönen Auto.

Doch Reto Rösti drängelt. Er will heim, wie er sagt, heim nach St. Moritz. Er redet jetzt wie ein Buch und ist aufgeregt wie ein Kind vor der großen Geburtstagsparty.

»Ich habe mein Käthy in St. Moritz kennen gelernt. Sie war damals Zimmermädchen. Und ich besuchte eine Art Fortbildung, die von Davidoff bezahlt wurde. Eigentlich mehr so eine Art Werbeveranstaltung. Wir waren im Kulm-Hotel untergebracht. Ich war eingeladen, hätte mir das damals selber noch nicht leisten können. Und dann verschüttete ich Rotwein in meinem Zimmer, was mir unglaublich peinlich war. Ich wusste nicht, wie ich den Teppich wieder sauber kriegen sollte. Käthy wurde mir zur Hilfe geschickt. Es war Liebe auf den ersten Blick. Für beide.« Reto Rösti hält für einen kurzen Moment inne und seufzt. »Wir haben nicht lange gewartet mit dem Heiraten und so. Wir wussten Bescheid. Wir waren uns sicher. Käthy hat mir dann geholfen, meine Zigarettenläden auf- und auszubauen. Sie war großartig. Und immer, wenn wir konnten, sind wir nach St. Moritz gefahren. Irgendwann haben wir eine kleine Wohnung gekauft. Aber – seit sie tot ist, gehe ich lieber ins Hotel.« Reto Rösti weint wieder ein paar Tränen und wiederholt: »Käthy war großartig.« Dass er bald bei ihr sein werde, sei ein großer Trost und erleichtere ihm sein Sterben. »Ich weiß nicht, ob es ein Leben nach dem Tod gibt, einen Himmel, eine Wiedergeburt. Aber wie auch immer – mir ist alles recht. Hauptsache, zusammen mit Käthy«, schließt er seinen langen Monolog.

Ich weiß nicht, was ich auf all das antworten soll. Muss ich auch nicht, denn nun will der alte Herr wissen, was ich denn so glaube. Schließlich habe ich mich umbringen wollen. Da müsse ich doch glauben, im Jenseits warte etwas Großartiges.

Das ist mir jetzt ein kleines bisschen unangenehm und vielleicht sogar zu persönlich.

»Ich habs Ihnen ja gesagt: Ich wollte einfach nur weg. Ich fragte mich nicht, ob etwas und, wenn ja, was dann kommen werde.«

Ich kann ihm ja schlecht anvertrauen, dass ich davon ausging, ja darauf hoffte, es komme nichts. Gar nichts. Einfach Ruhe, aus und Ende. Ich weiß gar nicht, warum alle irgendetwas im Jenseits erwarten, warum alle an irgendetwas glauben wollen, das dann kommen sollte. Suchen sie nach einer Belohnung, einem Sinn? Ich hatte einmal eine Diskussion mit meiner Freundin Rita. Sie – als wirklich gläubige Katholikin – erklärte mir: »Warum sollte ich denn ein gutes Leben leben, ein guter Mensch sein, wenn ich nicht mit dem Himmel dafür belohnt werde?«
Mich hat das irgendwie schockiert, und ich fand es unerwartet berechnend. Ich will nämlich ein guter Mensch sein, weil ich vom Guten überzeugt bin, nicht aus Angst vor der Hölle. Weil ich Prinzipien habe und Ideale und Erziehung und Werte. Dass die »Bösen« alle irgendwann bestraft werden, eben in diesem schwammigen Jenseits, daran glaube ich sowieso nicht, auch wenn es ein tröstlicher Gedanke wäre. Ich hoffe eher, dass die Menschen, die anderen übel mitspielen, im Diesseits schon bestraft werden. Ich weiß, das trifft nicht immer zu. Oder es ist für uns einfach nicht so klar sichtbar.
Vor ein paar Jahren, als meine Eltern starben, da wünschte ich ihnen natürlich schon etwas mehr als ein Nichts. Auch mir selber wünschte ich den Glauben an irgendetwas Schönes, das nach dem Tod noch sein könnte. Ich bin mit dem Thema noch nicht durch. Ich arbeite daran. Ich denke darüber nach. Ich glaube und zweifle und wünsche. Bei der Arbeit habe ich so viele Menschen sterben und so viele Angehörige verzweifeln sehen. Sie waren mir keine Hilfe. Eine Katechetin, also eine Frau, die sogar von Berufes wegen gläubig ist, hatte einen Nervenzusammenbruch, als ihre Mutter bei uns starb. Warum denn, wenn sie an einen Himmel glaubte? Und ein völlig ungläubiger Mann, ein unausstehlicher Kerl mit, wie

mir schien, großer krimineller Energie, der mit seiner ganzen Familie gebrochen hatte und nicht einmal am Sterbebett besucht wurde, wollte in seiner letzten Stunde unbedingt einen Priester sprechen. Er entschlief dann lächelnd in völligem Frieden, weil er gebeichtet hatte und somit – wie er ganz sicher glaubte – dem Himmel entgegenging.

»Worüber denken Sie so angestrengt nach?«, unterbricht Herr Rösti meine Gedanken.

»Ach, ich konzentriere mich nur«, weiche ich aus.

»Soso ...«

Ja, ich muss mich wirklich noch immer aufs Fahren konzentrieren. Doch auch die herrlichen Wiesen mit ihrer gelbvioletten Blumenpracht machen mich sprachlos. Die Natur schöpft hier wirklich aus dem Vollen. Und dann sehen wir plötzlich, für mich völlig überraschend, den Silvaplanersee, auf dem, wie auf einer riesigen Spielwiese, in einem bunten Reigen unzählige Kitesurfer ihren Wassersport betreiben. Faszinierend, diese aufgeblähten Lenkdrachen – und die Tatsache, dass sie sich nicht ineinander verheddern.

»Schön, schön, schön ...«, sagt Rösti.

Ja, wirklich – schön, schön, schön! Ich bekomme einen weiteren Eindruck vom Zauber dieser Gegend. Aber jetzt muss ich wieder gut aufpassen, denn bald schon kommt St. Moritz, und ich will mich dort nicht in irgendwelchen kleinen Sträßchen verirren, sondern den direkten Weg zum Hotel finden. Keinesfalls möchte ich auf den letzten Metern noch irgendwelche schwierige Manöver ausführen, vielleicht sogar noch rückwärtsfahren müssen.

Reto Rösti diktiert mir unbeirrt den Weg. Er kennt sich aus, und das zeigt er auch gern.

Und dann sind wir da.

Ich staune.

Wir halten vor einem Schloss.
Vor dem »Badrutt's Palace«.
Ich bin unendlich froh und wunderbar erleichtert, dass wir alle drei – Rösti, der Wagen und ich – unversehrt an unserem Ziel angekommen sind. Doch ich wäre schon dankbar gewesen, im Voraus zu erfahren, wo genau wir logieren. Der offensichtliche Luxus macht mir gerade etwas Bauchweh.
Reto Rösti sieht es mir an und sagt: »Keine Bange, Sie werden staunen, wie ungezwungen man sich in diesem Haus bewegen kann.«
Innert Sekundenbruchteilen entscheide ich mich, ihm zu glauben. Und wie sagt man doch so schön: Nobel soll die Welt zugrunde gehen. Dann kann es ja auch meine.

5 ROTE ROSEN REGNEN

Mir tut alles weh, weil ich mich derart verkrampft habe. Sogar die Finger schmerzen, weil ich, entgegen dem Rat von Herrn Rösti, nicht damit aufgehört habe, mich verzweifelt und panisch ans Steuerrad zu klammern. Bevor ich aussteige, schwöre ich mir, dieses Gefährt nie mehr anzufassen. Niemalsnie.
Jetzt werden die »Selbstmördertüren« von einem livrierten Pagen geöffnet. Es macht große Freude, ihm feierlich den Autoschlüssel in die Hand zu drücken. Er nimmt sie ganz ehrfürchtig entgegen. Am liebsten würde ich – wie jeweils der Papst – den Boden küssen. Ein weiterer Page lädt unser Gepäck auf einen goldenen Rollwagen. Ich helfe Herrn Rösti aus dem Wagen. Er ist sehr blass und atmet schwer. Aber er strahlt.

»Wir haben es geschafft. Wir sind da!«, ruft er, ganz so, als hätte er selber nicht daran geglaubt. »Schön, schön, schön …«
Schnell wird unser Oldtimer von Touristen und Gästen umrundet, bewundert und fotografiert.
Und wir stehen nun also vor diesem schlossartigen Gebäudekomplex mit Türmen und Erkern. Dieses Hotel ist wirklich eine ganz besondere Adresse. Ich bin sicher, so vornehm habe ich noch nie gewohnt.
Wir werden von verschiedenen Menschen aus dem Hotel begrüßt, Herr Rösti mit Namen und sehr liebevoll. Ein richtiges Empfangskomitee. Man scheint sich aufrichtig zu freuen, meinen Patienten wiederzusehen. Bestimmt wusste aber niemand, wie schlecht es ihm inzwischen geht. Ich fange besorgte Blicke auf, auch wenn alle eine fröhliche Miene aufgesetzt haben. Ja, Reto Rösti ist zum Sterben gekommen. Aber heute und morgen hat er anderes vor.
Das macht er unmissverständlich klar, als man ihm einen Rollstuhl anbieten will. Er hakt sich bei mir ein und sagt: »Los gehts!«
So schnell gibt er nicht auf.
Wir betreten die Innenräume, das Schloss, den Palast. Das alte Haus bezaubert mich auf Anhieb. Als wäre auch es ein Oldtimer, eine Antiquität, ein Stück lebende Geschichte. So viel Atmosphäre und Eleganz! Wahnsinn! Aber das Hotel schüchtert mich weniger ein, als es der Jaguar tat – schließlich muss ich es ja nicht fahren. Ich habe hier eine Aufgabe, einen Job, einen, den ich ausfüllen kann. Und da kann ich mich gut in eine professionelle Haltung flüchten.
»Herr Rösti, möchten Sie vielleicht zuerst Ihr Zimmer beziehen und sich ein wenig hinlegen?«, frage ich vorsichtig.
Ich bin völlig erledigt von der Reise, wie wird sie erst meinem Patienten zugesetzt haben. Doch dieser schüttelt den Kopf.

»Als Erstes habe ich mit Käthy nach der Ankunft immer einen Drink in der Hotelhalle genommen. Hören Sie den Pianisten spielen?«

Oha, da gibt es also Rituale, die zu beachten sind.

The same procedure as every year …

Ich platziere den alten Mann vorsichtig auf einem Sofa direkt gegenüber dem Pianisten.

»Der Musiker ist neu«, sagt Herr Rösti, es klingt ein bisschen enttäuscht.

Nun erscheint sogar der Hoteldirektor, Herr Leuenberger, wie er sich mir vorstellt, nachdem er seinen langjährigen Gast begrüßt hat. Er entschuldigt sich, weil er Röstis Empfang verpasst hat. Dafür hat er schon den Lieblingsdrink meines Patienten organisiert. Ich bin froh, dass es sich um einen Gin Tonic handelt, den ich auch gern trinke. Mit diesem Begrüßungsritual kann ich leben.

Herr Rösti versinkt fast im Sofa. Es ist nicht zu übersehen, dass es ihm nicht gut geht.

Der Direktor schickt mir einen intensiven Blick zu. Ich ziehe nur kurz die Schultern hoch. Das ist Röstis Show.

Der Pianist spielt »Für mich solls rote Rosen regnen«, und einmal mehr an diesem emotionalen Tag laufen Herrn Rösti Tränen übers Gesicht.

»Dieses Lied wurde an Käthys Beerdigung gespielt. Es war ihr Lieblingslied«, erklärt er und schnäuzt sich.

Herr Leuenberger bittet mich an die Rezeption, um die Formalitäten zu regeln. Das gibt uns die Gelegenheit, ein paar persönliche Worte zu wechseln. Das ist auch gut so, denn sein Blick verrät mir, dass er nicht weiß, wie er mich einordnen soll.

Nachdem ich ihm meine Rolle erklärt habe, fragt er mich ganz direkt: »Er wird bald sterben, oder?«

»Ja. Er hat nur noch ein paar Tage, im besten Fall Wochen«, antworte ich ehrlich. Ich glaube nicht, dass ich hier noch irgendwelche Schweigepflichten verletze. Ich brauche Verbündete und Mitwisser.

»Der Arzt kommt heute zum Abendessen, Dr. Caprez. Er wird Ihnen sicher eine große Hilfe sein.«

»Oh, da bin ich wirklich froh. Danke.«

Der Direktor lässt sich von einer Rezeptionistin die Zimmerschlüsselkarten geben und überreicht sie mir. Mein Patient habe für sich die große Suite reserviert, in der er immer logiere.

»Wir können da auch ein Pflegebett hineinstellen, falls Sie eines brauchen. Das organisieren wir gern.« Mein Zimmer sei kleiner und gerade gegenüber. »Ich kann Ihnen ein Babyfon in Ihre Zimmer bringen lassen, wenn Sie möchten.«

Ich nicke. Das ist eine gute Idee.

»Dann werde ich das sofort veranlassen«, sagt er und schaut mir nun direkt in die Augen. »Danke, dass Sie ihn hergebracht haben!«

»Sie müssen sich nicht bedanken, es ist wie gesagt ein Job für mich. Herr Rösti bezahlt mich«, mache ich klar.

Aber der Direktor lächelt mich weiter an, als hätte er mich nicht gehört.

Als ich zurück zum Pianisten gehe, sitzt Herr Rösti nicht mehr allein da. Eine junge Frau hat sich an ihn geschmiegt. Die beiden halten sich an der Hand.

Ich staune.

Der Mann überrascht mich immer wieder. War diese junge Frau der Grund, hierherzukommen? Auch eine polnische Internetliebe?

Herr Rösti klärt mich auf: »Das ist meine Enkelin. Leah. Ich habe Ihnen doch schon von ihr erzählt. Sie ist für mich der allergrößte Schatz auf dieser Welt.«

Leah mustert mich genauso misstrauisch, wie das Bruno Blatter und gerade eben der Hoteldirektor im ersten Moment getan haben. Verständlich.

»Ich bin Karin Kaufmann, Pflegefachfrau«, stelle ich mich daher förmlich vor.

»Ach«, sagt sie nur.

Reto Rösti erklärt: »Leah ist Buchhändlerin. Sie arbeitet in der einzigen Buchhandlung hier in St. Moritz. Wenn Sie etwas lesen möchten, sagen Sie es Leah. Sie kann es auf meine Rechnung setzen.«

Ich bin froh, dass es hier eine Angehörige gibt, auch wenn das manchmal die Dinge nicht leichter macht, wenn es ums Sterben geht. Schnell einmal mischen sie sich ein, respektieren den letzten Willen des Patienten nicht, wollen überall mitreden. Ich werde mich gut mit ihr stellen müssen. Aber sie sieht sympathisch aus. Sie ist etwas schmal und sehr blass. Ihre kastanienbraunen Haare hat sie nachlässig hochgesteckt. Hinter einer Nickelbrille blitzen etwas schüchterne, aber wache helle Augen auf. Kurzum – sie wäre in jedem Spielfilm die Idealbesetzung einer Buchhändlerin.

»Leah ist wunderbar. Ich möchte, dass sie jederzeit zu mir kommen kann, Tag und Nacht«, betont Herr Rösti.

Ich nicke.

»Ihren Vater hingegen, meinen Sohn Mark, den möchte ich nicht sehen«, erklärt er weiter. »Vor allem dann nicht, wenn es ans Sterben geht. Dann ist es ohnehin zu spät.«

Ich schaue zu Leah hinüber, die die Augen verdreht. Ich würde es ihr gern gleichtun, aber das sind Röstis Regeln, und ich werde sie respektieren. Habe ich jedenfalls vor.

Irgendwann möchte Herr Rösti dann doch aufs Zimmer gehen. Er kann vor Müdigkeit nämlich kaum mehr sitzen. Das

Wort »Zimmer« ist jedoch, wie ich schnell erkenne, eine totale Untertreibung für die unglaublich luxuriöse Unterkunft, die mein Patient gemietet hat. Im Wohnzimmer steht eine Sitzgarnitur, auf der es sich der ganze St. Moritzer Gemeinderat gemütlich machen könnte. Ein bombastischer Kronleuchter hängt über einem Glastisch, an dem sechs Stühle stehen. In einer Ecke steht ein Stutzflügel, in der anderen ein kleiner Tisch mit einem Schachbrett, die Figuren zum Spiel bereit. Da und dort sind üppige Blumenarrangements platziert. Nebenan gibt es ein Büro mit Laptop und Drucker. Das Schlafzimmer ist so riesig, dass auch locker mehr als ein Pflegebett darin aufgebaut werden könnte; sogar ein großes rotes Sofa steht darin. Der begehbare Kleiderschrank ist eher ein Ankleideraum. Und der Balkon ist einfach nur wunderbar. Mit Blick direkt auf den St. Moritzersee und auf das Dorf und natürlich auch in die Berge. Und das sind immerhin so viele Berge, dass man auf dem Balkongeländer eine Orientierungstafel angebracht hat, auf der die Gipfel mit ihren Namen vermerkt sind.

Herr Rösti sieht das alles nicht. Aber er kennt es schließlich auch zur Genüge und will nun nicht anderes mehr als sich ausruhen. Er zieht die Schuhe aus und legt sich aufs rote Sofa im Schlafzimmer. Leah hilft ihm dabei, schiebt ihm ein großes Kissen unter den Kopf und deckt ihn liebevoll mit einer Tagesdecke zu. Ich stehe etwas unbeholfen mit einem Glas Wasser und einem Tellerchen, auf dem ein Medikament bereitliegt, daneben.

Eigentlich müsste er die Tablette jetzt einnehmen, aber er schnauzt mich ungewohnt unfreundlich an: »Später, später. Lasst mich jetzt schlafen. Fort mich euch!«

Ein Hotelangestellter, der uns in die Suite begleitet hat und nun an der Tür steht, erklärt mir, wo er Röstis Sachen versorgt

hat. Er hatte tatsächlich schon einen großen Koffer mit Kleidung hier. Auch das mitgebrachte Gepäck wurde offensichtlich schon säuberlich ausgepackt und verräumt.
Jetzt begleitet der junge Mann mich zu meinem Zimmer. Leah huscht hinter uns her. Ha! Mein Zimmer ist gegen die Suite meines Patienten ein Schuhkarton. Ein besonders edler Schuhkarton, das schon. Aber ohne Balkon. Ohne Aussicht. Dafür mit Baulärm. Der Angestellte erklärt entschuldigend, gegenüber werde gerade ein neuer Hotelkomplex gebaut. Ich schließe das Fenster.
Ist doch egal.
Ich sollte nicht hier sein.
Ich möchte nirgendwo sein.
Mein Elend will mich wieder einholen.
Nein, ich habe mich für diese Arbeit entschieden, bin hier, weil ich es so gewollt habe.
Ich nehme also alles so, wie es ist.
Leah unterbricht meine trüben Gedanken: »Machen Sie es sich gemütlich, richten Sie sich ein. Ich gehe inzwischen zu Nonno und lese ein bisschen. Ich melde mich, wenn irgendetwas ist.«
»Danke.«
Dafür, dass Leah mich anfangs eher skeptisch betrachtet hat, ist sie jetzt schon recht freundlich.
Als sie weg ist, packe ich meine Siebensachen in die schönen, edlen Schränke. Worauf habe ich mich da bloß eingelassen?
Ich setze mich einen Moment lang auf das weiche Bett. Die Versuchung, mich kurz hinzulegen, ist riesengroß. Ich gebe nach … nur ganz kurz, ganz schnell … und bin schon weg, bevor ich mir weiter überlegen kann, ob ich jetzt Zeit zum Schlafen habe oder nicht.
Schlaf ist doch eine wunderbare Erfindung.

Wegtreten.
Abschalten.
Im Traum erscheint mir Theo Eberle, der Eber. Und ich bin eine Weile glücklich, weil ich im Traum noch nicht weiß, was für ein Ekel er ist. Ich bade in einem wohligen Gefühl von Anerkennung und Liebe. Der attraktive Mann bezirzt mich gerade gekonnt, als Leahs gnadenloses Klopfen an meine Zimmertür meine geträumte Idylle zerstört.
»Schnell, Frau Kaufmann, schnell! Es ist etwas mit Nonno!«, ruft sie, als ich die Tür öffne.
Wir rennen in Reto Röstis Schlafzimmer.
»Hören Sie, wie er atmet? Ich glaube, er stirbt! Tun Sie etwas!«
Leah ist ziemlich aus dem Häuschen. Der alte Herr atmet tatsächlich erschreckend laut. Er gurgelt, rasselt und sägt.
Als ich mich über ihn beuge, stelle ich aber schnell fest, dass alles in Ordnung ist, und drehe ihn mit ein paar gekonnten Handgriffen in Seitenlage. Das schlimme Geräusch verstummt zwar nicht, wird allerdings erheblich leiser.
Ich kann Leah beruhigen: »Ihr Nonno schnarcht. Das kenne ich schon vom Spital. Er schnarcht grauenvoll.«
Mein Patient ist bei der ganzen Aktion nicht einmal aufgewacht. Er muss fix und fertig sein.

Leah und ich setzen uns an den großen Glastisch.
»Danke, dass Sie da sind«, sagt sie jetzt. Sie war wohl richtig in Panik.
Wir lächeln uns an.
»Schon gut«, sage ich nur.
Leah mustert mich, als würde sie ahnen, dass es da noch eine Geschichte zu meiner Anwesenheit gibt, ein Geheimnis, das sie ergründen möchte. Aber bevor sie etwas fragen kann, rettet mich Dr. Flurin Caprez, der Internist und Freund von Reto

Rösti, der zum gemeinsamen Abendessen kommen wollte. Entsprechend trägt er einen edlen grauen Anzug. Fürs Essen ist es etwas früh, aber er will ja auch seinen Freund sehen.
»Der Patient schläft«, sage ich. »Soll ich ihn wecken? Er ist zwar sehr erschöpft. Aber vielleicht möchten Sie ihn begrüßen.«
»Schon gut. Schon gut«, meint er nur. »Lassen wir ihn im Land der Träume.« Trotzdem will er ins Schlafzimmer, mustert dort kurz seinen Freund, streicht ihm flüchtig über den Kopf. »Er sieht nicht gut aus«, bemerkt er, und ich höre, wie sehr ihn das mitnimmt. »Wir werden auf ihn aufpassen müssen. Schön, dass Sie ihn hergebracht haben. Hier wird er in Frieden sterben können.« Dann verlangt er nach den medizinischen Unterlagen und der Medikamentenliste meines Patienten. Er packt alles in sein Lederköfferchen und meint: »Ich werde das zu Hause schon mal studieren.«
Dr. Caprez ist ein durchaus attraktiver Mann. Seine etwas zu langen grauen Haare hat er nach hinten frisiert. Aus seinem gebräunten Berglergesicht leuchten stahlblaue Augen. Er ist charmant und galant und flirtet tatsächlich ein wenig mit mir, scherzt und lächelt. Wenn der wüsste! Das Letzte, wirklich das Allerallerletzte, was ich gerade brauche, ist ein Flirt mit einem Arzt.
Leah kennt ihn und scheint sich großartig mit ihm zu verstehen. Und ich werde seine medizinische Unterstützung brauchen und zu schätzen wissen. Mehr nicht.
»Wir könnten uns ja auch etwas zu essen aufs Zimmer bestellen, bis zur regulären Abendessenszeit dauert es ja schon noch ein Weilchen«, schlägt Leah nun vor. »So kann Nonno weiterschlafen. Und mir ist es da unten ohnehin immer etwas zu vornehm.«
Die Idee gefällt mir. Als ich dann aber auf der Karte die Preise für einen kleinen Imbiss sehe, vergeht mir der Appetit.

»Ich weiß genau, was Sie denken«, sagt Leah, die mich beobachtet hat. »Aber wenn Sie in diesem Haus nicht aufhören, über die Preise nachzudenken, werden Sie wahnsinnig werden – oder verhungern. Denken Sie einfach daran, dass nicht Sie, sondern mein Nonno dieses Hotel ausgewählt hat. Und Geld hat er genug. Das versichere ich Ihnen. Genießen Sie die Tage hier, ohne auf die Preise zu achten.«
Ich bestelle also innerlich kopfschüttelnd Tomatenspaghetti für fünfunddreißig Franken. Ist ja nicht mein Geld. Genau. Und dass da noch ein Zuschlag für den Zimmerservice draufkommt, ist auch nicht mein Problem. Den Wein wählt Dr. Caprez aus. Und ich will nicht wissen, was er kostet.
Wir setzen uns an den Esstisch, und schon kurz darauf servieren zwei Kellner unsere Speisen. Dr. Caprez erweist sich als unterhaltsamer Gast. Wir stoßen auf Reto Rösti an, der wieder laut vor sich hin schnarcht.
Dr. Caprez fragt mich irgendwann, ob ich mir vorstellen könne, länger in St. Moritz zu bleiben – er hätte für mich eine Stelle. Im Privatspital Caprez, das er selbst einst gegründet habe. Es sei inzwischen so gewachsen, dass er weitere Partner als Mitbesitzer ins Boot holen musste, sogar den Kanton.
»Wir bauen gerade in St. Moritz Bad eine neue Klinik. Größer. Moderner. Mit viel Platz. Was meinen Sie?«
Ich staune. Dr. Caprez weiß absolut nichts von mir. Ich könnte eine wirklich lausige Pflegefachfrau sein, die man gerade irgendwo entließ, weil sie beinahe ein paar Patienten umgebracht hatte. Doch offensichtlich würde er mich sofort einstellen. Natürlich geht es gar nicht um mich, sondern um den Pflegenotstand. So weit ist es schon gekommen.
Und wirklich, Dr. Caprez schneidet genau dieses Thema an und berichtet, dass er gerade neue Zahlen in einem Ärztemagazin gelesen habe: »Haarsträubend! Jeden Monat verlassen

dreihundert Pflegende ihren Beruf. Ende 2020 fehlten in der Schweiz mehr als zwölftausend Pflegende, inzwischen sind es bald fünfzehntausend. Wo führt das hin? Jetzt wird aktiv Personal im Ausland gesucht. Aber dort fehlen diese Leute ja dann auch. Viele Spitäler haben längst ganze Stockwerke gesperrt. Sie haben zwar Betten, aber können sie nicht betreuen.«

Ich nicke, wem sagt er das.

Doch Dr. Caprez scheint froh zu sein, seine Sorge mit jemandem zu teilen, der genau weiß, wovon er spricht. Die Gewerkschaft habe neulich eine Umfrage bei Pflegefachleuten gemacht. Dabei hätten über die Hälfte der unter Dreißigjährigen erklärt, dass sie nicht bis zur Pensionierung im Beruf bleiben möchten. »Und über neunzig Prozent der Befragten beklagten, die Pflegequalität leide unter dem Personalmangel und dem Spardruck. Und dann: Schlafprobleme, psychische Probleme, Rückenschmerzen, Kopfweh … Und in den Heimen ist es nicht besser. Da wird vielerorts nur noch nach dem System ›warm, satt, sauber‹ gearbeitet.«

Dr. Caprez' Redefluss versiegt, doch er schaut mich herausfordernd an und möchte meine Meinung hören. Aber was soll ich sagen? Wenn ich eine Lösung wüsste, hätte ich sie längst in die Welt hinausposaunt. Ich sehe keine. Ich sehe nur die Katastrophe auf uns zurollen. Und dann darf sich einer wie Reto Rösti glücklich schätzen: Er kann sich die Pflege kaufen, die er braucht. Alle anderen Patienten müssen schauen, wie sie zurechtkommen.

Aber das sage ich nicht laut, sondern bleibe im Allgemeinen: »Solange dieser Pflegenotstand herrscht, ist das wie eine Negativspirale. Der Druck auf die wenigen noch vorhandenen Pflegefachkräfte wird immer größer und vertreibt die Übriggebliebenen. Ich bin ja auch gegangen.«

Leah mischt sich nun auch ein und wehrt sich für mich: »Lass

sie doch erst einmal hier ankommen, Flurin. Frau Kaufmann kennt St. Moritz doch noch gar nicht. Sie wird bestimmt seinem Zauber verfallen, und dann klopft sie bei dir an und fleht dich auf Knien an, sie einzustellen. Aber – geben wir ihr doch etwas Zeit.«
Dr. Caprez lacht und sagt: »So ist es. Wir lassen das Oberengadin für uns arbeiten. Der große Ferdinand Hodler, der Maler – Sie wissen schon? –, hat gesagt, dass er nirgendwo auf der Welt ein so fantastisches Licht gesehen habe wie hier. Ich glaube, dieses Licht ist es, das alle verzaubert. Achten Sie darauf!«

Draußen wird es dunkel. Kein Licht weit und breit. Reto Rösti schläft immer noch. Auch mir fallen jetzt ab und zu die Augen zu. Ich versuche zwar, es wie ein Delfin zu machen, also nur halbseitig zu schlafen, aber wirklich gelingen will mir das nicht. Dr. Caprez jedenfalls scheint es nun zu bemerken und will sich verabschieden.
Es tut mir zwar leid, dass er seinen Freund nicht begrüßen konnte, aber ich bin froh, dass er geht. Meine Müdigkeit entschuldige ich mit der anstrengenden Fahrt im Jaguar, die mich viel Kraft gekostet habe.
»Sie durften den Jaguar fahren?« Caprez macht große Augen.
»Na ja, sooo ein riesiger Vertrauensbeweis war das nun auch wieder nicht. Herr Rösti hatte keine andere Wahl«, entgegne ich.
Aber Dr. Caprez sieht das anders. Ich bin in seiner Achtung definitiv gestiegen.
»Wir sollten unsere persönliche Pflegefachfrau schlafen gehen lassen«, sagt er mit einem Lächeln zu Leah. »Sonst läuft sie uns schon morgen davon.«
Zum Abschied küsst er mir die Hand.

6 NONNO WILL RAUCHEN

Als Dr. Caprez gegangen ist, überlegen Leah und ich, ob wir Reto Rösti wecken und ins Bett bringen sollen, und entscheiden uns, dass wir ihn weiter den Schlaf des Gerechten schlafen lassen. Leah bietet mir an, über Nacht hierzubleiben. So könne ich entspannt durchschlafen. Sie melde sich, falls sie Hilfe brauche.

Ich nehme dankbar an und schlafe tief und fest, bis mich um sieben der erste Baulärm weckt. Da muss ich allerdings kurz überlegen, wo ich überhaupt bin und was ich hier mache. Warum, wieso, weshalb ... Es gibt so viele Fragen. Einige kann ich mir selbst nicht beantworten. Ich stehe also auf, dusche ausgiebig, und gerade, als ich fertig angezogen bin, klopft Leah wie wild an meine Tür.

Aufgeregt berichtet sie: »Nonno will rauchen. Er hockt schon auf dem Balkon. Er darf doch sicher nicht rauchen?!? Er lacht mich nur aus.«

Ich ziehe die junge Frau kurz in mein Zimmer und erkläre ihr: »Schauen Sie, Ihr Großvater wird sterben. Sehr bald. Es kommt jetzt wirklich nicht mehr darauf an, ob ihm etwas schadet. Es geht um seine letzten Wünsche. Und das Rauchen scheint ihm extrem viel zu bedeuten. Ich finde das auch nicht gut. Aber ehrlich: Warum soll er jetzt noch damit aufhören?«

Leah nickt, mit Tränen in den Augen.

»Gut, dass Sie da sind, Frau Kaufmann – ›Schwester Karin‹. Genau, mein Nonno nennt Sie ja Schwester, aber sagt man das überhaupt noch im richtigen Leben, oder ist das nur in den Fernseh-Soaps so?«

»Sie haben es getroffen, Leah. Das ist ein Thema, das ich noch mit Ihrem Nonno klären muss. Nennen Sie mich doch einfach Karin«, erwidere ich lachend – wir zwei scheinen uns wirklich nicht schlecht zu verstehen.
Wir gehen zu ihrem Großvater, der tatsächlich auf dem Balkon sitzt. Immerhin trägt er eine Strickjacke. Und er raucht. Und er grinst sein ganz besonders großes Grinsen.
»So habe ich mir meine letzten Tage vorgestellt! Schön, schön, schön …«
Natürlich hustet er zwischendurch furchtbar, und Leah schaut mich hilfesuchend an. Ich kann da auch nichts tun. Rösti nuckelt genüsslich an seinem Stumpen und freut sich an der schönen Aussicht. Immerhin nimmt er dann seine Medikamente. Danach muss er duschen. Er hat in seinen Reisekleidern geschlafen und müffelt ein wenig. Es scheint aber, als habe er sich von der gestrigen Reise recht gut erholt. Nach dem Anziehen ist er allerdings wieder etwas erschöpft. Im Spital würde er sich wohl nochmals zum Schlafen hinlegen, hier ist seine Welt definitiv eine andere.
»Jetzt gibt es Frühstück«, freut er sich.
Mit Leah auf der einen und mir auf der anderen Seite, geht er langsam, aber aufrecht durch die Gänge, durch die Räume, bis zu unserem Frühstückssaal, der aussieht, als würden hier normalerweise Könige tafeln. Die riesigen Fenster geben den Blick auf den St. Moritzersee und die Berge frei. Um dem Ganzen noch die Krone aufzusetzen, sitzt auf einer kleinen Empore eine junge Frau und spielt Harfe.
Harfe!
Noch nie hat irgendwo irgendjemand Harfe für mich gespielt. Das ist schon fast etwas zu viel des Guten. Zu viel von allem. Zu viel Glanz, Glamour, Glitzer und Goldstaub. Ich hätte meine goldene Papierkrone mitbringen sollen, die ich noch vom

letzten Dreikönigskuchen irgendwo auf einem Gestell in der Küche liegen habe. Die würde jetzt passen. Kellner kommen herbei und bedienen uns. Das riesige Frühstücksbuffet lässt keinen Wunsch offen. Als ich ein kleines Glas Birchermüesli für Reto Rösti hole und es zu unserem Platz tragen will, kommt doch tatsächlich ein Kellner, nimmt es mir ab, stellt es auf ein silbernes Tablett und läuft damit hinter mir her zu unserem Tisch. Diese Prozession ist schon ein ganz klein wenig albern. Aber halt auch ein ganz klein wenig schön. Total jenseits meiner normalen Welt. Völlig abgehoben. Und mit Harfenmusik untermalt.

Mein Patient mag nur wenig essen, obwohl er ja schon das Abendessen verschlafen hatte. Er genießt dafür das Kommen und Gehen und mustert voller Interesse jeden Gast, ist hellwach und aufmerksam.

»Wir müssen jetzt endlich die Liste machen«, sagt er irgendwann.

»Die Liste?«

»Meine Löffelliste!«, sagt er bestimmt.

»Stimmt«, sage ich, und Leah möchte wissen, was es mit der Liste auf sich habe.

Rösti erklärt gern: »Das wird eine Liste mit all den Dingen, die ich noch erleben möchte, bevor ich den Löffel abgebe. Um den See wandern, das Segantini-Museum besuchen, an den Stazersee …«

»Oh!«, unterbricht ihn Leah.

Ihr Großvater beruhigt sie sogleich: »Das wird schon irgendwie gehen.«

Leah bedauert, dass sie arbeiten muss und somit nur selten an unseren Unternehmungen teilhaben kann.

»Aber ich komme so oft wie möglich zu Besuch«, verspricht sie.

»Du bist ein gutes Kind«, sagt Rösti und nimmt kurz ihre Hand.
Ich hoffe, dass sich mein Patient nicht übernimmt mit all seinen Plänen. Seine Unternehmungslust macht mir Sorgen.
Er meint nur: »Wenn ich eine Tour nicht mehr selber machen kann, müssen Sie das für mich tun und mir dann davon erzählen.«
Aha. So stellt er sich das vor. Er will also seine Pläne delegieren. Interessant. Er ringt mir mal wieder ein Lächeln ab, der Herr Rösti.
»Vielleicht begleitet Sie an meiner Stelle ja dann ab und zu Flurin Caprez«, schlägt er vor.
»Stopp!«, wehre ich mich entschieden. »Versuchen Sie ja nicht, mich zu verkuppeln. Schon gar nicht mit einem Arzt. Sein Charme prallt an mir ab. Wirklich, Herr Rösti! Vergessen Sie das!«
»Aber immerhin haben Sie bemerkt, dass er Charme hat.«
»Ja. Hat er«, gebe ich unwillig zu.
»Gut.«
Ich will keinen Arzt.
Ich will keinen Mann.
Ich will gar nichts.
»Altersmäßig würde das passen. Er ist noch keine sechzig«, fügt Reto Rösti an.
Dafür bekommt er meinen strengen Pflegerinnenblick.
»Schon gut«, sagt er kleinlaut.
Ich kann wirklich sehr ernst und autoritär schauen. Auch wenn ich innerlich lächle.

Nach dem Frühstück verabschiedet sich Leah. »Danke, dass Sie auf Nonno aufpassen!«, wiederholt sie lächelnd. »Können wir uns nicht Du sagen?«

Ich zögere kurz, bin ein wenig irritiert, weil ja eher ich als die Ältere das Du hätte anbieten sollen. Und ich denke an die professionelle Distanz. Doch dann pfeife ich auf beides.
»Selbstverständlich«, sage ich also und füge mit einem Zwinkern hinzu: »Du weißt ja schon, wie ich heiße.«
Leah verspricht mir, Lesestoff zu besorgen. Allerdings bezweifle ich, viel Zeit zum Lesen zu haben. Gut, ich habe jetzt nur noch einen einzigen Patienten. Da muss ich natürlich umdenken. Wenn der alte Herr schläft, habe ich Pause. Und er wird viel schlafen und ruhen.
Kurz darauf kommt Dr. Caprez, um seinen Patienten zu untersuchen, und ich ziehe mich in mein Zimmer zurück. Später klopft der Arzt bei mir an. Ich lasse ihn nicht herein, sondern rede mit ihm auf dem Flur.
»Wegen der Behandlung«, beginnt der Arzt, »ich bin der Meinung, so wenig wie möglich, so viel wie nötig. Das sehen Sie doch auch so? Ich werde noch Sauerstoff organisieren. Den brauchen wir wohl in absehbarer Zeit. Ansonsten fahren wir mit der Medikation fort wie bisher. Er muss nicht essen, er muss nicht trinken, er muss keine Medikamente nehmen. Reto ist der Chef. Sind wir uns da einig?«
»Selbstverständlich, Dr. Caprez. Aber vielleicht müssten Sie das auch noch mit Leah besprechen. Ich bin nicht ganz sicher, ob sie unser Vorgehen versteht und unterstützt. Sie müsste aber unbedingt mit an Bord sein.«
»Das mache ich gern«, sagt der Arzt.
»Und was ist eigentlich mit seinem Sohn?«, wage ich zu fragen.
Dr. Caprez seufzt und meint dann: »Das wird schwierig. Doch ich wünschte mir auch, wir könnten noch eine Art Versöhnung zustande bringen.« Er werde sich darüber Gedanken machen, verspricht er. Dann schaut er auf seine Armbanduhr

und erschrickt. »Ich muss an eine Sitzung, aber ich komme morgen wieder, falls Sie mich nicht vorher anrufen.«
Er drückt mir seine Karte in die Hand, murmelt etwas von »jederzeit erreichbar«, winkt und spurtet davon.
Reto Rösti und ich machen jetzt auch eine Sitzung. Ich habe in seinem Büro einen großen Schreibblock gefunden. Die wichtige Löffelliste soll nun erstellt werden.
»Erster Punkt: Ich brauche einen Anwalt. Einen guten. Der Hoteldirektor wird uns einen empfehlen. Den möchte ich morgen sehen. Dann möchte ich – wie jedes Jahr – an der Eröffnung des Festival da Jazz dabei sein. Sie findet im legendären Dracula Club statt. Sie müssten mich da begleiten. Ich möchte dann auch das eine oder andere Konzert besuchen. Das wird Christian, mein Patenkind, der Gemeindepräsident, organisieren. Also: Aufschreiben!«
Möglichst bald wolle er um den St. Moritzersee spazieren. Das sei immer der erste Ausflug von Käthy und ihm gewesen, so eine Art Ritual zum Ankommen. Sicher müsse er auch zum Stazersee – und zwar irgendwann ganz früh am Morgen.
»Zu dieser Uhrzeit ist es dort magisch. Aber ob ich da noch hinkomme? Ich weiß es nicht. Vielleicht fährt jemand mit mir durchs Fahrverbot. Schauen wir mal.«
Auch in Silvaplana müsse er unbedingt am See sitzen und den Kitesurfern zuschauen. Von Sils Maria aus wolle er eine Kutschenfahrt ins Fextal machen. In St. Moritz Bad möchte er bei der Heilquelle Wasser trinken. Im Hotel Waldhaus am See einen Whisky, das habe er immer getan, wenn er hier gewesen sei. Auch das Segantini-Museum habe immer auf dem Programm gestanden. Und eine Fahrt mit der Rhätischen Bahn im offenen Aussichtswagen nach Poschiavo, das sei ein richtiges Highlight.
»Machen Sie noch eine separate Spalte. Dorthin kommen Un-

ternehmungen, die Sie leider ohne mich machen müssen. Der Lej Nair. Unbedingt: der Höhenweg von Muottas Muragl zur Alp Languard. Noch wichtiger: Fuorcla Surlej. Diesen wunderbaren Bergsee können Sie problemlos von der Mittelstation der Luftseilbahn Corvatsch aus erreichen.«

Herr Rösti macht eine kurze Pause, scheint abwesend, aber gerade als ich ihm eine Fortsetzung der Sitzung am Nachmittag vorschlagen will, sprudeln weitere Ideen aus ihm heraus.

»Das British Classic Car Meeting, das große Oldtimertreffen, das dürfen wir nicht verpassen. Ich werde da meinen Jaguar verkaufen.«

Mir wird langsam schwindlig. Vorsichtig wende ich ein: »Ist Ihnen klar, dass Sie vielleicht nicht alle Programmpunkte abhaken können? Ihr Gesundheitszustand ist sehr fragil.«

Mit einer legeren Handbewegung wischt er meine Bedenken beiseite. Er wisse sehr wohl, dass seine Tage gezählt seien, und ja, er sei kräftemäßig sehr angeschlagen. Aber gerade deshalb wolle er seine Zeit nicht verplempern.

»Möchten Sie sich nicht vielleicht auch noch mit Ihrem Sohn treffen?«, frage ich mutig.

»Nein.« Seine Antwort kommt mürrisch und kurz und sehr entschieden.

»Und Sie wollen mir nicht erzählen, warum?«, bleibe ich hartnäckig am Ball.

»Das ist eine lange Geschichte«, meint Reto Rösti abweisend und versucht so, meiner Fragerei zu entgehen.

»Wir sitzen hier gerade so bequem. Ich könnte – zuhören?«

Zuerst schickt er mir einen unwilligen Blick, dem ich problemlos standhalten kann. Schließlich erklärt er, dass er bereit sei, mir seine Familiengeheimnisse anzuvertrauen, wenn ich ihn danach definitiv damit in Ruhe lasse. Aber – dazu müsse er rauchen.

Und so sitzen wir wieder auf dem schönen Balkon, wo ich mich noch wohler fühlen würde, wenn nicht ein todkranker Stumpenraucher neben mir die frische Engadiner Bergluft verqualmen würde.

»Sie haben mir gesagt, Ihr Sohn sei ein Arschloch. Das hat mich ein wenig irritiert, weil Sie sich doch sonst nie so heftig ausdrücken und weil ich Ihre Umgangsformen sehr zu schätzen weiß«, helfe ich meinem Schützling auf die Sprünge.

»Arschloch habe ich gesagt? Das tut mir leid. Manchmal vergesse ich meine gute Erziehung. Mark hatte die besten Voraussetzungen der Welt, ein wertvolles Mitglied der Gesellschaft zu werden. Er besuchte ein großartiges internationales Internat, machte seine Matura mit Bestnoten. Er studierte Architektur, gewann Preise. Er fand eine wunderbare Frau, die ihm den Rücken freihielt. Esther. Und dann kam Leah zur Welt. Gesund und munter.«

»Und?«

»Bei der Geburt starb Esther.«

»Das ist ein schwerer Schicksalsschlag.«

»Stimmt. Aber was konnte Leah dafür? Leah hatte nie eine Chance. Er hat sie nicht geliebt. Sie war schuld an seinem Elend. Und als sie ihm als Teenager erklärte, sie sei lesbisch, hat er sie ganz aus seinem Leben gestrichen. Endgültig. Für immer.«

Immer wieder unterbricht ein Husten Röstis Erzählung. »Leider muss ich zugeben: Ich hatte auch Mühe damit, eine Enkelin zu haben, die mit Frauen ... Käthy musste ein paarmal vermitteln. Aber ich akzeptierte Leah schließlich so, wie sie ist. Er aber hat sie abgeschüttelt, wie ein lästiges Insekt.« Jetzt hustet er besonders heftig. »Ich habe ihn enterbt. Zumindest so weit, wie es das Schweizer Erbrecht eben zulässt. Richtig enterben kann ich ihn ja nicht. Das finde ich nicht in Ordnung. Aber gut, ich habe bereits einiges in die Wege geleitet.« Er habe

zum Beispiel Leah seine Wohnung in St. Moritz überschrieben. »Schon vor Jahren. Und jetzt will ich ihr noch helfen, die Buchhandlung zu kaufen, in der sie arbeitet. Sie hat mir gestern erzählt, dass ihre Chefin sich zurückziehen will. Wenn ich schon nicht mehr meine schützende Hand über sie halten kann, soll sie wenigstens abgesichert sein.«
Schön.
Weniger schön: Für eine Versöhnung von Vater und Sohn sehe ich nun auch wenig Chancen.
»Leah ist mehr bei Käthy und mir aufgewachsen als bei ihrem Vater. Sie ist wie ein Kind für mich. Und sie ist ein wunderbares Kind. So intelligent und belesen – und fürsorglich – und liebevoll. Mein Käthy war auch so. Ihre Nase steckte immer in einem Buch, aber die Menschen um sich herum hat sie trotzdem nie vergessen. Jeder konnte jederzeit zu ihr kommen. Sie war meine Traumfrau, die Liebe meines Lebens.«
Ein paar Tränen rinnen über sein Gesicht. Ich tupfe sie ab und merke gerade, dass es schwierig werden könnte, hier auf Dauer meine professionelle Distanz zu wahren. Ich mag den alten Mann immer mehr.
»Wann ist sie denn gestorben, Ihr Käthy?«
»Schon vor zehn Jahren. Ganz schnell. Einfach so. Ich bin am Morgen aufgewacht, und sie lag tot neben mir. Stellen Sie sich das vor!«
Er schaut mich eindringlich an, und ich versuche, es mir vorzustellen.
Furchtbar! Entsetzlich!
»Genau so war es«, sagt er, als hätte er mir meine Erschütterung vom Gesicht abgelesen. »Der allerschlimmste Morgen meines Lebens. Das Leben ohne sie hat mich viel Kraft gekostet. Und krank zu sein ohne ihre liebevolle Fürsorge, das ist fast unerträglich.«

»Das verstehe ich gut.«
Ich halte Herrn Röstis Hand, und so sitzen wir eine Weile auf dem Balkon, in Gedanken versunken, in die Ferne schauend, gewärmt von der Engadiner Sonne, mitten im berühmten magischen Licht. In einvernehmlichem Schweigen.

7 DIE LÖFFELLISTE

Mein Patient will, dass ich die Löffelliste an seiner Schlafzimmertür aufhänge.

»Ich habe keinen Tag zu verschenken«, meint er entschlossen.

Darum will er nach dem bereits erfolgten Anwaltstermin – der ihn ziemlich ermüdet hat und den er anschließend feierlich auf der Liste durchgestrichen hat – morgen versuchen, einen Spaziergang zu machen.

»Um den St. Moritzersee!«

Gut, dass da Leah hereinplatzt. Sie hat eine offensichtlich schwere Büchertasche dabei.

»Ich bringe euch Lesestoff!«, verkündet sie fröhlich.

Und dann packt sie aus und türmt auf dem Glastisch ihre Bücherauswahl auf.

»Das ist für dich, Nonno«, erklärt sie. »Ein Buch von Alex Capus mit kurzen Geschichten über Schweizer Patriarchen und deren Firmen. Maggi, Bally, Nestlé und so. Wir können dir daraus vorlesen, wenn du nicht selbst lesen magst.«

Das ist eine gute Idee, finde ich und findet auch Herr Rösti. Er will nur wissen, ob er denn auch ein Patriarch sei.

»Sicher«, bestätigt Leah. »Das ist ja kein Schimpfwort. Ein Patriarch ist für mich ein umsorgendes Familienoberhaupt,

ein Übervater, ein Stammeshäuptling. Das bist du doch, oder nicht?«
Der alte Herr grinst und nimmt das Buch entgegen. Ihn als Stammeshäuptling zu sehen, fällt mir gerade schwer, aber Rösti gefällt das gut.
Auch für mich hat Leah Bücher dabei.
»Jeder, der länger hier in der Gegend ist, liest ›Das grüne Seidentuch‹ von Marcella Maier. Eine Familiensaga, die im Bergell und im Engadin spielt. Nonno kannte Marcella. Ich kenne immerhin ihre Töchter.« Dann legt sie mir noch ein dickeres Buch vor, von Asta Scheib. »Das Schönste, was ich sah«. Und sie erklärt dazu: »Eine Romanbiografie, die unter anderem im Engadin spielt. Ein unbedingtes Muss, nämlich die Liebesgeschichte von Giovanni Segantini und seiner Lebensgefährtin Luigia Bugatti.« Die anderen Bücher seien mehr allgemeine Bücher über St. Moritz, mit vielen Fotos und Infos. Auch von Nietzsche habe sie mir etwas dazugelegt. »Nonno wird dich sicher dazu nötigen, in Sils Maria auf Nietzsches Spuren zu wandern und seinen Gedenkstein zu besuchen. Er verbrachte die Sommer oft in Sils Maria, und noch heute pilgern seine Jünger dorthin.« Zuerst sei Nietzsche in St. Moritz abgestiegen, aber es habe ihm nicht besonders gefallen. Da sei ihm zu viel Rummel gewesen, er habe zu viele Bekannte getroffen. Das wolle hier aber niemand hören. »Sie haben sich in St. Moritz einfach ein Stück Nietzsche genommen.«
Ob ich wirklich Nietzsche lesen werde? Ein Philosoph. Mehr weiß ich nicht. Und mehr will ich gar nicht wissen.

Gerade als ich daran glaube, Reto Rösti habe seine See-Umrundung vergessen und wir könnten stattdessen auf dem Balkon ein gemütliches Lesestündchen abhalten, drängt er zum Aufbruch.

»Willst du das wirklich tun?«, fragt Leah besorgt.

»Ja.«

»Ich kann aber nicht mitkommen«, erklärt Leah. Sie muss zurück in die Buchhandlung.

»Schwester Karin ist ja da. Und es ist keine Nordpolexpedition«, meint Herr Rösti, fast ein wenig eingeschnappt. »Schon der gute alte Nietzsche hat gesagt, dass Sitzfleisch die eigentliche Sünde wider den heiligen Geist sei und man keinem Gedanken Glauben schenken solle, der nicht im Freien und bei freier Bewegung geboren sei.«

Leah verdreht die Augen.

Ich auch.

Herr Rösti will unbedingt den nächsten Punkt seiner Löffelliste abarbeiten. Das Wetter ist immerhin einladend. Während unten in den Tälern alle schon vom Hitzesommer sprechen, ist es hier oben auf etwas über 1800 Metern angenehm frisch. Auch weil gegen Mittag meist ein Wind aufkommt, der Malojawind. Er ist zwar kräftig, aber er kühlt auch, und das ist sehr wohltuend. Ich packe also eine leichte Jacke für meinen Patienten in den Rucksack, in dem ich natürlich auch immer Wasser und Notfallmedikamente mitführe.

Wir verlassen das Hotel zu Fuß, was gar nicht so leicht ist, weil man uns mehrmals fragt, ob wir nicht den hauseigenen Fahrdienst beanspruchen wollten.

»Die haben hier sogar einen alten Rolls-Royce von Queen Elizabeth II«, erzählt Herr Rösti – aber auch damit will er nicht fahren.

Wir spazieren nach rechts und kommen dann zu einem Gebäude, das er ohne zu zögern betritt.

»Schauen Sie!«, sagt er stolz und präsentiert mir dann eine laaange Rolltreppe, die durch ein Parkhaus hinunter zum St. Moritzersee führt – das letzte Stück über einen Lift.

»Die längste Rolltreppe der Schweiz!«, verkündet er stolz. »Hundertfünfzig Meter lang ist sie und überwindet siebzig Höhenmeter!«
Ich finde sie großartig, diese Rolltreppe! An den Seitenwänden hängen riesige Schwarz-Weiß-Fotos von den letzten Festivals da Jazz. Großartige Musiker mit klingenden Namen sind hier in künstlerischen Porträts festgehalten.
»Dieses Treppenhaus ist auch eine Kunstgalerie. Die Werke wechseln«, meint Reto Rösti. Es macht ihm sichtlich Freude, mir sein St. Moritz zu zeigen und mit seinem Wissen ein wenig zu prahlen. »Wir sind jetzt wohl im teuersten Parkhaus der Alpen«, doziert er weiter. »Es soll mehr als dreißig Millionen gekostet haben.«
»Über dreißig Millionen?«, ich bin sprachlos.
Reto Rösti lächelt: »Das sind halt so die Dimensionen, in denen man hier oben denkt.«
Schön, wenn man in solchen Größenordnungen planen kann. Als wir unten sind, gehen wir auf einer Überführung zum Lift – und schon sind wir am See. Dort braucht Herr Rösti erst mal eine Pause. Doch schnell stapft er wieder los. Nach links.
»Wir brauchen etwa eine Stunde«, erklärt er.
Was ich mir jetzt denke? Nun – eine Stunde – gewiss! Allerdings als Wanderer, die noch mitten im Leben stehen. Aber wie erkläre ich meinem Patienten, dass wir sicher doppelt, wenn nicht dreimal so lang haben werden? Ich versuche, meine Sorgen um ihn zu verdrängen und auch einfach im Moment zu leben, so wie er das anscheinend tut.
Wir gehen also los, im Schneckentempo. Und sehen schon bald die erste Bank. Prima! Dort setzen wir uns hin, und als Herr Rösti wieder langsamer atmet, plappert er erneut ohne Ende drauflos. An ihm ist definitiv ein Reiseführer verloren gegangen.

»Seit 2006 wird das ›Badrutt's Palace‹ zu achtzig Prozent mit Wärme aus diesem See hier beheizt«, doziert er. »Und auch das Schulhaus von St. Moritz wird so mit Wärme versorgt. Damit spart man hier über sechshunderttausend Tonnen Heizöl pro Jahr.«

Als ich ihn frage, wie denn so ein kalter See so viel Wärme spenden könne, kommt er ein wenig ins Schleudern. Er schaut mich ziemlich giftig an, hustet dann zur Ablenkung ein bisschen, bis ich nichts mehr frage. Wir schleichen weiter. Auf seinen Wunsch mache ich ab und zu ein paar Fotos, auch von ihm. Reto Rösti am St. Moritzersee.

Nach einer Weile werden seine Schritte noch langsamer, schleppender. Immer wieder bleibt er stehen. Nur kurz zwar, aber … Ich sage nichts. *Er* ist der Chef. Erst auf der anderen Seeseite, wo der Weg naturbelassen ist und schöne Bänke im waldigen Schatten stehen, ist Herr Rösti bereit, eine längere Pause zu machen. Er trinkt ein wenig Wasser, schließt für ein Weilchen die Augen.

»Ich bin so oft mit Käthy hier gesessen«, sagt er dann. »Diesen Rundgang haben wir jeden Tag gemacht, wenn wir sonst keine Pläne hatten. Aber wir hatten eigentlich immer Pläne.« Er erholt sich, und sein Redefluss setzt wieder ein. »Bereit für eine kleine Quizfrage, liebe Schwester Karin?«, fragt er, und Schalk blitzt aus seinen Augen. »Ich will Ihre Geografiekenntnisse testen und frage Sie: Welcher Fluss durchfließt diesen See genauso wie auch den Silser- oder den Silvaplanersee? – Na?«

Ich überlege eine Weile, muss aber klein beigeben. Der alte Herr hat es wohl geahnt, meine Geografiekenntnisse sind erbärmlich.

»Der Inn!«, ruft er nun aus und freut sich wie ein kleiner Junge, dass er mir so viel beibringen kann. Und wahrscheinlich

auch darüber, dass sein Gedächtnis – anders als seine Lungen – noch so gut funktioniert.
Der Inn? Gut. Ich werde den Verlauf des Inns googeln müssen.
Ja, das ist Kufstein, an dem grünen Inn …
Das ist alles, was mir zum Inn einfällt. Und ein kleiner Jodel dazu. Doch grün ist der Inn nicht. Gar nicht.
Das ist jetzt die Gelegenheit, endgültig Klarheit zu schaffen: »Und nun meine Quizfrage, Herr Rösti. Was denken Sie: Wie lange spricht man mich schon nicht mehr mit Schwester Karin an, sondern nennt mich einfach Frau Kaufmann?«
Er schaut mich irritiert an und fragt: »Stört es Sie? Wirklich, Schwester Karin?«
Ja, eigentlich stört es mich. Zumindest würde es mich stören, wenn alle meine Patienten mich Schwester oder Oberschwester Karin nennen würden. Diese Zeit ist einfach vorbei. Aber ich erteile Reto Rösti eine offizielle Ausnahmebewilligung, mich so anzusprechen. Meinetwegen.
Er ist erleichtert. Er könne halt nicht anders, meint er.
»Gut, dann lassen wir das so.« Gern hätte ich noch »Bruder Reto« angefügt …
Ich lasse meinen Blick schweifen und betrachte dann ausgiebig St. Moritz, das man von hier aus in seinem ganzen Ausmaß sieht.
»Nicht wirklich schön«, sagt Herr Rösti, und ich bin froh, dass er mir die Worte aus dem Mund nimmt.
»Alles zugebaut ohne Rücksicht auf Verluste«, antworte ich, »dafür ist die Umgebung umso zauberhafter.«
Er gibt mir recht und erzählt: »Neulich hat mein Patenkind Christian Jott Jenny – Sie erinnern sich, er ist der Gemeindepräsident von St. Moritz – im Fernsehen gesagt, dass alle Einheimischen, die sich über die Zubetonierung und die übertriebene Bautätigkeit in St. Moritz aufregen, sich einmal

überlegen müssten, woher all diese Bauherren denn ihr Land hätten – ja, von den Einheimischen natürlich.« Wahrscheinlich habe Christian mit dieser Überlegung mal wieder in ein Wespennest gestochen. Meist seien seine Gedankengänge gar nicht so schlecht.
Das stimmt. Schließlich muss ja nicht unbedingt mit jedem Flecken Land sofort ein Vermögen gemacht werden.
Reto Rösti steht mit einem Ächzen auf und fügt wie nebenbei an: »Übrigens, Sie werden Christian kennen lernen. Heute Abend. Er kommt zum Essen.«
Aha. Wäre das auch geklärt.
Wir gehen weiter. Zum Glück immer schön flach. Keine Hügel, keine Anhöhen. Aber wir werden trotzdem noch langsamer, als wir es schon sind. Und Herr Rösti wird still. Und stiller. Das macht mir am meisten Sorgen. Keine Vorträge mehr über Tiefe und Breite und Länge des Sees oder über dieses und jenes Hotel, das man am anderen Seeufer sieht. Keine Erklärungen zu all den wunderschönen Blumen, die hier blühen. Keine Geschichten aus früheren Zeiten. Herr Rösti ist einfach nur still. Er braucht seine ganze Kraft für jeden einzelnen Schritt, jeden rasselnden Atemzug. Hätte ich ihm den Spaziergang ausreden sollen? Irgendwann biete ich ihm meinen Arm an, und er hängt sich ein, ohne Kommentar.
Ich bin unglaublich erleichtert, als die ersten Häuser von St. Moritz Bad in Sichtweite kommen und aus dem Weglein eine Straße wird. Ich frage nicht lange nach Herrn Röstis Wünschen, sondern rufe im »Palace« an, um einen Abholdienst zu bestellen.
Wir setzen uns auf eine Bank und warten. Der alte Mann lehnt sich ein wenig an mich.
»Nicht einmal mehr diesen winzigen See kann ich noch umrunden«, sagt er leise und traurig.

»Wir sind aber doch recht weit gekommen«, tröste ich ihn.
»Na ja … Aber das ist die leichteste Tour, die ich kenne«, jammert er. »Sie werden viel allein wandern müssen, Schwester Karin.«
»Wie Sie wünschen, Herr Rösti. Sie sind der Chef – in jeder Hinsicht«, sage ich mit einem Lächeln.
»Schön, schön, schön …«, murmelt er noch und dann: »Um Nietzsche zu zitieren – jedenfalls ungefähr: Selig sind die Schläfrigen, denn sie sollen bald einnicken …«
Und nun lehnt sich mein Patient vollends an meine Schulter und schläft ein, völlig entkräftet. Es tut mir weh, seine Enttäuschung zu spüren. Mir war klar, dass er sich selbst überschätzt. Er musste das leider auf die harte Tour lernen.
Was nützt es da, dass wir von einer edlen Limousine abgeholt werden und der Chauffeur eine hübsche Uniform trägt? Reto Rösti wäre lieber gesund und würde zu Fuß gehen. Er braucht Hilfe beim Einsteigen, Hilfe beim Aussteigen. Auf unserem Weg ins Zimmer muss er sich so sehr auf mich stützen wie bisher nie. In der Suite angekommen, legt er sich sofort auf sein rotes Sofa und schläft ein.
Ich nehme einen Kugelschreiber, gehe zur Tür und streiche den St. Moritzersee auf der Löffelliste.
Mit einem winzigen innerlichen Seufzer.
Tja, keiner hat behauptet, es werde leicht.

8 EIN KLEINES BISSCHEN GLÜCK

Gerade als ich überlege, ob ich das Babyfon einstellen, in mein Zimmer gehen und mich dort etwas frisch machen soll, klopft es an der Tür.

»Hallo – Karin, richtig? Reto hat von Ihnen erzählt. Ich bin Christian. Zum Dinner. Wie verabredet.«

Da steht ein fröhlicher Mann um die vierzig im noch fröhlicheren Outfit. Er hat sein blaues Sakko über den Arm gelegt und trägt eine gelbe Hose! Das verwirrt mich ein wenig. Mein Blick wird von dieser Hose magisch angezogen. Und ich vergesse ganz, den Mann, der darin steckt, zu begrüßen.

»Hallo?«, meldet er sich noch einmal.

Ich entschuldige mich und bitte Herrn Röstis Patenkind herein. Christian Jott Jenny, Gemeindepräsident von St. Moritz – und Sänger – und Comedian – und Musiker – und Familienvater. Sein lachendes, einnehmendes Gesicht wird von einer wilden Haarpracht umrahmt.

Er betritt leise den Salon, lässt sich hinüber ins Schlafzimmer führen und erschrickt über den abgemagerten, ausgemergelten Körper seines Patenonkels.

»Was haben Sie mit ihm gemacht?«, fragt er, halb ernst, halb im Spaß.

»Wir haben versucht, den St. Moritzersee zu umrunden«, erkläre ich.

»Und das hat ihn dermaßen umgehauen? Dieser kleine Spaziergang? Wie traurig. Vor kurzem hätte er das noch auf einem Bein hüpfend geschafft.«

»Ja, das ist wohl so.«

»Lassen wir ihn schlafen und bestellen beim Roomservice etwas, sobald er aufwacht.«
»Aber sicher«, willige ich sofort ein. Das hat sich ja auch gestern bewährt.
»Dann rufe ich jetzt die Rezeption an, storniere den Tisch und bestelle uns eine Flasche Weißwein, wenns recht ist. Dann sitzen wir beim Warten nicht auf dem Trockenen.«
Ja, mir ist es recht. Ich bin aber froh, dass im Zimmer immer auch Wasser und Knabberzeug bereitsteht. Nicht, dass es mich umhaut.
Der eisgekühlte Wein wird in einem edlen Eiskübel gebracht, und als die Flasche entkorkt ist und die Gläser gefüllt sind, stoßen wir an und sind schon beim Du.
Ich frage Christian, ob er mit Reto Rösti verwandt ist.
Aber er winkt ab und erklärt: »Mein Vater war mit ihm befreundet. Auch er liebte Oldtimer und rauchte gern teure Zigarren, wenn auch nicht so regelmäßig wie Reto«, lacht Christian und will dann von mir wissen, wie ich zu seinem Patenonkel stehe.
Diese Geschichte ist schnell erzählt. Gewisse Details verschweige ich dabei allerdings.
Christian plaudert noch eine Weile über seinen Vater und seine Beziehung zu meinem Patienten und landet dann beim Thema Wein: »Den Weinkeller hier solltest du dir mal zeigen lassen. Da unten lagern dreißigtausend Flaschen! Stell dir das mal vor. Aber gell, sie verkaufen an einem guten Tag ja auch gut siebenhundert. Die teuerste verkaufte Flasche – das habe ich mir gemerkt – hat neununddreißigtausend Franken gekostet. Ein Romanée-Conti. *Ich* habe den nicht gekauft.« Er lacht. »Aber abgesehen von den wahnsinnigen Zahlen und Preisen: Es ist ein wunderschöner Weinkeller, zum Teil ein Irrgarten, riesengroß, verwinkelt. Absolut sehenswert.«

Christian Jott Jenny erweist sich als unglaublich unterhaltsam. Er lacht und redet und erzählt.
Ich frage ihn ein wenig aus – er ist ja schließlich der Gemeindepräsident hier. Als Zürcher! Ich will zum Beispiel wissen, ob man für den Tourismus in St. Moritz überhaupt noch etwas tun muss. »Das ist wohl ein Selbstläufer, oder?«
Christian wird ernst und sagt: »Man muss hier oben aufpassen, dass man nicht am eigenen Erfolg verreckt – entschuldige meine Ausdrucksweise. Aber es ist doch so: Man kann Zitronen nur auspressen, bis kein Saft mehr kommt. Lange musste man hier nichts tun – die Gäste kamen einfach. Wir haben die wunderbare Natur als ewige Währung. Aber manchmal ändert sich die Welt halt plötzlich, das haben wir ja gerade in der Pandemie erlebt.« Er schweigt für einen Moment und fügt dann an: »Allerdings haben wir uns gut erholt.«
Mich nimmt auch wunder, was er für die ansässige Bevölkerung wichtig findet, und er erklärt: »Wir müssen die jungen Einheimischen hierbehalten – oder sie wieder hierherholen. Wir müssen Möglichkeiten schaffen, dass sie sich hier verwirklichen können, müssen ihre Ideen unterstützen, ihnen Steigbügelhalter sein – und sie vor der Beamtenmentalität schützen.«
Beamtenmentalität? Was er genau damit meint, weiß ich zwar nicht, aber wenn ich an all die Formulare denke, die wir im Spital ausfüllen müssen, sodass uns kaum Zeit bleibt, uns um die Patienten zu kümmern, kann ich es mir so ungefähr vorstellen. Ich komme auch gar nicht dazu, zu fragen, denn Christian ist noch nicht fertig.
»Es braucht die junge Generation«, sagt er gerade und nennt als Beispiel für eine gelungene Innovation ein italienisches Restaurant in St. Moritz. »Du musst unbedingt mal im ›Scarpetta‹ essen gehen. Im Schaufenster hängen Nudeln an Klei-

derbügeln. Du kannst es also nicht verfehlen.« Er lacht wieder. »Die drei Engadiner Jungs dort haben ein besonderes Ambiente geschaffen, einfach und bodenständig. Die Speisekarte ist kurz und knapp. Die Gäste sitzen an Holztischen. Aber – die Pastagerichte sind edel. Das gefällt den Menschen.« Nachdem er noch eine Weile dies und das erzählt hat, will ich mehr über seine Rolle als Gemeindepräsident wissen. Bald habe ich den Eindruck, dass er selber am meisten überrascht davon war, hier gewählt worden zu sein.

»Das hat natürlich vielen nicht gefallen, weil ich halt doch auch ein etwas schräger Vogel bin – und dann erst noch ein Unterländer. Aber ich tue mein Bestes und mache eigentlich, wie ich finde, einen verdammt guten Job«, sagt er mit einer gesunden Portion Selbstbewusstsein. Oft werde er zwar kritisiert, weil er zu wenig im Büro sei. Er lacht und zuckt die Schultern. »Es gibt halt immer noch Leute, die bewerten Arbeitsleistung nach der Anzahl Stunden, die einer am Schreibtisch verbringt. Das ist doch nicht mehr zeitgemäß!«

Da kann ich zwar nicht mitreden, kann aber wieder an meine Erfahrungen im Spital anknüpfen. Auch da wollte ich meine Arbeitskraft ja eben nicht nur für den ganzen Papierkram verwenden müssen.

»Ich kann auch unterwegs arbeiten«, erklärt Christian, als hätte er meine Gedanken gelesen, »und selbst wenn ich auswärts bin, auch als Künstler, bin ich immer für St. Moritz unterwegs, knüpfe Kontakte, lerne Menschen kennen, gebe Interviews, bin eine Art Botschafter.« Und bei der nächsten Wahl werde er ja erfahren, ob er die St. Moritzer mit seinem Engagement habe überzeugen können. Das nimmt er allerdings gelassen. »Immerhin bin ich wohl der erste und einzige Amtsinhaber, der sein Pensum und sein eigenes Gehalt gekürzt hat.«

»Das hast du gemacht?«
»Ja«, bestätigt er.
»Warum?«
»Nun, weil ich ein Zeichen setzen wollte.«
Mehr will er offenbar nicht erzählen, also frage ich nicht näher nach, bin aber beeindruckt.
Früher sei St. Moritz der Ort der Rekorde und Innovationen gewesen, fährt Christian weiter und zählt auf: »Erster Wintertourismus in den Alpen, erstes elektrisches Licht der Schweiz, das erste internationale Curlingturnier auf dem Kontinent, erste Telefonanlage im Kanton Graubünden, erste elektrische Straßenbahn in den Alpen, die erste Bobbahn, erstes Schweizer Pferderennen auf Schnee, die beiden einzigen Olympischen Winterspiele in der Schweiz, die erste Skischule der Schweiz, das erste Poloturnier auf einem zugefrorenen See ...«
Das finde ich interessant.
»Aber dieser Pioniergeist fehlt heute ein wenig.« Christian amüsiert sich außerdem über die falsche Wahrnehmung, die leider von den Medien inszeniert werde, nämlich dass hier lauter reiche Russen hausen würden. »Natürlich, es gibt sie. Und sie fallen vielleicht etwas mehr auf, weil sie ihren Reichtum gern zur Schau stellen, aber sie sind eine kleine Minderheit.«
Ich höre diesem quirligen Mann gern zu. Hinter seinen Worten stecken sehr viel Leidenschaft, Begeisterung und Liebe zu St. Moritz. Schließlich, die Flasche Weißwein ist unterdessen fast leer, erzählt Christian Jott Jenny noch einige lustige Anekdoten von seiner Arbeit und aus dem Showbusiness, und wir lachen viel. Das weckt dann auch meinen Patienten, und er kommt ins Wohnzimmer geschlurft. Er und Christian umarmen sich lange und innig.
»Du bist irgendwie so klein geworden, Reto«, sagt Christian und mustert seinen Patenonkel besorgt.

»Stimmt. Und ich werde bald ganz verschwinden«, antwortet Herr Rösti, »aber vorher essen wir noch etwas. Am besten gleich hier, Schwester Karin.«
Ich nicke. Und lächle.
»Was hältst du von einem Clubsandwich?«, fragt Christian seinen Patenonkel, der die Idee großartig findet, aber Wert darauf legt, dass ich mit am Tisch sitze.
Doch ich winke ab, gehe auf seinen Protest nicht ein und bestelle zwar drei Clubsandwiches, aber nur zwei auf die Suite. Das dritte in mein Zimmer. Bevor ich die beiden allein lasse, verspreche ich, nach dem Essen wieder hier zu sein.

Ich lasse mir damit aber Zeit, denn ich bin sicher, die beiden haben sich viel zu erzählen. Als ich die Suite wieder betrete, möchte Christian gerade von seinem Patenonkel wissen, was es mit dem Wisch auf sich habe, der an der Tür hänge.
Reto Rösti protestiert: »Das ist kein Wisch, das ist meine Löffelliste!«
Christian schaut mich an, und ich kann mir ein Lächeln nicht verkneifen.
»Eine Löffelliste, so, so«, neckt er den alten Herrn und wird dann ernst: »Ach, Reto, warum setzt du dich mit so einer Bucketlist unter Druck – in deinen letzten Tagen?«
»Bucketlist?«
»So sagen halt wir Jüngeren, aber ehrlich gesagt, gefällt mir Löffelliste besser. Sie sieht allerdings nach sehr viel Stress aus. Und eines muss ich dir jetzt schon sagen, die Eröffnung des Festival da Jazz im Dracula Club, die ist längst ausgebucht, dort möchte ich euch nicht auch noch reinquetschen. Es wird extrem voll, und für dich ist das dann viel zu anstrengend! Ich finde schon ein paar schöne Konzerte für euch. Aber ehrlich: Die ganze Löffelliste … muss das sein?«

Reto Rösti schüttelt den Kopf: »Das verstehst du nicht. Warte nur mal ab, bis *deine* letzten Tage gekommen sind …«

Christian schluckt leer und meint dann ergeben: »Na gut. Wenn ich euch irgendwie helfen kann, ihr wisst ja, wo ihr mich findet.«

Als er sich zum Gehen aufmachen will, bittet mich Herr Rösti, die Liste doch noch um einen Punkt zu ergänzen: »Christian am Klavier spielen hören.«

Ich tue, was er möchte, und nun ist es Christian, der sich ein Lächeln nicht verkneifen kann. Statt zu gehen, setzt er sich an den Stutzflügel, und ich warte gespannt, was kommt. Als Auftakt erklingen ein paar perlende Arpeggien, und es zeigt sich, dass das Instrument gut im Schuss ist, gepflegt und gestimmt. Was mich allerdings nicht verwundert. In diesem Haus ist einfach alles perfekt.

Und dann spielt Christian für seinen Patenonkel die »Mondscheinsonate«. Ich halte buchstäblich den Atem an. Diese Musik, so feinfühlig gespielt, geht unter die Haut. Am Anfang klingt die Melodie noch einfach, allerdings schwermütig und traurig. Dann wird das Stück unerwartet zur artistischen Übung, die Christian mit Leichtigkeit und Virtuosität bewältigt. Das Tempo steigert sich von Satz zu Satz. Am Ende bleibe ich nicht nur beeindruckt, sondern auch getröstet und aufgemuntert zurück.

Reto Rösti und ich applaudieren dem Künstler mit großem Respekt.

»Käthy liebte die ›Mondscheinsonate‹«, erklärt mir mein Patient nach einem tiefen Seufzer, wie immer, wenn er von seiner verstorbenen Frau spricht, mit Tränen in den Augen.

Ich frage ihn, ob auch er ein Lieblingsstück habe.

Er verneint und bittet Christian, irgendein Lied zu spielen, eines mit Gesang.

Christian richtet sich auf, legt die Hände auf die Tasten und setzt zum Singen an:

Irgendwo auf der Welt gibts ein kleines bisschen Glück
Und ich träum davon in jedem Augenblick
Irgendwo auf der Welt gibts ein bisschen Seligkeit
Und ich träum davon schon lange, lange Zeit

Christian kann singen. Und wie.
Und er bringt Reto Rösti nun vollends zum Weinen.

Ich hab so Sehnsucht, ich träum so oft
Bald wird das Glück mir nah sein
Ich hab so Sehnsucht, ich hab gehofft
Bald wird die Stunde da sein
Tage und Nächte wart ich darauf
Ich geb die Hoffnung niemals auf

Ich glaube, das ist ein sehr altes Stück von den Comedian Harmonists. Auf jeden Fall ein sehr sentimentales, schmalziges Lied, voller Sehnsucht und Schmerz. Am Schluss singt Herr Rösti mit. Seine Stimme ist dünn, zittert und kratzt, aber das hindert ihn nicht.

Irgendwo auf der Welt gibts ein kleines bisschen Glück
Und ich träum davon in jedem Augenblick
Irgendwo auf der Welt gibts ein bisschen Seligkeit
Und ich träum davon schon lange, lange Zeit

Wenn ich wüsst, wo das ist, ging ich in die Welt hinein
Denn ich möcht einmal recht so von Herzen glücklich sein
Irgendwo auf der Welt fängt mein Weg zum Himmel an
Irgendwo, irgendwie, irgendwann
Irgendwo, irgendwie, irgendwann

Es gefällt mir, wie die beiden singen, wie sie jedes einzelne Wort fühlen und genüsslich auf der Zunge – oder auf den Stimmbändern – zergehen lassen.

Ich wünsche meinem Patienten von Herzen ganz viel Glück, nicht nur ein kleines bisschen, aber leider hat er seinen Weg zum Himmel bereits betreten, vielleicht anders, als in diesem Song gemeint.

»Dieses Lied musst du an meiner Trauerfeier singen, lieber Christian, gell!?«, sagt Reto Rösti nun ganz bewegt und, an uns beide gerichtet: »Wisst ihr, ich werde glücklich sein, wenn ich wieder bei meinem Käthy bin.«

Ich bemühe mich, Haltung zu bewahren, möchte am liebsten ungehemmt losweinen. Auch Christian wirkt sehr mitgenommen, verspricht es ihm aber.

Herr Rösti ermahnt uns: »Denkt immer daran, dass ich ein volles, gutes Leben gelebt habe. Ich habe nichts ausgelassen, weder Freud noch Schmerz. Es ist keine Tragödie, jetzt zu gehen. Es ist einfach der Lauf der Zeit.«

Leider bekommt er jetzt einen schweren Hustenanfall, von dem er sich nur erholt, weil ich ihm die entsprechenden Medikamente gebe, die ihn beruhigen, entspannen.

Christian hilft mir noch, ihn ins Schlafzimmer zu begleiten, und verabschiedet sich dann mit den Worten: »Ich schicke euch noch das Programm für das Festival da Jazz.«

Ein letztes Lächeln – und weg ist er.

Ich helfe Herrn Rösti beim Anziehen seines Pyjamas, und kaum liegt er im Bett, schläft er ein.

Schon ein beeindruckender Mann, dieser Christian Jott Jenny. Extrem charmant. Und sein spitzbübisches Lächeln wird er sicher noch mit achtzig haben. Genau wie Reto Rösti.

Bevor ich in mein Zimmer gehe, schalte ich das Babyfon auf dessen Nachttisch ein, richte das Duvet und verabschiede mich dann leise. Als ich wenig später im Bett liege, überlege ich, Thomas anzurufen, entscheide mich aber – etwas feige – dagegen. Ich beschließe, es morgen zu tun, und brauche sehr lange, bis ich endlich Schlaf finde.

9 MONSTERKREBSE IM BADESEE

Der nächste Tag ist wieder strahlend schön. Die Sonne taucht St. Moritz in ein wunderbares Licht, ein besonderes, ganz so, als wäre man hier viel näher dran an der Sonne, wenn nicht sogar am Himmel. Aber das fühlt sich vielleicht überall in den Bergen so an.

Nachdem ich geduscht habe, gehe ich in Röstis Suite. Dank dem Babyfon weiß ich, dass mein Patient noch schläft. Kaum öffne ich die Tür, höre ich aber ein noch etwas müdes »Guten Morgen« aus seinem Schlafzimmer kommen. Offenbar funktioniert sein Gehör noch prima. Ich frage ihn, ob ich ihm das Frühstück ans Bett servieren lassen soll, aber er findet, er könne dann noch lange genug liegen. Das Frühstück hochbringen zu lassen, das findet er hingegen eine gute Idee. Nachdem wir gegessen haben, sitzen wir auf der Terrasse, wo er – natürlich – raucht.

Heute wolle er nichts unternehmen, informiert mich Herr Rösti bei einer weiteren Tasse Kaffee, aber: »Schwester Karin, Sie könnten für mich einen Punkt auf der Löffelliste abhaken – den Silvaplanersee. Leah kommt am Mittag vorbei und würde Sie sicher gern begleiten.«

»Und Sie? Bleiben einfach hier?«

»Ich brauche heute Ruhe, damit ich ein paar Briefe schreiben kann.«

Es widerstrebt mir sehr, meinen Patienten allein zu lassen. Aber er sagt, das sei überhaupt kein Problem, und wenn er Hilfe brauche, könne er ja immer die Rezeption anrufen. Eine Bitte hat er allerdings: »Machen Sie ein paar Fotos und schicken Sie sie mir auf mein Handy. Dann ist es, als wäre ich mit dabei – fast jedenfalls.«
Gerade sind ein paar dunkle Vögel nahe am Haus vorbeigeflogen, was den alten Herrn wieder dozieren lässt: »Alfred Hitchcock war fünfunddreißigmal im Badrutt's Palace Hotel. Und warum schrieb er wohl ›Die Vögel‹, was meinen Sie? Weil er hier inspiriert wurde, als er drinnen am Fenster am Schreibtisch saß und die schwarzen Raben so wie gerade eben zu sehen waren.«
Alles hier ist ganz schön geschichtsträchtig, und weil ich mich beeindruckt zeige, erzählt er weiter: »Hitchcock hat vor rund hundert Jahren seine Flitterwochen hier verbracht und kam immer zur gleichen Zeit wieder.« Er sei ihm allerdings nie begegnet, hingegen habe er Marlene Dietrich einmal getroffen. »Unvergesslich!«, schwärmt er. »Sie hat sogar mit dem Pianisten ein Lied gesungen: ›Ich bin von Kopf bis Fuß auf Liebe eingestellt‹. Und die Leute lagen ihr zu Füßen.«
»Sie auch?«
»Aber sicher!«
Auch Charlie Chaplin sei hier gewesen, Enrico Caruso, Coco Chanel. Und Richard Strauß habe im »Badrutt's« mit der Familie Mendelssohn Kaffee getrunken. Reto Rösti fährt genüsslich weiter mit dem Namedropping: »Liselotte Pulver und Rita Hayworth waren da. Genau wie die Familien Renault, Citroën und Bugatti.« Er habe hier viele Prominente kommen und gehen sehen, mit einigen sogar interessante Unterhaltungen geführt, sagt er und zählt weiter auf: »Der damals noch zukünftige König Charles war da, Sean Connery, John Lennon, Niki

Lauda.« Und nach einer Kunstpause fügt er an: »Und jetzt sind *wir* da, liebe Schwester Karin. Sie und ich.« Er grinst.

Ich lächle und genieße den Moment mit ihm auf dem Balkon. Wenn er nur nicht ständig rauchen würde. Darüber kann ich nicht so locker hinwegsehen wie über sein altertümliches »Schwester Karin«.

»Herr Rösti, was Sie da machen, ist wirklich sehr ungesund«, wage ich zu sagen.

Er pariert das ohne Zögern: »Früher glaubte man, Rauchen sei Medizin, helfe sogar gegen die bösen Geister. Schon fünfhundert Jahre nach Christus fingen die Maya-Priester mit dem Rauchen an. Später war es ein anerkanntes Heilmittel, sogar gegen Syphilis wurde es verschrieben.«

»Das ist aber sehr lange her«, kommentiere ich lächelnd.

Doch der alte Herr ist noch nicht fertig, erzählt, dass in den 1950er-Jahren die Theorie aufkam, Rauchen am Steuer sei empfehlenswert und trage zur Sicherheit bei, weil Nikotin wach halte.

Ich lache ihn aus und weiß nicht, ob ich ihm das überhaupt glauben soll.

»Gut, dass ich meine Geschäfte verkauft habe, bevor hier jeder Raucher fast schon kriminalisiert wurde und die Kampagnen widerliche Züge annahmen.« Nun schimpft er also auch noch. »Obwohl, gell, geholfen haben diese hässlichen Fotos auf den Zigarettenpackungen wenig.« Und dann legt er tatsächlich die Lieblingsplatte aller alten Leute auf und klagt, früher seien die Zeiten schon viel, viel besser gewesen und er habe sich mit Tabak eine richtig goldene Nase verdienen können.

Er sieht mir wohl an, was ich darüber denke, denn nun setzt er sein schelmisches Lächeln auf, sagt: »Alles war früher besser – sogar ich«, und lacht dann laut über sich, bis er wieder husten muss.

Es ist müßig, mit einem todkranken Raucher über die Folgen seiner Sucht zu diskutieren. Da beschränke ich mich besser wieder auf das Zuhören und auf ein gelegentliches aufmunterndes Nicken.

»Meine Läden waren nicht nur Shops«, sagt Herr Rösti nun. Und das Wort Shop spuckt er aus, als wäre er ein Lama. »Bei uns hat man sich getroffen, gemeinsam geraucht, erzählt, geschwatzt. Wir haben unseren Kunden zugehört und oft, sehr oft geholfen, wenn jemand ein Problem hatte. Käthy war ohnehin die Anlaufstelle für alle Sorgen der Welt. Sie hatte ein wirklich gutes Herz.« Natürlich gelingt es ihm wieder nicht, seine Frau zu erwähnen, ohne dass ihm die Tränen kommen. Er schluckt sie weg und räumt nun ein: Vielleicht sei sein Beruf nicht so edel gewesen wie meiner, und möglicherweise habe er ein paar Menschen krank gemacht statt – wie ich – gesund.

Ich staune.

»Aber die hätten doch auch ohne mich geraucht. Nur mit weniger Spaß und vielleicht mit schlechterem Tabak.« Da ist es zum Glück schon wieder, sein spitzbübisches Lächeln. Schließlich gibt Herr Rösti dann doch zu, dass er sehr, sehr froh darüber ist, dass Leah nicht raucht. Er habe gerade gelesen, dass die jungen Leute – trotz aller hässlichen Kampagnen und Verbote und der ganzen Aufklärung – wieder vermehrt rauchen würden, vor allem E-Zigaretten, die so bunt und mit tausend Aromen sehr verführerisch für den Einstieg seien. »Mein Sohn hat mir natürlich tausendmal vorgeworfen, dass er als Kind viel zu oft im dichten Rauch spielen musste, wenn er sich mit uns im Laden aufhielt. Ich hoffe, es hat ihm nicht ernsthaft geschadet. Damals hat man einfach nicht über so etwas nachgedacht.«

Ich packe die Gelegenheit beim Schopf und frage: »Werden Sie ihm heute auch einen Brief schreiben?«

Herr Rösti schaut mich nun direkt an und wiegt den Kopf langsam hin und her. Immerhin scheint er es tatsächlich in Erwägung zu ziehen.
»Vielleicht wäre es tatsächlich gut, wenn ich ihm ins Gewissen rede, ihm sage, dass er für Leah da sein muss, wenn ich es nicht mehr kann.«
»Ins Gewissen reden, das ist eine gute Idee.«
»Ja, ja, ja.« Es klingt, als müsste er sich erst noch selber davon überzeugen.
Nun, wir werden sehen.

Nach dem Mittagessen fahren Leah und ich mit dem Postauto nach Silvaplana. Ein sehr malerisches, sehr gepflegtes Dorf. Wir spazieren eine Weile durch die Gassen, trinken Kaffee. Um die Löffelliste von Leahs Nonno abzuarbeiten, müssen wir allerdings zum See hinunter. Und das lohnt sich.
Ein See als riesiger Spielplatz!
Ein wirkliches Spektakel!
Sehr erstaunlich, wie viele Kitesurfer da gemeinsam auf dem Wasser herumflitzen können, ohne dass sie sich gegenseitig behindern oder verletzen.
Leah und ich sitzen da und schauen dem bunten Treiben zu. Ich mache ein paar Fotos und ein kleines Filmchen für Reto Rösti. Und schicke ihm alles direkt auf sein Handy.
Leah lacht mich an und sagt: »Quizfrage: Welcher Fluss fließt durch diesen See?«
Sie grinst siegesgewiss, hat aber die Rechnung ohne ihren Nonno gemacht.
»Der Inn«, posaune ich stolz hinaus.
»Chapeau!« Leah ist beeindruckt, realisiert dann aber sofort, woher der Wind weht, der mir das Lösungswort ins Ohr geflüstert hat, und muss lachen.

Im Restaurant Mulets setzen wir uns auf die Terrasse und genießen den Seeblick. Ein herrlicher Platz.
»Vielleicht könnten wir mit Nonno mal hierherfahren?«
»Ja, das ist eine gute Idee, so kann er den Punkt auf seiner Löffelliste persönlich abhaken.«
Hierherzukommen, das könnte er gut schaffen: Einfach ein Stündchen dasitzen und das sportliche Spektakel auf dem See beobachten.

Am späten Nachmittag wandern wir gemütlich heimwärts, dem See entlang. Schließlich kommen wir in einen kleinen Wald und dort an einem Moorsee vorbei, dem Lej Marsch. Ein unglaublich idyllischer Flecken Erde. Die glitzernden Spiegelungen der Sonne im See muss ich einfach fotografieren. Nicht nur für Herrn Rösti.
»Ein Badesee und schön warm, im Sommer jedenfalls«, sagt Leah. Aber gerade in diesem Moment entdecke ich ein Schild, das darauf hinweist, in diesem Gewässer lebe ein bis zu achtzehn Zentimeter langer Edelkrebs. Man solle ihn bitte nicht anfassen oder heimnehmen. Als würde ich jemals auch nur daran denken, so ein Tier zu berühren, geschweige denn mitzunehmen! Keinen Zeh stecke ich in dieses Wasser! Auf dem Foto sieht der Edelkrebs überhaupt nicht edel aus, eher furchteinflößend, monströs und gefährlich.
Wir wandern weiter, und ich erzähle Leah, wie ihr Nonno und ich uns kennen gelernt haben und wie genau auf dem Spitaldach unsere gemeinsame Reise begann. Offenbar hat Herr Rösti ihr nichts erzählt, was ich ihm hoch anrechne. Irgendwie tut es aber gut, nun die ganze Geschichte loszuwerden und nichts auszulassen, nicht mal Eberles Wette und wie dumm ich war, an sein Interesse an mir und – wenn ich ganz ehrlich bin – sogar an eine neue Liebe geglaubt zu haben. Leah ist ziemlich

schockiert und verstummt für eine Weile. Wir gehen schweigend nebeneinander her, und ich versuche mir auszumalen, wie meine Geschichte auf sie wirken muss.
»Und was hast du jetzt vor?«, fragt sie irgendwann.
Ich überlege kurz und antworte dann: »Nichts. Ich nehme jeden Tag, wie er kommt. Ich gestehe mir zu, in einem totalen Ausnahmezustand zu sein. Ich akzeptiere, dass ich neben mir stehe. Ich versuche, nicht ständig zu grübeln, und bin froh, wenn ich beschäftigt bin. Und dein Nonno ist die perfekte Ablenkung. Er ist schon sehr liebenswert, und ganz ehrlich, ich mag ihn mehr, als ich eigentlich wollte.«
Das versteht Leah nicht.
»Ach, weißt du, wenn du in der Pflege arbeitest, darfst du zwar mitfühlen, aber nicht mitleiden. Sonst gehst du drauf. Eine professionelle Distanz ist wichtig. Das heißt nicht, dass man gefühllos sein muss. Aber man darf sein Herz nicht an einen Patienten hängen.«
Leider gibt es immer mehr Menschen in der Pflege, die ihr Herz völlig verschließen und wie Maschinen arbeiten. Das kann ich ihnen nicht einmal verübeln. Es ist ihre Überlebensstrategie.
Leah sagt: »Ich liebe meinen Nonno über alles. Und ich bin sehr, sehr traurig, dass er bald sterben wird. Wie lange wird er noch leben? Was denkst du?«
»Das kann keiner so genau sagen. Es können ein paar Wochen sein oder aber nur ein paar Tage. Wichtiger finde ich die Frage, wie viele gute Tage er noch haben kann. Und ich hoffe, es werden noch einige sein. Wir können ihm dabei helfen, aus den guten Tagen das Beste herauszuholen.«
»Ja. Gute Tage. Ja.«
Leah fragt mich dann, ob ich »A Long Way Down« von Nick Hornby gelesen hätte. Ich verneine, weil ich nie englischspra-

chige Bücher lese. Dafür ist mein Englisch einfach nicht gut genug.

»Nein, nein«, wehrt sie ab, »das Buch hat bloß einen englischen Titel, wurde aber auf Deutsch übersetzt. Mir kam es gerade in den Sinn, weil du von eurem Treffen auf dem Dach erzählt hast, denn in Hornbys Geschichte treffen sich an Silvester vier Leute auf einem Londoner Hochhaus, die sich alle umbringen wollen. Jeder will keine Zuschauer, alle fühlen sich gegenseitig gestört bei ihrem Vorhaben. – Entschuldige, aber ich musste jetzt einfach gerade an dich und Nonno denken.«

»Schon gut. – Und wie ging das Buch denn aus?«

»So ganz genau weiß ich es nicht mehr. Jedenfalls haben sie sich ihre traurigen Geschichten erzählt und dann beschlossen, erst am Valentinstag zu sterben. In der Zwischenzeit sahen sie sich regelmäßig, lernten sich besser kennen, trafen sich am Valentinstag wieder auf dem Dach und verabredeten erneut, den Suizid zu verschieben.«

»Schön.«

»Ich kann dir das Buch bringen, falls du es nicht als eine Zumutung empfindest.«

Ich bin mir nicht sicher, ob ich es lesen will. Darum wiegle ich ab und erkläre, dass ich ja jetzt schon genug Lesestoff von ihr bekommen hätte.

»Man hat nie genug Bücher! Nie!«, betont Leah. Das muss sie ja sagen als Buchhändlerin. »Stell dir vor«, fährt sie weiter, »meine Chefin will die Buchhandlung verkaufen! Gut, sie ist jetzt siebzig und hat keine Kinder und so. Aber gell, ich habe keine Ahnung, was dann aus mir wird. Ob die Buchhandlung eine Buchhandlung bleiben wird? Möglicherweise wird eine weitere Edelboutique daraus. Oder man baut sie in ein neues Luxusappartement um. Das würde mich nicht verwundern.«

»Oh. Beunruhigt dich das?«
»Geht so. Schon. Ja. Aber ich möchte eigentlich ohnehin nicht mein ganzes restliches Leben in der gleichen Buchhandlung verbringen, in der ich schon meine Lehre gemacht habe. Und da ist es vielleicht gut, wenn ich mal aus dem gemütlichen Nest geschubst werde, bevor ich zu alt für Neues bin.«
Leah weiß offenbar nicht, dass ihr Nonno die Buchhandlung für sie kaufen will. Und er weiß wohl auch nicht, dass Leah sie gar nicht unbedingt haben möchte. Wenn doch die Menschen mehr miteinander reden würden!
Ja, ja … ich weiß … ich bin da auch kein Vorbild. Sonst wäre ich jetzt nicht hier, und meine Ehe wäre mit einer besseren Gesprächskultur vielleicht nicht derart versandet.
Vielleicht. Möglicherweise. Eventuell.
»Du solltest das mal deinem Großvater erzählen«, sage ich vorsichtig.
Röstis Enkelin will natürlich wissen, warum.
»Einfach so. Machs einfach. Bitte.«
Leah schaut mich verwundert an. Aber ich glaube, die Nachricht ist angekommen. Ich hoffe es. Nicht, dass ihr Nonno am Ende sehr, sehr viel Geld in eine Buchhandlung investiert, die sie dann wie einen Klotz am Bein empfindet.
Es ist schön, hier mit der jungen Frau zu wandern. Sie erzählt gern von ihrer Arbeit, und es fallen ihr immer wieder lustige Geschichten ein. Eine Geschichtenerzählerin, ähnlich wie ihr Nonno.
»Einen besonderen Höhepunkt erlebte ich letzten Monat«, sagt sie nun. »Ich wollte nach einem eher ruhigen Nachmittag am Feierabend das Geschäft schließen. Da sah ich eine Bewegung auf der Videoüberwachung. War da noch jemand in der Kinderbuchabteilung? Tatsächlich saß da ein kleines Mädchen am Boden und las. Ich entlockte ihm, dass die Mutter

das Kind hier quasi deponiert hatte und zur Kosmetikerin gegangen war. Das Mädchen las ganz konzentriert und still ein Buch über Bergdohlen, und fast hätte ich es eingeschlossen und wäre heimgegangen. Mir tat die Kleine leid, und ich ärgerte mich über die Mutter. Erstens sind wir kein Kinderhort, und zweitens: Was ist das für eine Mutter, die so etwas macht?«

Darauf weiß ich keine Antwort.

»Und – wie ging die Geschichte aus?«, will ich wissen.

»Nun, ich beschloss, dass die Mutter etwas Lehrgeld bezahlen sollte. Also habe ich die Buchhandlung wie vorgesehen geschlossen, das Licht gelöscht und bin mit dem Mädchen nach hinten ins Büro gegangen. Es vergingen etwa zwanzig Minuten, bis die Mutter dann – ziemlich verzweifelt – an die Schaufenster geklopft hat. Mein Mitleid hielt sich in Grenzen. Ich ließ sie eine Weile schmoren, bevor ich die Tür aufschloss.«

»Gut gemacht!«, sage ich.

Leah ist wirklich eine sehr sympathische junge Frau.

Als wir von unserem unterhaltsamen und fröhlichen Ausflug zurück sind, finden wir Reto Rösti mit seinem Freund Dr. Caprez in ein Schachspiel vertieft. Schnell ist klar, die beiden möchten ihre Ruhe und brauchen gerade weder Leah noch mich. Leah verabschiedet sich also, und ich ziehe mich in mein Zimmer zurück, um mich ein wenig hinzulegen. Die Wanderung mit Leah tat mir richtig gut, ein bisschen müde bin ich trotzdem.

Als ich nach einem kurzen Nickerchen ins Badezimmer gehe, überlege ich, Thomas anzurufen, verschiebe es erneut auf morgen, dusche und ziehe mich für das Abendessen um. Gerade als ich mich im Spiegel prüfe, klopft es an der Tür. Dr. Caprez steht davor.

»Darf ich kurz hereinkommen, Karin?«, fragt er.
Er benimmt sich ein wenig komisch, fast verlegen und druckst herum. Sein Freund habe ihm von unserem Zusammentreffen auf dem Spitaldach erzählt, sagt er dann.
Aha! Dem Herrn Doktor hat Herr Rösti also die ganze Geschichte erzählt.
Dr. Caprez räuspert sich. Er wolle einfach kurz ein paar Worte mit mir wechseln.
Okay.
Sogar hinsetzen möchte er sich.
Na, gut. Bringen wir das hinter uns.
»Wie geht es Ihnen, Karin?«, fragt er.
»Alles gut«, sage ich abwehrend. »*Ich* bin nicht der Patient.«
Da ist Dr. Caprez aber anderer Meinung. Nun redet er eindringlich auf mich ein, sagt, er könne mir einen Kollegen vermitteln, wenn ich Hilfe brauche, einen Psychiater. Vielleicht könnte der mir vorübergehend ein paar leichte Medikamente verschreiben. Vielleicht würden aber auch schon professionelle Gespräche helfen. Wenn ich lieber zu einem Psychologen gehen würde, dann …
»*Ich* bin nicht der Patient«, wiederhole ich.
Er ignoriert meinen Einwand erneut und meint: »Und wissen Sie, falls Sie tatsächlich ein Burn-out haben, wie ich annehme, wäre Ihre eigene Kündigung vielleicht anfechtbar. Ich könnte Sie krankschreiben. Dann könnten Sie irgendwann wieder dort arbeiten.«
»Nein, nein. Das ist alles schon in Ordnung so.«
»Sicher? Vielleicht denken Sie irgendwann anders darüber?«
»Ja. Und nein.«
»Sie denken im Moment nicht daran, sich umzubringen?«
»Nein. Solange Herr Rösti lebt, lebe ich auf jeden Fall auch. Ehrenwort.«

»Und dann?«
»Dann sehen wir weiter.«
Dr. Caprez ist besorgt. Ich kann ihn verstehen. Plötzlich hat er zwei Privatpatienten. Er fühlt sich offenbar auch für mich verantwortlich. Das ist mir sehr unangenehm.
Ich versuche ihn also zu beruhigen: »Ich möchte mich jetzt nur um Ihren Freund kümmern. Später, wenn er nicht mehr da ist, dann reden wir nochmals darüber. Ernsthaft. Das verspreche ich Ihnen!«
Dr. Caprez bleibt zum Abendessen, und während wir zu dritt am Glastisch in der Suite sitzen, spüre ich immer wieder seinen Blick auf mir. Besorgt. Beunruhigt. Fragend. Einerseits tut mir seine Fürsorge unerwartet gut, andererseits schäme ich mich ein wenig. Was hätte ich selbst noch vor kurzem von einer Frau gedacht, die mitten im Leben steht und sich vom Dach stürzen will?

Ich bin in Gedanken versunken, als ich später in meinem Zimmer einen Anruf von meinem Ehemann Thomas bekomme. So völlig unerwartet seine vertraute Stimme zu hören, bringt mich kurz ein wenig aus dem Konzept.
»Wie geht es dir, Karin?«, fragt er. Eine Frage, die er mir wohl seit vielen Jahren nicht mehr gestellt hat.
»Es geht. Und dir?«, frage ich zurück.
»Es geht. Ist halt komisch, so ganz ohne dich. – Was, ähm, was machst du so?«
Ich erzähle ihm ein bisschen von Reto Rösti und von meiner Aufgabe hier.
»Und was machst du nachher?«, will er wissen.
»Was meinst du mit ›nachher‹?«
»Na, wenn der Aufenthalt in St. Moritz ein Ende findet.«
»Ich weiß es nicht.«

»Ich möchte dir nur sagen: Das hier ist immer noch dein Zuhause. Sollte ich im Zorn etwas anderes gesagt haben, tut mir das leid.«
Er räuspert sich.
»Danke, Thomas«, sage ich, und mir versagt fast die Stimme. Seine Worte kommen sehr unerwartet und berühren mich total. »Ich muss leider aufhören – mein Patient braucht mich«, schwindle ich, bevor ich gar nicht mehr reden kann.
Ob Thomas merkt, dass meine Stimme zittert?
Er sagt: »Gut. Ich melde mich wieder – also, wenn ich darf?«
»Das würde mich freuen.«
»Tschüss, Karin.«
»Tschüss, Thomas – und – danke!«
Jetzt kann ich weinen. Aber es ist kein verzweifeltes Weinen. Es gibt Menschen, die sich um mich sorgen. Thomas ist offensichtlich einer davon. Und er scheint mir zu verzeihen. Ich habe ein Zuhause.
Schön, schön, schön …
Vielleicht gibt es ein Leben *nach* Reto Rösti? Eines, das sich zwar extrem verändern muss, ganz klar, aber auch ein Leben, das besser wird als mein früheres. Hier oben, mit so viel Abstand, mit so viel frischer Luft und dem magischen Licht, mit so viel Rösti, da merke ich, dass ich mich von meiner abgrundtiefen Erschöpfung langsam erhole und wieder Kraft tanke, auch plötzlich Kraft für Gedanken an eine mögliche Zukunft finde.
Irgendwo auf der Welt gibts ein kleines bisschen Glück.
Und ich träum davon in jedem Augenblick.
Könnte es auch für mich noch irgendwo ein kleines bisschen Glück geben? Ich ziehe es erstmals wieder in Erwägung. Allerdings wird das kaum zusammen mit Thomas sein. Der Gedanke schmerzt, aber, wenn ich ganz ehrlich bin, weiß ich: Wir

haben unsere Ehe ganz gehörig in den Sand gesetzt. Beide. Das wird man wohl nicht mehr reparieren können. Ich werde mich völlig neu erfinden müssen.
Das Einschlafen gelingt mir heute aber besser als noch gestern.

10 #METOO

Am nächsten Tag schlage ich meinem Patienten vor, nachzuholen, was er am vorherigen verpasst hat. Er ist unternehmungsfreudiger als gestern, und so lassen wir uns an den Silvaplanersee chauffieren und sitzen dann dort, wo ich gestern mit seiner Enkeltochter saß, im Restaurant Mulets, auf der Terrasse. Herr Rösti ist glücklich und grinst und bestellt sich im Übermut einen gigantischen Eisbecher, den er aber kaum anrührt. Also schmilzt er langsam vor sich hin. Zumindest als Fotosujet hat er aber viel hergemacht: kleiner, grinsender Mann hinter großem, buntem Eis. Leah wird es freuen.
Ich hätte es wissen müssen: Statt Eis zu essen, raucht Rösti nun eine Zigarre, die ihm ein Bote heute Morgen ins Hotel gebracht hat. Der Banderole nach zu schließen eine recht teure Zigarre. Wenn schon, denn schon.
Nach zwei Stunden will sich mein Patient auf den Heimweg machen und gleich noch einen anderen Punkt auf seiner Liste erledigen: »Heilwasser trinken!«
Derselbe Chauffeur, der uns ins »Mulets« gebracht hat, holt uns ab und macht beim Heilbad in St. Moritz Bad einen Halt für uns.
Dort beweist mir Reto Rösti definitiv, dass er ein wandelndes Lexikon ist, als er wieder ins Dozieren kommt: »Hier entdeck-

te man 1853 eine Heilquellenfassung, und zwar – Achtung, jetzt kommts! – aus dem Jahr 1411 *vor* Christus!« Er macht ganz große Augen und kontrolliert, ob ich auch beeindruckt genug bin.
»Erstaunlich!«, kommentiere ich deshalb umgehend.
»Eben! Es ist die älteste noch erhaltene hölzerne Heilquellenfassung Europas.«
Anscheinend ist das eine immens wichtige Information, denn er betont jedes einzelne Wort. Das amüsiert mich. Dann führt mich Herr Rösti in das kleine Museum, um mir alles zu zeigen, stolz, als hätten seine Ahnen diese Quelle höchstpersönlich entdeckt. Ich erfahre, dass der Naturheilarzt Paracelsus 1535 in St. Moritz weilte und danach die Heilkraft dieser Quelle pries. So wurde der Ort als Kurort berühmt. Die Quellfassung wird als einer der wichtigsten und berühmtesten Funde der alpinen Archäologie bezeichnet.
Das Wasser schmeckt ein wenig metallisch, und ich mache mir Gedanken, ob es auch hygienisch ist. Doch während ich noch überlege, hat Herr Rösti schon drei Becher davon getrunken.
»Schön, schön, schön …«, meint er. »Käthy und ich haben regelmäßig von diesem Wasser getrunken, wenn wir hier waren.«
Nun, ich könnte jetzt anmerken, dass das Wasser offenbar nicht viel geholfen habe. Es kam zumindest nicht gegen die Unmengen von Nikotin an, die sich mein Patient in die Lunge gezogen hat. Aber ich schweige. Immerhin ist er achtzig geworden und war wohl gesund und munter bis zu seiner Krebserkrankung. Das ist mehr, als vielen anderen gegönnt ist.
»Wissen Sie, früher behauptete man sogar, ein Becher von diesem Heilwasser mache zehn Jahre jünger«, sagt Herr Rösti nun, lacht aber selber darüber.

Ich lache gern mit und werfe ein: »Dann hätte man aber Kinder hier nicht trinken lassen dürfen.«
Reto Rösti geht nicht darauf ein, sondern behauptet nun: »Papst Leo X. versprach den Gläubigen Absolution, wenn sie von dem Wasser tranken.«
Das will ich nun wirklich nicht glauben.
Herr Rösti ist ein wenig beleidigt und ereifert sich: »Das hat mir Susi Wiprächtiger, die für die Dorfführungen in St. Moritz zuständig ist, bei einem privaten Rundgang erzählt. Und diese Frau weiß nun wirklich Bescheid. Sie können mir glauben. Alles. Ich erzähle Ihnen doch keinen Käse!«

Zurück in unserem schönen Hotelpalast, streicht Herr Rösti eigenhändig die zwei heute erledigten Punkte auf seiner Löffelliste, danach legt er sich auf seinem Privatbalkon in den Liegestuhl. Ich decke ihn zu, damit er sich sicher nicht verkühlt, setze ihm einen Hut auf und verschmiere etwas Sonnenschutz in seinem Gesicht, was er nur sehr widerwillig akzeptiert.
Und dann lege ich mich in gebührender Entfernung ebenfalls in einen Liegestuhl. Ich weiß gar nicht mehr, wann ich zum letzten Mal einfach so an der Sonne gelegen bin. Der kühle Malojawind streicht über uns hinweg und macht die Sommerhitze erträglich. Wir lassen den Nachmittag genüsslich ausklingen.
Bald schon erklingt das wohlbekannte Schnarchen meines Patienten in voller Lautstärke. Das stört mich gar nicht. Ich bin entspannt und gelöst und fühle mich so gut wie schon ewig nicht mehr. Ich weiß nicht, ob es das magische Licht ist oder das wundersame Heilwasser.
Vielleicht, kommt mir etwas später in den Sinn, ist es auch einfach die Tatsache, dass Thomas wieder mit mir redet. Ich grüb-

le aber nicht lange darüber nach, sondern stecke meine Nase in ein Buch, das mich schnell gefangen nimmt: »Das Schönste, was ich sah«.

Nach seinem Schläfchen ist Reto Rösti bester Laune. Wir gehen zusammen mit Dr. Caprez und Leah zum Apéro in die Bar und hören dem Pianisten zu. Anschließend dinieren wir im großen Speisesaal. Die Stimmung ist fröhlich und ausgelassen.

Irgendwann, völlig unerwartet, zwischen Suppe und Hauptgang, platzt Leah heraus: »Karin, ich finde, du solltest diesen Dr. Eber oder was nicht einfach so davonkommen lassen. Dieser Typ hat eine Lektion verdient.«

Fast verschlucke ich mich am Wasser, das ich gerade trinke. Wie kommt sie bloß auf diese Idee? Jetzt und hier?

Herrn Röstis Augen blitzen sofort interessiert auf.

»Wie wollen wir das anstellen? Was könnten wir tun?«, fragt er aufgeregt.

Wir?

Tun?

»Stopp! Nein, nein. Heckt bloß keine wilden Rachepläne aus. Ich will den Eberle nur vergessen«, wehre ich ab. »Ich müsste mich doch vor allem selbst bestrafen, weil ich so blöd war. Ich bin alt genug, dass ich ihn hätte richtig einschätzen müssen, ließ mich aber blenden – total naiv!«

Alle protestieren unisono.

Sogar Dr. Caprez. Herr Rösti hat ihm also tatsächlich meine *ganze* Geschichte erzählt.

Egal. Im Moment interessiert mich eigentlich nur: Hat man ihnen etwas in die Suppe gemischt?

»Dieser Typ, dieser Doktor hat gespürt, dass es Ihnen in Ihrer Ehe schlecht ging, und hat das erbarmungslos ausgenutzt«,

wirft Dr. Caprez nun ein. »Das ist ganz, ganz fies. Unterste Schublade.«
»Genau!«, bestätigt Leah umgehend.
»Mit Verlaub: Das war ein Arschloch«, erklärt Herr Rösti; dieses A-Wort scheint ihm eine besondere Freude zu bereiten.
Die Gruppenempörung tut mir zwar gut, aber ich möchte dieses Kapitel lieber ruhen lassen.
Leah denkt laut darüber nach, wie sie ihn in eine Falle locken könnte: »Das ist doch sicher so ein eingebildeter Gockel, vielleicht finde ich ihn auf einem Portal wie Tinder oder so.«
Ohne mein Zutun wird während des Hauptgangs darüber diskutiert, wie man am besten vorgehen könnte.
Leah spinnt die Fäden weiter. Es sei easy, ein Fake-Profil für eine Partnervermittlung zu erstellen, ein Foto aus dem Internet zu klauen und die Falle dann zuschnappen zu lassen.
»Den kriegen wir doch sofort, wenn ich ihm schreibe, wie toll ich ihn finde. Und dann kommt er nach St. Moritz, und – peng! – plötzlich steht er dir gegenüber.«
Ich sage nichts mehr, schüttle nur entschieden den Kopf.
Leah ereifert sich: »Er sollte nicht einfach so davonkommen. Wenn du es nicht für dich tust, dann denke an all die anderen Frauen, denen er schon nachgestellt hat oder die er noch um den Finger wickeln wird. Ich sage nur: MeToo.«
»Me was?«, fragt Herr Rösti.
»Weißt du nicht mehr? Vor ein paar Jahren gab es doch diesen Skandal, als der Filmproduzent Harvey Weinstein von mehreren Frauen der sexuellen Belästigung bis hin zur Vergewaltigung beschuldigt wurde. Daraus entwickelte sich eine riesige Welle der Empörung, und immer mehr Frauen erzählten, wie sie von Männern belästigt wurden. Die Zeit war wohl reif, denn das Ganze weitete sich so sehr aus, dass schließlich Millionen von Frauen aus über achtzig Nationen über den

Hashtag MeToo von üblen Erlebnissen mit Männern berichteten, die ihre Macht missbrauchten. Erschreckend.«
»Schlimm, schlimm, schlimm«, sagt Reto Rösti betroffen. »Doch, ich erinnere mich jetzt wieder. Hashtag … Ja, ja.«
»Er hat mich nicht vergewaltigt«, nehme ich Eberle in Schutz.
Leah erklärt empört: »Es gibt nicht nur körperliche Gewalt. Dieser Kerl hat dich ausgenutzt und dir geschadet, dir wehgetan und dich dazu gebracht, auf dieses verdammte Dach zu steigen!«
Dr. Caprez pflichtet ihr bei und betont: »Abgesehen davon: Rache ist süß.« Und er rückt mit einer anderen Rache-Idee heraus: »Wenn er so ein eingebildeter Gockel ist, wie Sie sagen, ist er sicher auch beruflich ehrgeizig und fühlt sich zu wenig anerkannt. Ich könnte ihn anschreiben und ihn unter dem Vorwand hierher einladen, dass ich einen Leiter für die neue Klinik in St. Moritz Bad suche.«
»Ja, und dann?«, frage ich.
»Tja, dann führe ich mit ihm ein ernsthaftes Gespräch in der Hotelhalle, sage ihm, ich treffe mich mit Freunden zum Essen und freue mich, wenn er mich begleiten würde. Er wird Ja sagen. Ich führe ihn dann an den Tisch, wo ihr alle schon sitzt.«
»Und dann?«, frage ich wieder.
»Dann wird er sofort erkennen, dass das nichts wird mit seiner Anstellung.«
»Warum?«
»Nun, weil ihm schnell klar werden wird, dass wir uns so gut kennen, dass Sie mir Ihre Geschichte mit ihm garantiert erzählen werden, wenn nicht schon erzählt haben.«
Jetzt meldet sich Leah: »So wie ich den Typ einschätze, würde er aber eventuell ganz anders reagieren und sogar die Frechheit besitzen, dich zu bitten, ein gutes Wort bei Dr. Caprez für ihn einzulegen.«

Herr Rösti meint: »Ja, das könnte ich mir durchaus vorstellen. So einer ist das. Trotzdem: Ich halte diese Idee für absolut genial.« Und dann fragt er in die Runde: »Wer stimmt dafür, dass wir den Herrn Doktor nach St. Moritz locken und uns rächen?«

Uns rächen? Irgendwie scheint da etwas durcheinandergeraten zu sein.

Doch es steht drei gegen eine, und die eine, die bin ich. Ich möchte Theo Eberle aber nicht mehr begegnen. Nie mehr. Weil er mich an mein eigenes Versagen erinnert, an meine eigene Fehleinschätzung, an meine eigene Blamage.

»Aber so ein ganz klein wenig cool findest du diese Idee doch auch?«, bohrt Leah nun.

Ich muss lachen, denn ja, natürlich, irgendwie … und ein ganz klein wenig …

»Bingo!«, sagt sie, und damit ist Dr. Caprez' Plan beschlossene Sache.

»Gut!«, bekräftigt auch er.

»Schön, schön, schön …«, brummelt Herr Rösti zufrieden. »Endlich ein wenig Action! Fädelt das alles ganz schnell ein, sodass ich es auch noch erleben kann.«

»Gut«, sagt Dr. Caprez noch einmal. »Ich schicke ihm heute noch eine E-Mail. Er reist bestimmt sofort an. Wetten?«

Ich sehe vor meinem geistigen Auge den Herrn Dr. Eberle im wehenden weißen Ärztekittel herbeieilen, und meine Mundwinkel ziehen sich wie automatisch nach oben. Unglaublich, was gerade passiert in meinem Leben. Dabei dachte ich, es sei vorbei. Nein, es scheint noch einiges mit mir vorzuhaben.

»Einverstanden?«, will Caprez nun doch noch von mir wissen, was ich sehr zu schätzen weiß.

»Na gut«, willige ich ein. Ich will ihnen allen die Freude nicht verderben, und ganz ehrlich: Es rührt mich, dass sie sich für mich an ihm rächen wollen. Und verdient hat es Theo auf jeden Fall. Er hat schon zu viele Frauen leichtfertig benutzt und wieder abserviert. Jetzt soll er doch auch einmal erleben, wie es ist, wenn einem übel mitgespielt wird. Das könnte durchaus lustig werden. Oder dramatisch. Auch egal. Ich habe nichts mehr zu verlieren, und ich bin nicht allein. Ich bin im Team Rösti.

Und dann geht das alles viel zu schnell.
Ein neuer Tag – und die Rachepläne konkretisieren sich. Ich hoffte gestern zwar noch, die Idee würde über Nacht im Sande verlaufen. Weit gefehlt! Dr. Caprez schreibt am Morgen gleich seine E-Mail, und Dr. Eberle antwortet innert einer Stunde positiv. Und es kommt noch dicker: Er komme bereits am nächsten Tag, er habe zufällig gerade frei.
Die Aufregung ist groß.
»Karin braucht ein neues Kleid«, bestimmt Leah. »Irgendetwas Aufregendes. Sie soll umwerfend aussehen.«
Bevor ich mich wehren kann, hat Reto Rösti den Kauf schon genehmigt und uns gewissermaßen den Auftrag erteilt, ihn zu tätigen.
»Das ist eine Anweisung«, sagt er ernst. Und fügt an: »In der Via Serlas – der höchstgelegenen Luxuseinkaufsstraße der Welt – findet ihr sicher etwas Passendes.« Der alte Herr nutzt wirklich jede Gelegenheit, sein Wissen kundzutun.
Leah meint, ein Friseurbesuch müsse auch noch sein.
Ihr Nonno nickt, lacht und freut sich: »Ja, genau, macht das! Und geht jetzt endlich los, ich weiß mir die Zeit schon zu vertreiben.«
Ich mache mich also gemeinsam mit Leah auf den Weg. Doch in St. Moritz einkaufen zu gehen, ist eine Herausforderung der anderen Art. Natürlich, hier gibt es Boutiquen ohne Ende,

aber ich weigere mich, einen Laden zu betreten, der Prada, Dior oder Armani heißt. Auch Dolce & Gabbana, Gucci und Valentino kommen nicht infrage. Jil Sander und Miu Miu klingt auch viel zu teuer. Ich will nicht für ein Kleid einen Monatslohn hinlegen. Das ist dekadent. Ich brauche auch kein Cüpli als Begrüßung in die Hand gedrückt und keine persönliche Assistentin, die mir das richtige Kleid aussucht, keinen roten Teppich und keinen Sicherheitsbeamten an der Tür.

»Na ja, einen C & A mit Wühltisch findest du in St. Moritz natürlich nicht«, lacht mich Leah aus.

Wir schlendern nun doch durch die Via Serlas und betrachten die Schaufensterauslagen. Aber ich kann mich nicht überwinden, auch ins Innere eines dieser schicken Läden zu sehen. Nur schon die Preise schüchtern mich zu sehr ein, auch wenn mich Leah mehr als einmal daran erinnert, dass ja ihr Nonno bezahlen würde. Ich frage sie, wie sie es schafft, mit ihrem doch sicher eher bescheidenen Lohn in diesem Luxusort zu leben.

»Ehrlich? Nun, das macht mir immer mehr zu schaffen. Ich liebe diese Gegend, die Natur, die Berge. Sehr sogar. Aber hätte ich dank Nonno keine eigene Wohnung und würde mich hier nicht zu Hause fühlen, ich wäre schon lange weg. Du hast schon recht, man kann sich hier das Wohnen als Normalmensch gar nicht mehr leisten. Viele meiner Freunde haben schon aufgegeben.«

Das ginge mir bestimmt auch so. »Wohin würde es dich denn ziehen?«, frage ich neugierig.

Leah zuckt mit den Schultern und meint vage: »In die Welt hinaus.«

Wir lachen, jedoch liegt durchaus ein Ernst in ihren Worten, eine echte Sehnsucht.

»Ich bestelle meine Kleider alle online«, gibt sie zu.

Aber es müsste doch auch möglich sein, als Normalverdiener hier zu leben und zu arbeiten! Irgendwie ärgert mich das. Und so frage ich Leah, ob sie denn nie mit Christian über diese Probleme gesprochen habe. Sie lacht laut.
»Die Probleme sind schon lange bekannt. Günstiger Wohnraum. Tja. Christian kann ihn auch nicht einfach aus dem Boden stampfen. Das hätte man schon vor Jahren in die Gänge bringen müssen. Und es wird ebenfalls ein paar Jahre dauern, bis wir sehen, ob er etwas bewirken kann. Und dafür müsste man ihn auch wiederwählen.«
»Ist das denn fraglich?«
»Nun, wenn so viele alteingesessene Politiker ihm ständig auf die Finger schauen und nur auf einen Fehler warten ...«
»Immerhin, wenn es Christian zu viel wird oder wenn er abgewählt wird, hat er noch viele andere Begabungen, Talente, Möglichkeiten. Das muss ein schönes Gefühl sein. – Ich hingegen: Was kann ich denn anderes als pflegen?«
Leah lacht mich aus und meint, wir alle würden doch unser Potenzial niemals ausschöpfen und hätten noch tausend andere Möglichkeiten und Begabungen.
Wir haben uns ins Café Hanselmann gesetzt, um zu überlegen, wo ich wohl doch noch etwas Passendes zum Anziehen finden könnte. Plötzlich sieht Leah drei Tische weiter eine Bekannte.
»Sag mal, Karin, würdest du auch ein Secondhand-Kleid in Betracht ziehen?«, will sie wissen.
Ich bejahe spontan. Alles ist mir lieber, als für ein einziges Kleid die Kreditkarte von ihrem Nonno glühen zu lassen.
Leah geht an den Tisch ihrer Bekannten, dort wird kurz geredet, gelacht, getuschelt. Sie schauen in meine Richtung, und schon kommt Leah zurück.
»Gebongt«, sagt sie.

»Gebongt? Was soll das heißen?«
Leah erklärt mir, wie es läuft: »Krista arbeitet bei Armani und kauft viele ihrer Sachen zum Spezialpreis ein. Ihr habt in etwa die gleiche Größe, und sie ist bereit, dir eins auszuleihen oder günstig zu verkaufen.«
Das klingt gar nicht so schlecht. Zehn Minuten später stehe ich vor einem Spiegel in Kristas Wohnung und trage zweifellos das schönste, eleganteste Kleid, das ich je anhatte.
»Passt! Perfekt!«, beschließt Krista. »Ich gebs dir für zweihundert Franken.«
Bei diesem Preis stockt mir der Atem.
»Ich habs nur einmal getragen«, betont Krista.
Ich schaue in den Spiegel und sehe ein neues Ich. Das schwarze Etuikleid ist schlicht, tief ausgeschnitten und frei von jedem Schnickschnack.
»Es ist so elegant«, sage ich andächtig.
»Es steht dir wirklich gut«, mischt sich nun Leah ein. »Es schmeichelt deiner Figur. Man sieht sofort, dass es kein billiges Fähnchen ist, auch wenn es so schlicht daherkommt. Es zeigt dich von deiner besten Seite.«
Ja, das stimmt.
Ich selber sehe plötzlich meine beste Seite. Und diese gefällt mir überraschend gut. Nachdem ich bei jedem Laden mit Kleidern im Angebot abgewinkt habe, hat bereits vor dem Café-Besuch ein Friseur – er nannte sich Gianni, war enthusiastisch und übermotiviert – meine wilden dunkelblonden Locken erfolgreich gebändigt und gekonnt in Form gebracht. Dass er dabei laut und falsch zur Musik aus dem Radio gesungen hat, schadete seinem Werk überhaupt nicht. Ich habe jetzt eine Frisur. Meist habe ich ja einfach nur Haare. Viele Haare. Wilde Haare. Extrem gekrauste Haare. Und immer gerade so kurz, dass ich sie bei der Arbeit nicht zusammenbinden

musste. Jetzt hat mich dieser Künstler, der sich wie ein Star bezahlen ließ, wirklich verändert. Und nun noch dieses Kleid. Ich gefalle mir tatsächlich und finde das ziemlich verblüffend. Natürlich bin ich zu bleich, zu mager, meine Augenringe entgehen mir auch nicht.
Trotzdem.
»Reiß dich wieder los von deinem Spiegelbild«, lacht Leah.
Und das tue ich dann auch. Wer hätte das erwartet: Ich fühle mich gerüstet für die Begegnung mit Dr. Theo Eberle.

11 IST RACHE SÜSS?

Und dann ist er da, der Tag der Rache.
Dr. Caprez, der sonst eher leger gekleidet daherkommt, trägt heute einen dunkelbraunen Leinenanzug über einem weißen Hemd mit Krawatte und sieht sehr förmlich aus. Er ist bereit für das Treffen mit Dr. Eberle. Vorher aber untersucht er noch seinen Freund.
Macht uns Herr Rösti einen Strich durch unsere bestens durchdachten Pläne? Die Aufregung scheint ihm nämlich nicht so gut zu bekommen. Er hustet stärker als sonst. Sein Blutdruck ist zu hoch, und er hat leicht erhöhte Temperatur. Dr. Caprez ist ein wenig besorgt.
Doch mein Patient wischt alle Bedenken beiseite und stellt klar: »Ich will dabei sein. Unbedingt. Das könnt ihr mir nicht verwehren. Und wenn ich dann doch zusammenklappe, hatte ich wenigstens vorher noch Spaß. Das schaffe ich schon!«
Ich lege meine Stirn in Falten, nützen tuts nichts.
»Gebt mir halt irgendetwas!«, verlangt der Patient barsch.
Irgendetwas?

Tatsächlich kann Dr. Caprez noch ein passendes Mittel aus seinem Arztkoffer zaubern. Mit einem Seufzer verabreicht er es seinem Freund.

Bevor er sich verabschiedet, erklärt er uns noch: »Ich habe in Sachen Eberle ein wenig recherchiert und werde mir seine Unterlagen, die er mitbringen will, sehr genau anschauen. Außerdem werde ich ihn ordentlich in die Zange nehmen. Aber gell, wenn ihr Pech habt, dann gefällt er mir so gut, dass ich ihn tatsächlich einstelle.«

Leah tut so, als wollte sie ihn schlagen, und Dr. Caprez eilt lachend davon.

Ich sehe Leah heute zum ersten Mal in einem Kleid und mit offenem Haar. Eine völlig neue Frau steht vor mir. Aber auch ich präsentiere ja heute meine beste Seite.

»Hast du keinen röteren Lippenstift?«, fragt sie mich.

»Rot – röter – am rötesten. Kann man rot steigern?«, necke ich sie, lasse mich dann aber dazu überreden, ihren knallroten Lippenstift zu benutzen.

Ganz ehrlich, wir sind doch völlig verrückt. Und das Verrückteste dabei: Es macht Spaß.

Reto Rösti hat sich etwas erholt, das Mittel von Dr. Caprez scheint geholfen zu haben. Der alte Herr trägt schon seit dem Mittag seinen schönsten Anzug. Zu diesem besonderen Anlass bestand er sogar auf eine seiner Seidenkrawatten.

»Es ist doch ein bisschen so, als würden wir in die Oper gehen«, witzelt er. »Vielleicht auch nur in ein Volkstheater. Komödie, Drama … ist doch egal. Aber wir erweisen den Darstellern die Ehre und kleiden uns angemessen.« Er hängt ein wenig schlapp in einem Sessel und wirkt etwas zerknittert. Trotzdem hat er noch ein Nietzsche-Zitat in petto, das er heute ganz speziell Dr. Eberle widmen wolle: »Blas dich nicht auf; sonst bringet dich zum Platzen schon ein kleiner Stich.«

Wir warten also auf unseren Einsatz. Es ist rührend, wie alle mit Feuereifer dabei sind, obwohl es doch nur um mich geht. Leah beteuert allerdings, es gehe dabei auch »um die Sache an sich«.
Dr. Caprez schickt irgendwann eine Whatsapp-Nachricht: »Er ist ein eingebildeter Schnösel. Karrieregeil.«
Wir gönnen uns einen Apéro aus der reich bestückten Hausbar, trinken uns ein wenig Mut an. Leah nervt ihren Nonno und mich damit, dass sie ständig Fotos machen will. Allerdings: Wer weiß, wann wir mal wieder so gut aussehen?
Zur vereinbarten Zeit machen wir uns dann auf zum Speisesaal: Reto Rösti, umrahmt von zwei adrett gekleideten Damen. Ich halte mich genauso an dem alten Herrn fest wie er sich an mir, denn meine Beine zittern auf den hohen Schuhen. Es ist mir auch ein wenig übel.
Mein Patient meint dazu ungerührt: »Mir ist es ständig übel, also bitte, reißen Sie sich zusammen, Schwester Karin!«
Unser wunderschön gedeckter runder Tisch ist noch leer. Einmal mehr eine festliche Tafel, mit Blumenschmuck und Kerzen. Ich habe mich noch nicht daran gewöhnt, will es auch gar nicht. Wir setzen uns, und ich darf immerhin zwischen Herrn Rösti und Leah sitzen. Ich bin unglaublich nervös. Und dann kommen die beiden Männer die Treppe zum Speisesaal herunter. Eigentlich müssten jetzt tausend Trommelwirbel erklingen. Dazu Fanfaren. Und Chöre.
Dieser Blick!
Unbezahlbar!
Unvergesslich!
Eberle sieht mich, erkennt mich zwar erst auf den zweiten Blick, aber dann spielt sich in seinem Gesicht dermaßen viel ab, dass es ein filmreifes Schauspiel wäre: sein Erstaunen, seine Ungläubigkeit, sein Entsetzen, sein Erkennen, seine Be-

fürchtungen, seine Angst, sein Ärger, seine zerrinnenden Hoffnungen … Eine Studie der Emotionen!

Theo Eberle sieht großartig aus. Das beruhigt mich. Immerhin bin ich auf den schönsten Mann weit und breit hereingefallen. Wie ein Topmodel schreitet er mit seinen frisch polierten Lackschuhen die teppichbespannten Stufen hinab. Seine schwarz gefärbten Haare hat er den Schuhen angepasst und mit Lack nach hinten geklebt. Er ist durch und durch ein Lackaffe – aber ein schöner, schlanker, eleganter, mit einem einnehmenden Lächeln und blendend weißen Zähnen.

Dr. Caprez stellt uns einzeln als seine Freunde vor, zuerst Herrn Rösti, dann Leah, zuletzt mich.

»Wir kennen uns bereits«, sagt Theo und schüttelt mir förmlich die Hand. »Was für eine Überraschung, liebe Karin. Du bist in St. Moritz?«

Ich versuche, cool zu bleiben und so zu tun, als wäre ich hier zu Hause.

Dr. Caprez erklärt: »Wissen Sie, Herr Dr. Eberle, ich bin wirklich gut darin, fachliche Kompetenzen zu bewerten. Und diese stehen bei Ihnen ja außer Frage. Aber bei den sozialen Kompetenzen, da irre ich mich oft. Daher ist es gerade ideal, dass Sie heute meine besten Freunde kennen lernen. Die haben oft ein viel besseres Gespür für den Menschen an sich. Aber bleiben Sie einfach locker, ganz Sie selber, und genießen Sie mit uns ein gutes Essen.«

Ich sehe, wie unwohl sich Theo nun fühlt. Er lächelt gequält. Ich gebs zu: Ich beobachte ihn während des ganzen Abendessens und weide mich an seiner Unsicherheit, an seiner aufsteigenden Panik. Ja, Rache ist definitiv süß. Vor allem, wenn man sie nicht einmal selbst organisieren und nicht allein genießen muss.

Nun gibts erst mal Small Talk.

Vor allem die beiden Ärzte bestreiten ihn. Reto Rösti und seine Enkelin halten sich im Hintergrund, und auch ich trage kaum etwas dazu bei. Ich höre vor allem zu, nicke und lächle dann und wann, präsentiere meine beste Seite. Dazu schäme ich mich zwischendurch auch für meine Schadenfreude, für meine Befriedigung. Das sind schlechte Gefühle. Sie passen nicht zu mir. Aber ich höre dann auch wieder Leahs Worte: »Er hat dich dazu gebracht, auf dieses verdammte Dach zu steigen.« Das stimmt. Dafür darf Theo jetzt in unserer Runde so richtig schmoren.

Nach der Vorspeise lenkt Theo das Gespräch auf St. Moritz, meint, es sei bestimmt ein Sportparadies.

Doch Dr. Caprez erklärt, dass man es hier nicht nur mit Sportlern zu tun habe: »Fast die Hälfte der Gäste treibt gar keinen Sport. Zwei Drittel der Gäste benützen nie eine Bergbahn. Das ist schon speziell hier. Der Ort bietet halt sehr viele Events, dazu Kunst, Musik … oder auch einfach Ruhe.«

Dr. Eberle nickt und fragt nach der Zahl der Einwohner.

Auch mit diesen Zahlen kennt sich Dr. Caprez aus: »Die Gemeinde hat nur fünftausend Einwohner, dafür aber dreitausend Saisonangestellte und zweihundertfünfzigtausend Gäste mit über einer Million Übernachtungen pro Jahr.«

Nun wird der Hauptgang serviert, und die beiden Ärzte plaudern und unterhalten sich weiterhin recht locker. Aber ich sehe, dass Theos linkes Augenlid manchmal völlig unkontrolliert zuckt und seine Hand leicht zittert, als er das Glas zum Mund führt.

Ich sage gar nichts.

Ich beobachte.

Ich höre zu.

»Geht es dir gut, meine Liebe?«, spricht mich Dr. Caprez plötzlich an und gibt noch einen drauf: »Du bist so still? Karin?«

Aha, wir sind ja jetzt per Du, und ich bin seine neue Liebe. Was für ein Theater! Ich werde jetzt sicher rot.
»Es ist alles gut. Ich muss nur mal kurz meine Nase pudern gehen«, antworte ich und erhebe mich.
»Soll ich dich begleiten?«, fragt er.
Ich bin versucht, laut herauszulachen. Noch nie im Leben wollte mich ein Mann zur Toilette begleiten.
»Nein, danke, mein Lieber«, flöte ich stattdessen zurück. Wie war doch wieder sein Vorname? Der ist mir in der Aufregung gerade entfallen.
Dann stakse ich auf meinen hohen Schuhen davon und bin ganz froh, dem Tisch mal eine Weile zu entkommen. Eigentlich hatte ich bereits genug Rache. Ich bin ein wenig rachemüde. Das Schauspielern finde ich außerdem ziemlich anstrengend, so auf die Dauer, auch wenn es anfangs durchaus lustig war. Ich wasche mir die Hände. Eiskalt. Dann trage ich noch etwas von dem rötesten Lippenstift der Welt auf, den mir Leah zugesteckt hat, atme einige Male tief durch und bin dann bereit, mich wieder in das Rachespektakel zu stürzen.
Aber oha!
Beim Verlassen der Toilette stellt sich mir tatsächlich Theo in den Weg.
»Können wir kurz reden?«, fragt er, aber eigentlich ist es keine Frage, denn er packt mich recht unsanft am Handgelenk und zieht mich in eine Ecke.
»He! He! Gehts noch?«, schimpfe ich erschrocken.
Er lässt mich sofort los.
Ich reibe mein schmerzendes Handgelenk, setze meinen strengsten Blick auf und fauche ihn an: »Was soll das? Spinnst du?«
»Spielt ihr irgendein Spiel mit mir?«, will Theo wissen. Und er wirkt gar nicht mehr geschmeidig und charmant.

»Wie kommst du auf so etwas?«
»Ist das alles Zufall? Dass du und dieser Klinikchef ein Paar seid?«, blafft er mich an.
»Wir sind kein Paar«, betone ich.
»Ach?« Theo zweifelt wohl, wirkt dann aber sofort sichtlich erleichtert.
»Wir kennen uns nur sehr gut.«
»Aha.«
»Also, was willst du von mir?«, frage ich und möchte diese unangenehme Situation möglichst schnell beenden.
Nun ändert er seinen Ton wieder und redet auf mich ein: »Wir hatten doch eine gute Zeit zusammen. Hör mir zu, ich will diesen Job bei Dr. Caprez wirklich haben. Du wirst mir das doch nicht versauen?«
»Warum sollte ich das tun?«, frage ich frech und schaue tief in seine Augen.
»Na ja … am Ende … könnte sein, dass … du hast vielleicht mehr erwartet… Es könnte sein, dass alles nicht so gut geendet hat…«
»Ja, das könnte allerdings sein. Und ich weiß auch von deiner Wette. Das war wirklich unter aller Sau, Theo. Unterstes Niveau! Und äußerst frauenverachtend.«
Jetzt erschrickt er doch sehr.
»Hast du deshalb so überraschend und erst noch fristlos gekündigt?«, will er wissen.
»Auch, ja«, antworte ich ehrlich. »Du hast mich zum Gespött des ganzen Hauses gemacht.«
»Aber du hattest doch auch deinen Spaß?«, meint er nun und schenkt mir ein anzügliches Grinsen.
Mir verschlägt es den Atem, und dann holt eine Karin, die ich so eigentlich gar nicht kenne, kräftig aus und schmiert ihm eine.

Uh, das tut weh! Uh, das tut gut!
Meine Hand glüht.
Es hat richtig geknallt, und ich glaube sogar, auf Eberles Wange den Abdruck meiner Hand zu sehen.
Ich wusste gar nicht, dass ich so etwas kann.
Und ich kann es scheinbar gut.
Hatte nicht Leah neulich gesagt, wir würden doch alle unser Potenzial gar nicht ausschöpfen? Recht hat sie.
Theo wirkt einen Moment lang wie gelähmt – ganz sicher hat ihn noch nie eine Frau geschlagen –, und bevor er überhaupt in der Lage ist, sich eine Reaktion zu überlegen, rettet mich Dr. Caprez, der uns anscheinend gesucht und glücklicherweise auch gefunden hat.
Er schaut kurz von mir zu Eberle und umgekehrt und sagt dann in schneidendem Ton: »Karin, bitte geh in den Speisesaal zurück.«
Ich zögere einen Moment, doch schon doppelt er unmissverständlich nach: »Jetzt!« Er hat offenbar einen ordentlichen Kasernenton drauf, wenn er es für nötig hält.
Ich gehe.
Schnell.
Auch wenn mir dabei nicht besonders wohl ist. Werden die beiden sich prügeln? Am Ende verletzt sich einer. Und womöglich noch der Falsche!
Im Speisesaal servieren die Kellner gerade das Dessert. Irgendeine süße, verspielte Kreation, verziert mit Silberstaub, in einem goldenen Schüsselchen.
»Alles okay?«, fragt Leah besorgt.
»War er wirklich hinter Ihnen her?«, will Herr Rösti wissen.
Ich berichte ausführlich und muss jetzt, wo die Anspannung des ganzen Abends von mir abfällt, ein paar Tränen verdrücken. Aber in Kombination mit der Süßspeise tun sie nicht

besonders weh. Es ist nur so ein Moment, in dem ich mich wieder einmal frage, was ich hier eigentlich tue und was ich eigentlich getan habe, dass ich hier aus goldenen Schüsselchen esse, statt zu Hause mit Thomas am Tisch zu sitzen. Es ist verrückt. Völlig schräg. Und ich habe keine Ahnung, wo das alles hinführen wird.
Vielleicht nirgendwohin?
Kann auch sein. Egal.
Als Dr. Caprez zurückkommt, reibt er sich die rechte Hand, ganz so, als hätte er gerade kräftig zugeschlagen.
»Hast du ihm eine reingehauen?«, fragt Herr Rösti neugierig, und es klingt, als wünschte er es sich.
Dr. Caprez setzt sich und gibt zu: »Ich hätte schon gern. Vor allem, weil ich hörte, weshalb er von dir eine geschmiert bekommen hat, Karin.«
Aha, wir bleiben beim Du. Das ist okay.
»Theo hat erzählt, welche Anzüglichkeit er sich geleistet hat?«, frage ich erstaunt.
»Nein, ich habe es gehört, als ich euch suchte. Und ich bin froh, dass du die Antwort erledigt hast. So konnte ich mich bremsen. Der Herr Doktor Eberle wird sich nicht mehr blicken lassen, er reist sofort ab.«
Eine Weile herrscht Schweigen am Tisch.
»Du hast ihm wirklich ganz ordentlich eine gehauen!«, meint Dr. Caprez irgendwann, mit leichter Bewunderung. »Das hätte ich dir gar nicht zugetraut.«
Und dann fängt Leah zu lachen an.
Und wir stimmen mit ein.
Ganz leise natürlich, weil wir in der vornehmen Gesellschaft hier nicht allzu sehr auffallen wollen.
»Rache ist süß«, kichert Leah. »Ich wusste, es würde Spaß machen!«

»Danke, dass ich in meinen letzten Tagen noch so ein aufregendes Theater miterleben durfte«, grinst ihr Großvater, »viel besser als Fernsehen!«
»Einen Moment lang hatte ich Angst um dich«, gibt Dr. Caprez zu und schaut mich an. Und endlich fällt mir sein Vorname wieder ein.
Ich hebe mein Glas: »Flurin, sollen wir das Du nicht noch offiziell machen?«
Er lacht, nickt und stößt mit mir an.
»Danke, dass du ihm gefolgt bist«, sage ich.
»Arschloch«, gibt Herr Rösti wieder sein bösestes Wort zum Besten.
Leah fragt sich, ob Eberle wohl etwas daraus gelernt habe, findet dann aber: »Das ist ja egal. Hauptsache, er wurde richtig ordentlich bestraft. Das hängt ihm sicher noch eine Weile nach.«
»Zumal er jetzt bei jeder Bewerbung verunsichert sein wird«, meint Flurin. »Und wenn er eine Stelle nicht bekommt, wird er immer denken, dass ich meine Finger im Spiel hatte.« Auf unsere fragenden Blicke erklärt er: »Ich habe ihm gesagt, ich würde alle Kliniken über seine Machenschaften informieren und er würde nirgendwo mehr eine Kaderstellung bekommen. Wir Klinikleiter seien total gut vernetzt. Und gerade in Zeiten von MeToo reagiere man extrem sensibilisiert auf sexuelle Übergriffe und Belästigungen aller Art. Es gebe dafür ein eigenes Melderegister.«
Leah fragt: »Ja, und? Stimmt das nicht?«
Flurin schüttelt den Kopf. »Nein. Ich kenne jedenfalls keines.«
Schade.
Das müsste man ändern.

12 ROTKEHLCHEN UND BULLE

Wir sitzen noch lange zusammen an diesem Abend, sind ziemlich aufgedreht. Dieses Erlebnis muss erst noch verdaut werden. Es war für alle von uns etwas Neues und – ich hoffe doch sehr – etwas Einmaliges. Wir hatten unseren Spaß. Manchmal regt sich zwar kurz mein schlechtes Gewissen, aber ich unterdrücke dieses blöde Gefühl sofort. Ab und zu muss man seine gute Erziehung auch mal vergessen dürfen. Das macht ja sogar Reto Rösti.

Rache ist süß. Und sie schmeckt noch süßer, wenn man sie in einer Gruppe genießt.

Keiner will schlafen gehen, nicht einmal mein Patient, dem es doch am Mittag noch ziemlich schlecht ging.

»Wir könnten noch einen Punkt auf meiner Liste erledigen«, schlägt er schließlich vor.

Ich protestiere: »Jetzt? Um diese Zeit?«

Leah meint: »Es ist ja erst zehn Uhr! Die Jungen ziehen jetzt erst los.«

Ich entgegne: »Wir sind nicht mehr alle ganz so jung.«

Flurin stellt klar, dass er durchaus noch im besten Alter sei, und Reto Rösti befiehlt: »Wir fahren jetzt ins Hotel Waldhaus am See und trinken einen Whisky.«

Ich schlage vor, wir könnten den Whisky doch auch hier trinken, ernte aber Unverständnis.

»Schwester Karin, die Löffelliste!«, sagt mein Patient und verdreht die Augen, so wie Leah das immer tut.

Und ja, natürlich, auf der Löffelliste steht nicht »Whisky trinken«, sondern »Whisky trinken im Hotel Waldhaus am See«!

Wir fahren also mit dem Hotel-Kleinbus zum »Waldhaus am See«, einem Hotel, das mir wegen seiner wunderbaren Lage – eben direkt am See – und weil es nicht zu den extrem teuren Edelhäusern zu gehören scheint, schon aufgefallen ist. Natürlich kennt man dort Herrn Rösti und Flurin, und der Direktor, Sandro Bernasconi, erscheint zur Begrüßung. Er lässt es sich nicht nehmen, uns zu beraten und dann jedem höchstpersönlich einen Whisky zu kredenzen.

Leah und ich bekommen ein Glas aus einer besonders schönen Flasche mit einem Rotkehlchen auf dem Etikett eingeschenkt. Aber: Ich bin keine Whiskytrinkerin. Ich müsste da dringend ein wenig Cola beimischen, was den Herrn Bernasconi sicher schockieren würde. Das wäre wohl so, als würde ich bei einem Sternekoch essen gehen und Aromat über sein Gericht schütten. Herr Bernasconi erklärt gerade, dass mein Rotkehlchen zwölf Jahre lang im Eichenfass gelagert worden sei, als ich mutig ein Schlückchen trinke. Leider hat der Ire rein gar keine Altersmilde entwickelt, sondern brennt sich meiner Speiseröhre entlang nach unten. Mein Gesicht verzieht sich wie von selbst. Herr Bernasconi lächelt nachsichtig.

Reto Rösti und Flurin trinken einen Whisky mit einem Bison auf dem Etikett. 65,6 Prozent Alkohol! Das Getränk riecht sehr, sehr streng. Fast so halt, als hätte ein Bulle da noch kurz reingepinkelt. Schon vom Geruch her könnte ich daran nicht mal nippen. Da ziehe ich doch mein Rotkehlchen vor.

Leah erzählt mir, wie es zu dieser berühmten Whiskybar gekommen ist: »Der Vater von Sandro Bernasconi, der das ›Waldhaus‹ bis vor kurzem führte, war auf Weltreise, um Eindrücke zu sammeln. In Indien empfahl man ihm, wegen der schlechten Wasserqualität die Zähne mit Whisky zu putzen.«

Ich werfe erstaunt ein: »Er kam also vom Zähneputzen zum Whiskytrinken?«

»Genau. Er kam auf den Geschmack und brachte von jedem Land einen Whisky heim. Er fing an, sich für Whisky zu interessieren und wurde sogar zum Sammler. Bald einmal besaß er eine so ansehnliche Anzahl verschiedener Whiskys, dass er sich beim Guinness-Buch der Rekorde meldete. Doch er musste erfahren, dass es am Gardasee eine Bar gab, die eine noch viel größere Whiskyauswahl anbot. Als jener Barbesitzer verstarb, kaufte der alte Bernasconi seinen Bestand auf, und so kam er dann doch noch ins Buch der Rekorde. Inzwischen gibt es hier zweitausendfünfhundert verschiedene Sorten Whisky aus vierzig Ländern im Angebot. Zum Glück ist die Karte jetzt digital, sonst würde man ja gar nicht mehr durchblicken.«

Leah scheint ganz nach ihrem Großvater zu kommen. Auch sie erzählt gern bis ins Detail: »Inzwischen kommen immer wieder auch Gäste nur wegen der Whiskybar nach St. Moritz. Reiche Chinesen zum Beispiel, die sich beim Trinken von extrem teurem Whisky fotografieren lassen.« Man könne hier durchaus für einen Whisky ein paar hundert Franken hinblättern, wenn man denn wolle.

Links vom Tresen hängen Fotos von Gästen, die schon fünfzig oder hundert verschiedene Whiskys degustiert haben. Eine Art »Wall of Fame«. Mir gefällt es sehr gut hier. Man sitzt umrahmt von Vitrinen, in denen es nur eines gibt: Flaschen, Flaschen, Flaschen. Die Bar hat Atmosphäre. Fast tut es mir leid, dass ich Whisky nicht mag. Wären das zum Beispiel alles Pralinensorten, wäre ich auch begeistert dabei beim Degustieren, Ausprobieren, Entdecken.

»Hier hat es sogar einen begehbaren Humidor mit einer guten Zigarrenauswahl«, meldet sich nun Herr Rösti zu Wort. »Es ist schon ein ganz, ganz großartiger Platz. Und natürlich gibt es ein Fumoir.«

Sandro Bernasconi freut sich an unserer Freude und verabschiedet sich dann. Wir bleiben noch, trinken aber nur diesen einzigen Whisky. Allerdings langsam und – mal abgesehen von mir – genüsslich. Es ist ein wirklich schöner Abschluss dieses aufregenden Tages.
Auf der Heimfahrt fragt Leah: »Gab es da nicht mal so eine Geschichte von wegen gefälschtem Whisky? Ist schon eine Weile her.«
»Ja, ja«, weiß Flurin. »Das war ein Ding! Da kam ein Chinese in die Bar, ein extrem wohlhabender Fantasy-Autor übrigens, der sich wirklich sehr mit Whiskys auskannte. Er wollte unbedingt von der teuersten Flasche trinken, irgendeinem schottischen Macallan aus dem Jahre 1887, der siebenundzwanzig Jahre im Fass gelagert worden war und 1905 abgefüllt wurde. Es war die einzige ungeöffnete Flasche dieses Jahrgangs weltweit, also eine absolute Rarität. Die Bernasconis wollten sie zuerst gar nicht öffnen.«
»Aber warum? Sie wollten ihn doch verkaufen? Er stand doch auf der Karte?«
»Na ja. Eine so alte ungeöffnete Flasche ist definitiv eine Geldanlage. Und wenn man sie aufmacht, verliert sie natürlich extrem an Wert. Die ungeöffnete hätte man ohne weiteres für etwa fünfzigtausend Franken verkaufen können.«
Ich bohre weiter: »Ja, und? Hat der Chinese seinen Drink bekommen?«
»Er trank zwei Zentiliter von diesem Whisky und zahlte dafür stolze neuntausendundneunundneunzig Franken!«
Da bleibt mir dann doch der Mund kurz offen stehen.
»Ihm war es das wert. Es war die einzige Möglichkeit weltweit, diesen Whisky zu probieren. Er war halt ein richtiger Whiskyfreak.«
»Na, hoffentlich schmeckte das edle Wässerchen auch.«

»Doch, doch. Das schon«, berichtet Flurin weiter. »Aber, Achtung, jetzt geht die Geschichte ja erst los. – Der Schriftsteller hatte dieses besondere Erlebnis fotografiert, und die Bilder sorgten im Internet für großes Interesse. In vielen Medien wurde davon berichtet. Man redete vom höchstbezahlten jemals eingegossenen Schluck Whisky. Aber dann kamen Zweifel auf. Es gebe gar keinen so alten Macallan. Das bewog Bernasconi, den Whisky testen zu lassen, und siehe da: Er war mit einer Wahrscheinlichkeit von fünfundneunzig Prozent irgendwann zwischen 1970 und 1972 gebrannt worden.«

»Ui, da war der Chinese sicher sauer«, stelle ich mir vor.

»Die Bernasconis haben perfekt reagiert. Der Direktor höchstpersönlich ist sehr werbewirksam nach China geflogen, hat dem Mann sein Geld zurückgegeben und sich entschuldigt. Ich glaube, das hat alle beeindruckt und das Hotel Waldhaus am See vor einem großen Imageschaden bewahrt. Zumal ja auch die Bernasconis geschädigt worden sind. Sie hatten den Whisky viel zu teuer von einem Betrüger gekauft.«

Inzwischen sei eine andere Flasche Macallan der Hingucker. Sie habe einen Wert von hundertzehntausend Franken und sei garantiert echt, weil Bernasconi sie direkt beim Hersteller gekauft habe. Sie stehe hinter Panzerglas. Für zehntausend Franken könnte man ein Glas davon trinken.

Ich bin nach meinen zwei Zentilitern Rotkehlchen-Whisky schon etwas wackelig auf den Beinen. Und diese Preise machen mich vollends schwindelig.

Geld, Geld, Geld …

Als wäre das die einzige Währung, die zählt …

Vor dem Hotel verabschieden sich Flurin und Leah von Herrn Rösti und mir. Wir umarmen uns und versichern uns gegenseitig, dass wir diesen Tag nie vergessen werden.

Niemalsnie.

13 DROGEN, RUSSEN, DEKADENZ

Reto Rösti zahlt einen hohen Preis für unser Abenteuer. Er war ja gestern schon ein klein wenig angeschlagen. Heute legt ihn das Fieber lahm. Er ist schwach, will das Bett nicht mehr verlassen. Ich alarmiere Flurin.
Nachdem der Arzt seinen Freund untersucht hat, erklärt er: »Ich organisiere Sauerstoff. Seine Lungen brauchen etwas Unterstützung.« Er ist besorgt. Auch ein Pflegebett sei sicher bald nötig, ob das dem Patienten nun gefalle oder nicht. Das werde vieles erleichtern.
Schade. Ich hätte Rösti noch viele gute Tage an der Sonne von St. Moritz gegönnt. Aber immerhin: Er ist hier. Und vielleicht ist es ja nur eine Krise, und er fängt sich noch einmal. Ich weiß, dass alles möglich ist. Und nichts. Das versuche ich auch Leah klarzumachen, die ziemlich verstört ist.
»Jetzt verpasst Nonno das Classic Car Meeting«, klagt sie.
Unser Hoteldirektor verspricht, sich umzuhören, ob jemand Interesse am Oldtimer ihres Großvaters hat, und uns allenfalls zu informieren. Hoffen wir, dass es klappt.
Überall sind an diesem Wochenende die unglaublichsten Fahrzeuge parkiert oder fahren durch das Dorf. Stolze Besitzer lassen sich gern mit ihren Wagen fotografieren. Von meinem Zimmerfenster aus kann ich das alles gut beobachten. Ja, dieser Rummel würde Reto Rösti gefallen. Am Ende wäre er selber noch einmal mit seinem Jaguar um den Ort gefahren.
Wir schauen jetzt, dass immer jemand bei ihm ist. Einmal kommt Christian Jott Jenny vorbei und spielt für seinen Patenonkel ein paar geliebte Stücke auf dem Klavier. Leah sitzt

so viel wie möglich am Pflegebett, das mein Patient mit etwas Murren schließlich akzeptiert hat, und hält seine Hand. Und ich habe angefangen, ihm ab und zu etwas vorzulesen, wenn er gerade wach ist, aber nicht sprechen möchte. Ich weiß nicht, ob er es nur mag, weil es ihm das Gefühl gibt, nicht allein zu sein, oder ob er mir wirklich zuhört und meinen Worten folgt.
Das Buch von Alex Capus über die Patriarchen eignet sich gut. Die Geschichten sind nicht allzu lang, und sie erzählen alle von der Vergangenheit, berichten von Zeiten, die Herr Rösti teilweise noch selbst erlebt hat, und von Firmen, die es heute noch gibt oder leider auch nicht mehr. Bally zum Beispiel. Ich finde es selbst spannend, zu erfahren, dass Carl Franz Bally ursprünglich nur seiner Frau elegante Stiefel aus Paris mitbringen wollte, die Schuhgröße aber vergessen hatte und daher gleich ein Dutzend Stiefel kaufte. Diese Reise inspirierte ihn dann dazu, eine Schuhfabrik zu gründen, obwohl er seine ersten Erfolge mit elastischen Hosenträgern gefeiert hatte. Die meisten der Geschichten interessieren mich wirklich, und ich lese sie gern vor.

Als Leah das nächste Mal über Mittag vorbeikommt, sagt sie: »Ich habe meinen Vater angerufen, ich konnte nicht anders. Ich glaube, er kommt tatsächlich. Jetzt, wo es zu spät ist. Es fühlt sich aber überhaupt nicht richtig an. Er kommt doch nur, um sein Gewissen zu erleichtern …« Sie kann sich nicht mehr genau erinnern, wann sie ihren Vater zum letzten Mal gesehen hat. Immerhin habe er ihr letztes Jahr zum fünfundzwanzigsten Geburtstag eine Karte geschickt. »Mit einem Büchergutschein, stell dir das vor! – Wer um alles in der Welt schenkt einer Buchhändlerin einen Büchergutschein?« Sie verdreht mal wieder gekonnt die Augen.

Ich verteidige ihn: »Das war vielleicht ein wenig ungeschickt, aber immerhin nicht unüberlegt. Er weiß offensichtlich, wie wichtig dir Bücher sind. Und es ist doch ein Zeichen, dass du ihm sehr wohl noch etwas bedeutest.«
»Meinst du?«, fragt sie wie ein kleines Mädchen, das dies eigentlich selber auch gern glauben würde, es sich aber – nach zu vielen Enttäuschungen – nicht mehr traut.
»Ja, meine ich. Und deinem Nonno wird es viel bedeuten, wenn dein Vater kommt, auch wenn er es nur schwer zugeben wird. Ich bin sicher, er wird besser loslassen können, wenn er Adieu sagen und sich vergewissern konnte, dass dein Vater, hoffentlich, wieder für dich da ist.«
»Also ich bin da nicht so sicher.«
»Vertrau mir, Leah. Ich habe Erfahrung in diesen Dingen und weiß, wie wichtig Versöhnung für den Sterbeprozess ist. Und wie viel leichter es wird, von Angehörigen Abschied zu nehmen, wenn die Gewissheit besteht, dass sie umsorgt bleiben.«

Und dann ist er da, dieser Mark, von dem ich schon so viel gehört habe. Ein kleiner, rundlicher Mann im besten Alter, der rein gar keine Ähnlichkeit mit seinem Vater hat. Außer dass auch er kaum noch Haare auf dem Kopf hat. Er trägt einen beigen, sommerlichen Anzug mit einem weißen T-Shirt und weiße Turnschuhe. Er scheint sich in seinem Aufzug aber nicht sonderlich wohlzufühlen und wirkt eher verkleidet. Auf seine eigene Art ist er attraktiv, und er wirkt auf mich weder arrogant noch selbstherrlich. Ganz im Gegenteil. Er tritt sehr leise und vorsichtig auf, und er fragt äußerst höflich, ob es denn recht sei, wenn er sich kurz zu seinem Vater setze.
Natürlich bitte ich ihn freundlich herein. Ich habe in all den Jahren im Spital gelernt, nie über Angehörige zu urteilen, auch wenn man meist automatisch Stellung für den Patienten be-

zieht. Wir kennen die jeweilige Vorgeschichte nicht, und wenn, dann nur einseitig. Aber gerade weil wir Außenstehende sind, können wir immer wieder vermitteln, beschwichtigen und dabei helfen, einzulenken und ein letztes Mal aufeinander zuzugehen.
Es ist gut, dass Leah nun wieder bei der Arbeit ist.
Und es ist gut, dass ihr Nonno gerade wach ist. Er murrt zwar ein wenig, als ich ihm sage, wer ihn besuchen möchte, ist dann aber doch gnädig bereit, seinen Sohn zu empfangen. Ich stelle das Kopfteil vom Pflegebett etwas höher. Dann verlasse ich das Zimmer und vertraue darauf, dass geschieht, was ich mir für die beiden – und für Leah – so wünsche.
Ich lasse ihnen eine Stunde Zeit, dann gehe ich wieder ins Schlafzimmer. Herr Rösti schläft, sein Sohn sitzt neben dem Bett und sieht sehr nachdenklich aus. Ich winke ihn stumm aus dem Zimmer und biete ihm einen Kaffee an, den er gern annimmt.
Nach ein paar belanglosen Worten fragt er ganz direkt: »Wann wird er sterben?«
»Das weiß ich nicht. Bald, das schon. Aber es kann auch sein, dass er sich wieder erholt und noch ein paar schöne Tage erleben darf.«
Diese Fragen der Angehörigen nach dem genauen Zeitpunkt des Todes eines Patienten haben mich früher wirklich genervt. Heute verstehe ich sie als Ausdruck ihrer Unsicherheit, ihrer Verzweiflung.

Reto Röstis Sohn Mark bleibt für zwei Nächte. Er sitzt viel mit Leah zusammen, und das letzte Abendessen nehmen wir gemeinsam mit Christian Jott Jenny und Flurin Caprez im Speisesaal ein. Herr Rösti hat darum gebeten, auch einmal allein sein zu dürfen, und uns praktisch rausgeschmissen.

»Lasst es euch gut gehen, das Abendessen mit allem Drum und Dran geht auf mich«, waren seine Worte.
Das kann alles heißen. Vielleicht nutzt er die Stunde, um zu sterben – viele Menschen sterben genau dann, wenn man sie nach ständigem Wachen einen Moment allein lässt. Möglicherweise ist seine Bestimmtheit aber auch ein Zeichen der Besserung. Ich stelle längst keine Prognosen mehr.
Beim Dinner, als wir fünf anstoßen, ist es ganz selbstverständlich, dass auch Mark und ich beschließen, auf Du zu wechseln. Und wir alle vergessen für ein paar Stunden alles Ernste und Schwere, plaudern über dies und das. Leah liefert oft die Stichworte. So fordert sie Flurin auf, die Geschichte der A-Steuer zu erzählen.
»A-Steuer?«, frage ich.
Alle lachen. Ich bin wohl die Einzige, die diese Steuer noch nicht kennt. Sogar Mark weiß Bescheid – so wie er sicher auch genau die Wege des Inns kennt.
Flurin berichtet: »Andrea Badrutt – er ist vor über zwanzig Jahren verstorben – war ein ganz spezieller Hotelier, ein richtiges Original. Er kannte alle Gäste und jede ihrer Marotten. Und man erzählt sich, dass er auch höchstpersönlich dafür gesorgt hat, dass es immer eine spannende Mischung von Gästen im Haus gab.«
Nun macht er eine Kunstpause, will wohl die Spannung steigern.
»Ja, was jetzt? Die A-Steuer?«, frage ich also artig.
»Geduld, Geduld! Ich komme gleich dazu! Andrea Badrutt gestaltete die Preise sehr individuell, kam spannenden, vielversprechenden oder ganz einfach sympathischen jungen Leuten auch mal entgegen und holte das Geld dann bei besonders unangenehmen reichen Gästen wieder herein. So fand man auf alten, handgeschriebenen Rechnungen immer

wieder eine A-Steuer von fünfzehn Prozent. Und irgendwann einmal erklärte Andrea Badrutt, das sei die Arschlochsteuer, die er besonders schwierigen Gästen einfach noch zusätzlich verrechne. Nie habe ein Gast nachgefragt, wofür genau diese Steuer sei.«

Wir lachen alle. Ob die Geschichte wohl stimmt? Ansonsten ist sie gut erfunden. Wie diese Story über die Lancierung des Wintertourismus, die ich von verschiedenen Seiten vernommen habe und von der man auch nicht sicher weiß, ob sie allenfalls nur eine Legende ist, eine Sage. Es heißt, den Wintertourismus hätten sozusagen die Badrutts erfunden. Sehr lange kamen ja die Gäste immer nur im Sommer nach St. Moritz. Und da hatte ein Vorfahre von Andrea Badrutt, nämlich Johannes Badrutt, eine Idee: Er verkündete 1864, er lade englische Gäste ein, den Winter hier zu verbringen. Er sei bezaubernd, und an schönen Tagen benötige man nicht einmal eine Jacke. Und: Sollte sich sein Versprechen als falsch herausstellen, würde er ihre Reisekosten übernehmen. Tja, so also begann der Wintertourismus in St. Moritz.

Immerhin eine Geschichte, die sich hartnäckig hält und wieder und wieder erzählt wird. Ich selber habe allerdings auch gehört, dass es im Winter hier oben ganz schön kalt sein kann und man sich über den Malojawind, der im Sommer oft für eine willkommene Abkühlung sorgt, nicht immer so sehr freut.

Auch Leah will eine Anekdote über den alten Patron loswerden: »Ich habe gelesen, dass Johannes Badrutt von Tennis keine Ahnung hatte. Er habe überhaupt wenig gewusst von der Welt außerhalb des Engadins. Als man ihn bat, einen zweiten Tennisplatz zu bauen, wehrte er sich und erklärte, solange immer nur maximal vier Leute auf dem Platz seien, brauche es sicher keinen zweiten.«

Flurin wirft ein: »Trotzdem: Badrutt's Palace Hotel hatte 1913 die erste Tennishalle Europas!«
Ja, St. Moritz ist voller solcher Geschichten.
»Der Ort ist eine Art spektakuläre Freiluftbühne«, meint nun Reto Röstis Patenkind Christian. »Sehen und gesehen werden. Man darf das alles nicht zu ernst nehmen. Auch sich selber nicht.«
Da hat er wohl recht.
»Und alles ist immer mit einer Spur Dekadenz vergiftet«, sagt Leah spöttisch.
»Ach, komm ...«, wiegelt Christian, ganz Gemeindepräsident, ab.
Leah braust auf: »Dieses Fest im Februar 2019 ... Die Pre-Wedding-Party der Milliardärskinder aus Indien ... Sie kostete hundert Millionen Franken! Nur schon diese Zahl, aber auch die anderen Fakten dieses Ereignisses machen mich schwindlig: Achthundertfünfzig Gäste, zweihundert Sicherheitsleute, auf dem Zirkusplatz ein Zelt mit zweitausend Quadratmetern Fläche. Eislaufshow, Feuerwerk, Husky-Rennen, Drohnenballett, Riesenrad, Konzerte ... Und das war ja noch nicht die Hochzeit, sondern nur eine Art Vorgeplänkel!«
Christian lächelt nur: »Ja, das war ganz und gar großartig für St. Moritz. Das gehörte genau zu den positiven Events, die wir hier brauchen. Unbezahlbare Werbung! Unglaublich, dass ich das immer wieder erklären muss!« Und außerdem habe er veranlasst, dass am Ende auch die Bevölkerung Zugang zum großen Rummelplatz bekommen habe.
Leah verdreht nur die Augen, gibt aber zu, dass zur Schau gestellter Reichtum halt immer Neid wecke. Auch bei ihr.
»Immerhin hat einer von dieser Gesellschaft bei uns dann zwanzig Exemplare von ›St. Moritz Chic‹ gekauft. Jeder einzelne dieser Bildbände war zweieinhalb Kilo schwer und kos-

tete über hundert Franken. So bekamen wir doch auch ein Krümelchen vom großen Kuchen ab.«

»Ja, ja, Neid und Missgunst sind hier oben tatsächlich Stammgäste«, brummelt Christian.

Und Flurin fügt an: »Also vielleicht nicht ganz dasselbe Thema, aber irgendwie passt es doch hierher. Kannst du dich noch erinnern an diese Kampagne – ja, ich möchte es fast so bezeichnen – vor ein paar Jahren? So um 2007 muss das gewesen sein. St. Moritz sei laut UN-Drogenreport eine der zehn Städte der Welt mit dem höchsten Kokain-Konsum!«

»Wow!« – jetzt bin ich doch erstaunt.

Flurin schüttelt den Kopf und wehrt ab: »Unsäglich, diese Studie: reißerisch und übertrieben und falsch! Die hatten Abwassertests gemacht und dann die darin gefundenen Werte mit der kleinen Dorfbevölkerung von St. Moritz hochgerechnet, ohne die vielen tausend Gäste und das Personal zu berücksichtigen. So errechneten sie, auf tausend St. Moritzer kämen täglich zweiundzwanzig Linien Kokain! Dass ich nicht lache!« Und es komme noch besser, Flurin ist jetzt richtig in Fahrt: »Schon früher einmal hat ein Schweizer Nachrichtensender eine Studie in Auftrag gegeben und dann verkündet, in St. Moritz würden tausendvierhundert Linien Koks pro Tag gezogen. Anscheinend wühlen die alle gern in unseren Abwässern herum. Vor allem über die Festtage. Da würden sie jedoch besser daheim unter dem Christbaum sitzen!«

Christian pflichtet ihm bei. Er hat noch ein Müsterchen, das ins Kapitel Presse genauso wie zum Thema Neid und Missgunst passt. Er sagt, offenbar passe es in das Schema vieler Nachrichtenmagazine aus aller Welt, St. Moritz als Hotspot reicher Russen zu sehen. Jedenfalls würden sie regelmäßig uralte Fotos ausgraben, immer die gleichen, auf denen ein paar Russen in dicken Pelzmänteln auf dem gefrorenen See Champagner trinken.

»Eben, uralte Bilder. Und damit wollen sie dann untermauern, dass hier vor allem Oligarchen Ferien machen würden. Ja, St. Moritz wird als Russenpflaster bezeichnet, dabei kommen die meisten Gäste aus anderen Ländern. Wir hatten in den letzten zehn Jahren nie mehr als drei Prozent russische Gäste.« Und natürlich werde jede Frau mit Pelzmantel und Pelzmütze garantiert fotografiert, und so würden halt Vorurteile immer wieder zementiert.

Dazu äußert sich sogar Mark – und erinnert mit seinem Kommentar an die Zitate seines Vaters: »Mitleid bekommt man geschenkt, Neid muss man sich verdienen.«

So wird das wohl sein.

Wir lassen es uns auf Reto Röstis Kosten richtig gut gehen. Ab und zu schaue ich aufs Handy. Zwischen der flambierten Hummersuppe und den Spaghetti mit Rauchlachs und Wodka, garniert mit Kaviar, hat er mir ein Smiley geschickt. Er kennt mich, weiß, dass ich das Handy direkt neben meinem Teller liegen habe, und schickt mir so ein beruhigendes Lebenszeichen. Wirklich liebenswert.

Sein Sohn fühlt sich in unserer Runde anscheinend wohl. Er redet zwar nicht viel und beobachtet uns alle ganz genau, aber er scheint zufrieden. Sein Blick ruht immer wieder liebevoll auf Leah, und ich sehe, dass da noch einiges möglich ist zwischen den beiden. Er interessiert sich für sie und hängt an ihren Lippen, egal, was sie erzählt.

»Ihr wisst gar nicht, wie viele unfreundliche Menschen es gibt«, sagt sie gerade. »Immer mehr. Meine Kolleginnen und ich haben inzwischen einen internen Wettbewerb am Laufen: Wer kann gegenüber wirklich schlimmen Leuten am längsten freundlich bleiben? Wir haben so einen kleinen Wanderpreis, einen Knetball. Neulich habe ich ihn wieder gewonnen. Eine ältere Kundin suchte nach einem Roman, dessen Titel sie vergessen hatte. Alles, was sie noch wusste, war, dass Schuhe darin eine Rolle spielen. Auch der Name des Autors war ihr entfallen. Sie wurde ausfallend, als ich nicht sofort wusste, welches Buch sie suchte. Sie beschwerte sich, dass es einfach immer mehr unqualifiziertes Personal gebe, sogar in Buchhandlungen. Ich lächelte mich erfolgreich durch das ganze Verkaufsgespräch, war zuvorkommend bis fast zum Erbrechen und versuchte, vorsichtig weitere Infos aus ihr herauszukitzeln, ohne ihr an die Gurgel zu gehen. Irgendwann erinnerte sie sich dann, dass die Schuhe, die eine Rolle spielten, gelb gewesen seien. Und dass im Verlauf der Geschichte immer mehr Menschen gelbe Schuhe getragen hätten. Ja, gut, dann war es für mich natürlich klar.«

»Was denn?«, frage ich ahnungslos.

Christian löst lachend auf: »Dürrenmatt! ›Der Besuch der alten Dame‹! Jeder Dorfbewohner in Güllen, der sich korrumpieren lässt, trägt gelbe Schuhe.«

Ja, jetzt erinnere ich mich schwach und sehe meinen ehemaligen Deutschlehrer vor mir, dem immer ein wenig Schnupftabak aus der Nase hing. Klar: Friedrich Dürrenmatt!

Christian räuspert sich. Er selbst trägt heute gelbe Schuhe, aber da er ohnehin ein bunter Vogel ist, verzeiht man es ihm. Ich mag seine Gesellschaft je länger, je mehr.

Leah könnte endlos Geschichten erzählen, wie mir scheint. Jedenfalls gibt sie gleich noch eine Anekdote aus der Buchhandlung zum Besten: »Gestern wollte eine Frau ›Das Sekret‹ haben. Ich war ein bisschen unkonzentriert, musste gerade auch drei junge Leute im Blick behalten, die sich sehr eigenartig benahmen. Nun – ich brauchte jedenfalls einen Moment, bis ich begriff, dass die Kundin ›The Secret‹ von Rhonda Byrne kaufen wollte. Sie meinte am Ende völlig ungerührt, jetzt hätte ich doch – dank ihr – wieder etwas gelernt. Ha! Genau! Gelernt, dass es nichts gibt, was es nicht gibt …«

Es ist spät geworden. Bevor wir uns verabschieden, schauen wir trotzdem noch bei Herrn Rösti vorbei. Da er wach und recht munter ist, spielt und singt Christian für ihn am Stutzflügel noch ein Lied mit den Zeilen:

O bleib bei mir und geh nicht fort
Mein Herz ist ja dein Heimatort

»Etwa zweihundert Jahre alt«, erklärt Christian. »Aber Reto mag es sehr.«
Herr Rösti nickt und erinnert sich, natürlich wieder mit ein paar Tränchen: »Genau. Käthy und ich sangen früher einmal in einem Chor. Ganz früher, als wir noch frisch verliebt waren. Und da sangen wir dieses Lied und schmachteten uns an.«
Ja, wenn die Welt klein und eng wird, sind Erinnerungen ein echtes Geschenk.

14 RAUCHZEICHEN

Ich wagte es nicht zu hoffen. Doch tatsächlich: Mein Patient hat sich wieder erholt.
Am nächsten Morgen verkündet er: »Ich will raus!« Natürlich ist er jetzt noch etwas schwächer als vorher. Aber nach einem kleinen Frühstück, das ich ihm aufs Zimmer bestelle und von dem er nur ganz wenig isst, sitzt er mit seinem breiten Rösti-Grinsen auf dem sonnigen Balkon und pafft.

»Schön, schön, schön ...«, sagt er und verkündet frei nach Wilhelm Busch: »Drei Tage war der Alte krank – jetzt raucht er wieder – Gott sei Dank.«
Ich muss laut lachen. Dieser alte Mann ist schon eine Nummer! Er spricht mir dieses Zitat anschließend sogar in die Kamera, damit ich das ganze Team Rösti, einschließlich Mark, informieren kann.
»Ich lebe noch eine Runde«, erklärt er fröhlich in die Kamera und schickt ein paar Rauchzeichen zum Himmel. Er hustet erst wieder los, als ich die Kamera ausgeschaltet habe.
Sobald er sich von seinem Hustenanfall erholt hat, lässt er sich von mir die Löffelliste bringen und fragt nach eingehendem Studium der Tabelle: »Haben Sie sich schon eingelesen? Sind Sie schon bereit für das Segantini-Museum?«
Ich bejahe. Asta Scheibs Roman »Das Schönste, was ich sah« hat mich wirklich neugierig auf Segantinis Werke gemacht, auch wenn ich eigentlich nicht kunstinteressiert bin. Allerdings möchte ich mit meinem Schützling noch keine Ausflüge machen und greife zu einer Notlüge.
»Ich möchte heute mit meiner Freundin Rita telefonieren. Sie arbeitete im selben Spital wie ich, hat den Bettel allerdings früher hingeworfen, ist ausgewandert und engagiert sich nun in einer Hilfsorganisation in Burkina Faso«, erkläre ich. »Ist es okay, wenn wir morgen gehen? Dann sind Sie sicher auch schon etwas kräftiger und besser auf den Beinen.«
»Na, gut. Wenn Sie denken, dass ich morgen noch lebe ...«, meint Herr Rösti und schaut mich herausfordernd an.
»Sarkasmus steht Ihnen nicht.«
»So, so.«
Mein Patient möchte offenbar wieder Bäume ausreißen. Ich aber packe ihn erst einmal in einen Liegestuhl und lese ihm ein wenig vor.

Bei den »Patriarchen« von Alex Capus geht es jetzt um den berühmten Gerber-Käse. Walter Gerber, der Enkel eines von drei Brüdern, die hauptsächlich mit Emmentaler Laibkäsen handelten, versuchte um 1900 herum, einen Käse herzustellen, den man problemlos ins allerfernste Ausland verschicken konnte. Er sollte ohne Kühlung haltbar sein. Bisher mussten all die ausgewanderten Heimwehschweizer auf ihren Käse verzichten, weil er durch den Transport meist ungenießbar wurde. Walter Gerber erfand also gemeinsam mit Fritz Stettler den Schmelzkäse, verpackte ihn in Dosen, später in Schachteln. Leider konnte man den Schmelzkäse in der Schweiz nicht patentieren lassen, und die Nachahmer machten Gerber das Leben schwer. Nur dank besonders cleveren unternehmerischen Schachzügen überlebte die Firma und konnte erfolgreich wirtschaften, lieferte bis nach Kanada und in die USA. Inzwischen gehört der Gerber-Käse dem Emmi-Konzern.

Reto Rösti und ich lieben diese Geschichten. Und wir diskutieren dann noch eine Weile über Käse. Ich mag am liebsten Appenzeller Käse, gern rezent. Rösti findet Löcher im Käse unabdingbar und bevorzugt also Emmentaler Käse.

»Neulich stand in der Zeitung, dass es gar keine Käserei im Appenzell mehr gibt«, sagt Herr Rösti mit vielsagendem Blick, »nur noch irgendeine Schaukäserei. Der Appenzeller Käse wird also in den Nachbarkantonen hergestellt. Bloß vermarktet wird er noch im Appenzell.«

»Und sehr gut vermarktet, wie ich finde«, erlaube ich mir anzumerken.

»Ja, die Werbespots sind gut. Die mit dem großen Geheimnis und so. Trotzdem ist es ein Etikettenschwindel.«

Da lache ich nur und entgegne: »Meine Freundin Rita hat sogar schon Emmentaler gekauft, der in einer Käserei in Burkina Faso hergestellt wurde. Sie schrieb mir, das Einzige, das geschmeckt habe wie ein Emmentaler, seien die Löcher gewesen – den Käse selbst nannte sie schwitzenden Gummi mit Löchern.«

»Dann sollten Sie ihr mal ein paar Gerber-Käsli schicken.«

»Stimmt.«

Als ich danach etwas nachdenklich werde, will Herr Rösti mehr über Rita wissen. Ich muss ihm gestehen, dass sie gar nicht weiß, wie es mir geht und wo ich gerade bin. Das findet er schlimm.

»Was ist denn das für eine Freundschaft?!«, schimpft er.

Ich versuche mich zu erklären: »Rita erzählt so viel von dem Elend, das sie in Afrika erlebt und aushalten muss. Und dann soll ich ihr meine Probleme auch noch aufladen?«

»Genau!«

Dann fragt der alte Herr interessiert, ob ich auch schon einmal in Burkina Faso gewesen sei.

»Nein.«

Das kann er fast nicht glauben.

»Jetzt könnten Sie doch hinfliegen! Sie hätten Ihre Freundin wieder. Und das Hilfswerk braucht sicher kompetente Hilfskräfte, vielleicht wartet dort ja Ihr nächster Job auf Sie.«

Ich schüttle nur den Kopf. Als könnte man sich bei einem Hilfsprojekt einfach so als Überraschung präsentieren! Eine seriöse Organisation will auch eine seriöse Vorbereitung und liest sich ihre Mitarbeiter aus.

So einfach ist das alles nicht.

Unterdessen ist es Mittag geworden, und passend zu unserem Gespräch bestellen wir uns eine kleine Käseplatte aufs Zimmer. Als sie gebracht wird, schaut sie Reto Rösti voller Vorfreude an und meint dazu, dass jeder Schweizer im Durchschnitt mehr als dreiundzwanzig Kilo Käse pro Jahr esse.

»Ganz schön viel«, lacht er, »ich bin bestimmt im Rückstand! Ich muss aufholen.«
Er isst dann doch nur ganz wenig. Sein Appetit ist winzig.
»Außerdem macht das Essen leider nicht mehr so viel Spaß wie früher«, erklärt er. »Ich schmecke einfach nicht mehr richtig. Manchmal kommt mir alles fad und geschmacklos vor, und beim nächsten Mal bin ich völlig irritiert, weil etwas, was ich esse, einen völlig veränderten Geschmack hat. Oder aber ich empfinde es als zu süß, zu sauer, zu scharf, zu salzig.« Darüber sei er schon ein wenig traurig. »So viele Freuden hat man im Alter schließlich nicht mehr. Immerhin macht mir das Rauchen noch Spaß!«
Nach dem Essen will er dann nichts anderes als schlafen, und zwar in Ruhe, wie er betont, ohne Überwachung.
»Für mindestens eine Stunde will ich hier niemanden sehen. Markieren Sie, wenn Sie rausgehen, an der Tür, dass ich nicht gestört werden will.«

Eine verordnete Pause. Auch gut.
Ich weiß sie zu schätzen, lege mich ein wenig auf mein Bett und sortiere meine Gedanken. Dann rufe ich tatsächlich meine Freundin Rita an. Durch eine herrliche Fügung erreiche ich sie, sie hat Zeit – und die Telefonverbindung hält.
Ich denke an das, was mir mein Patient ans Herz gelegt hat, und erzähle ihr alles. Wirklich alles.
Und Rita hört zu und ist an den richtigen Stellen empört, belustigt, erschrocken, mitfühlend. So ist sie: wie eine Schwester, die ich nie hatte. Natürlich nimmt sie mir am Ende tausend Versprechen ab. Ich dürfe auf keine Dächer mehr steigen. Wir müssten jetzt regelmäßig in Kontakt bleiben. Und ich müsse sie bald einmal in Burkina Faso besuchen.
»Du hast mir gefehlt, Karin. Aber ich dachte, das sei wohl der

normale Lauf der Dinge, dass man vergessen wird, nach und nach, wenn man so lange im Ausland arbeitet.«

»Spinnst du?!«, gebe ich empört zurück.

Gegen Ende des Gesprächs rücke ich dann noch mit der Rache-Geschichte raus. Rita findet sie köstlich.

»Ich mag das Team Rösti jetzt schon – aus der Ferne. Grüße alle von mir und sag ihnen, sie sollen auf dich aufpassen!«

Das war ein extrem wohltuendes Gespräch. Ich liege auf dem Bett und bade in dem Gefühl, das dieses kurze Telefonat in mir ausgelöst hat.

Mir wird bewusst, dass ich kein Dach mehr suchen muss, von dem ich springen kann. Ich gesunde hier Tag für Tag, in ganz kleinen Schritten.

Ist es das Klima?

Sind es die Menschen?

Das Licht?

Die Luft?

Reto Rösti?

So genau muss ich das gar nicht wissen.

Als mein Schützling wieder wach ist, will er mein Segantini-Wissen abfragen. So weit kommt es noch!

Ich komme mir vor wie in der Schule und wehre mich: »Hören Sie, ich freue mich auf das Museum, aber verderben Sie es mir bitte nicht, indem Sie sich aufführen wie ein Lehrer.«

»Tu ich das? Ich möchte Ihnen einfach ein wenig zuhören.«

Und schon gebe ich klein bei: »Ich weiß, dass Giovanni Segantini als Österreicher geboren und mit nur gerade acht Jahren Vollwaise wurde. Danach lebte er in Mailand bei seiner Halbschwester, die seine österreichischen Papiere zurückgab, aber nie italienische für ihn beantragte, was ihn staatenlos machte.«

Herr Rösti nickt anerkennend, aber natürlich reicht ihm das noch lange nicht.
»Weiter?«
Er grinst sein Grinsen.
Ich spiele mit, kürze aber massiv ab: »Mit einundvierzig Jahren ist er in einer Hütte auf dem Schafberg oberhalb von Pontresina gestorben. Er hatte mit seiner Lebensgefährtin und den vier gemeinsamen Kindern in seinen letzten fünf Jahren im Dorf Maloja, nicht weit weg von St. Moritz, gelebt. Davor in Savognin. Das Wichtigste ist wohl, dass er als großer Erneuerer der Alpenmalerei gilt, als Meister der Hochgebirgslandschaft. Und dies schon zu seinen Lebzeiten. Er war immer auf der Suche nach einer Möglichkeit, in seinen Bildern ungebrochenes Licht wiederzugeben, mit ihm zu spielen. Darum kam er auch ins Engadin, wo er genau das vorfand, was er suchte: ein Licht, das ihn inspirierte.«
Ich hätte mir für diesen kleinen Vortrag Applaus gegeben, aber Lehrer Rösti scheint nur mittelmäßig zufrieden und betont: »Ein reiner Landschaftsmaler war er nicht. Die genaue Wiedergabe einer Umgebung war ihm nicht wichtig. Er wollte Gefühle transportieren, Sehnsüchte wecken, Träume malen. Er arbeitete mit Symbolen. Aber ja, er fand alles hier. Er schrieb über die Gegend: ›Sie ist eine wahre Fundgrube für meine Kunst.‹ «
»Im Buch kommt schon auch zum Ausdruck, dass er ein Verlorener war, ein Vertriebener«, sage ich. »Staatenlos zu sein, das war bestimmt auch damals furchtbar. Er konnte seine Lebensgefährtin ohne die notwendigen Papiere nie heiraten, was immer wieder zum Thema wurde. Genauso wie Geld. Und die Gesundheit.«
Herr Rösti bestätigt: »Ja. Stimmt. Aber immerhin erzielten seine Bilder schon zu seinen Lebzeiten einen guten Preis. Das

konnte nicht jeder Kunstmaler von sich behaupten. Nur reichte der Verkaufspreis eines Bildes offenbar kaum zum Überleben bis zum nächsten Verkauf.«
Rösti sagt, ich müsse unbedingt mal mit dem Postauto nach Maloja fahren, einem kleinen Dorf hinter Sils Maria. Dort sei Segantini begraben. Seine Enkelin, die heute selber schon eine ältere Dame sei, lege regelmäßig frische Blumen auf sein Grab. »Ich kenne sie persönlich. Sie wohnt im Sommer immer in Maloja, gleich neben der weißen Kirche, in der Segantini damals aufgebahrt wurde und wo Giovanni Giacometti ihn auf dem Totenbett gemalt hat.«
Auf Segantinis Grabstein stehe neben seinem Geburtsdatum 15. Januar 1858 und dem Todestag 28. September 1899 der Satz: »Kunst und Liebe besiegen die Zeit«. Und dann erzählt er mit einer gewissen Bitterkeit in der Stimme: »Nach dem unerwartet frühen Tod Segantinis ließen die Schweizer Behörden – vielleicht waren es auch einfach die Bündner Behörden – übrigens keine Zeit verstreichen: Sie wollten seine Hinterbliebenen ausweisen. Ein Schreiben lag schon auf dem Stubentisch. Schon verrückt: Heute schmückt man sich mit dem Namen Segantini, aber damals ...«
Irgendjemand habe sich dann für die Familie eingesetzt, und sie konnte ein paar Jahre später endlich in Samedan eingebürgert werden.
Als ich ihn mit großen Augen anschaue, erstaunt über so viel Wissen, lacht er nur und meint: »Auch Raucher können Sinn für Kunst haben. Sie müssen sich diese Bilder anschauen, Schwester Karin! Wenn man das Engadin liebt, liebt man auch Segantinis Gemälde.«

Nach dem Abendessen, das wir für einmal nur zu zweit unten im Speisesaal einnehmen, zeigt mir Herr Rösti den Raum hin-

ter der hoteleigenen Bar. Es ist eine Art Bibliothek. Er bittet mich, zwei Stühle so zu verschieben, dass wir vor dem größten Bild im Raum sitzen können, einem riesigen Gemälde.
»Ein schönes Bild«, sage ich, weil mein Patient schweigt und wohl irgendeine Reaktion von mir erwartet.
Dann fragt er mit leichtem Tadel in der Stimme: »Schön?«
Ich nicke: »Ja, schön.«
Er verzieht den Mund.
»Sie finden dieses Bild also schön? Hand aufs Herz, Schwester Karin: Das ist schon ein eher bescheidenes Wort für diese meisterhafte Malerei, finden Sie nicht?« Ihn versetze das Werk jeweils in eine Art Andacht. Es trage übrigens den Titel »Die Sixtinische Madonna« und stamme vermutlich von Raffael, schulmeistert er weiter und hängt an: »Johannes Badrutt hat es etwa 1887 in Italien entdeckt und konnte es nach langjährigen Verhandlungen kaufen. Er ließ es aufwendig restaurieren und verkündete dann, er vermute, das Original hänge nicht, wie allgemein angenommen, in der Gemäldegalerie in Dresden, sondern hier in St. Moritz. Nun, möglicherweise ist das Bild wirklich von Raffael – oder zumindest von einem seiner Schüler. Das Gemälde erregte und erregt noch heute große Aufmerksamkeit, auch oder gerade in der Fachwelt.«
Ich bin erstaunt darüber, dass Herr Rösti so eine Behauptung äußert, wage aber nicht, ihn zu unterbrechen.
Er ist wieder voll in Fahrt. Nun zeigt er mit ausgestrecktem Arm auf die Figuren im Bild und erklärt: »In der Mitte die Madonna mit Kind, rechts die heilige Barbara, links irgendein Papst. Und am unteren Bildrand die zwei Putten, die irgendwann – vom Bild getrennt – zu einem bekannten Sujet für allerlei Firlefanz wurden. Aufgedruckt auf Tassen, Regenschirmen, Bonbonschachteln, Postern und natürlich Postkarten. Mein Käthy hatte die beiden Engel auf so einer Karte stän-

dig in ihrer Handtasche. Es war eine sehr alte Postkarte von ihrer Mutter und daher eine Art Glücksbringer. Aber das nur nebenbei. Wissen Sie, dass es Touristen gibt, die nur wegen der ›Sixtinischen Madonna‹ ins ›Badrutt's‹ kommen, herumfachsimpeln oder einfach lange Zeit davorsitzen?«

Natürlich weiß er, dass ich es nicht weiß. Woher auch?

Aber wir tun es jetzt auch. Wir sitzen.

Das Bild sei hinter Glas total sicher, sogar gegen Feuer, behauptet Rösti nun.

Aber ganz ehrlich: Langsam habe ich genug. Mich interessiert fast genauso die Wand links von dem Bild, wo alte Bücher ohne Ende aufgereiht sind. Es wäre sicher auch sehr spannend, sie näher zu betrachten. Und auf dem Tisch in der Mitte des Raumes steht ein wunderprächtiges, üppiges Blumenarrangement – wie in nahezu jeder Ecke, in jedem Gang, auf jeder Abstellfläche dieses besonderen Hotels. Die Floristinnen hier sind zweifelsohne auch Künstlerinnen.

Bin ich eine Kunstbanausin?

Herr Rösti sitzt noch immer und schaut. Andächtig.

Bis ein paar asiatische Touristinnen hereinplatzen und sich vor dem Bild mit Schmollmund in Pose werfen, sich gegenseitig davor abfotografieren und Röstis Andacht verunmöglichen. Was ihn verstimmt.

Ich begleite ihn zurück in seine Suite und bringe ihn ins Bett. Als ich mich verabschiede, sagt er zum Ende des Tages ein wenig unwillig: »Ich erwarte morgen im Segantini-Museum etwas mehr Begeisterung von Ihnen, Schwester Karin. Denken Sie sich noch ein paar andere Kommentare aus als bloß ›schön‹. Gute Nacht.«

Wie bitte? Jetzt übertreibt er aber! Ausgerechnet er, der immer wieder »schön, schön, schön …« sagt, stört sich nun plötzlich an meinem Wortschatz?

Vor dem Einschlafen google ich – nein, nicht nach Raffael und seinen Gemälden, sondern nach Synonymen für »schön«. Nicht alle gefallen mir, aber vielleicht bleibt ja für morgen was hängen.
Grandios. Begnadet. Hinreißend. Wundervoll. Geschmackvoll. Himmlisch. Hübsch. Liebreizend. Attraktiv. Faszinierend. Stilvoll. Formvollendet. Makellos. Glanzvoll. Großartig. Herrlich. Apart. Bezaubernd. Anerkennenswert. Toll. Traumhaft. Göttlich. Super. Vollkommen. Atemberaubend. Stark. Fantastisch. Einzigartig. Brillant. Umwerfend. Unübertrefflich. Exzellent. Herausragend. Erstklassig. Hervorragend. Phänomenal. Sagenhaft. Wunderbar. Genial. Ausgezeichnet. Unvergleichlich. Einmalig. Krass. Perfekt. Unglaublich. Spektakulär. Inkomparabel. Affengeil. Bedeutend. Aufsehenerregend. Prachtvoll. Meisterhaft. Geil. Fett. Cool.
Eine wirklich umwerfende, erstaunliche, krasse Liste.
Auf keinen Fall werde ich bei meinem Herrn Oberlehrer punkten, wenn ich ein Segantini-Gemälde als affengeil oder fett bezeichne. Will ich keinen seiner bösen Blicke provozieren, muss ich also schauen, dass ich mich nicht derart in der Wortwahl vergreife.
Ich beschäftige mich dann doch noch etwas mit Malerei, lese von raumschaffenden Mitteln, Farbwirkungen, Goldenem Schnitt und merke schnell: Als Einschlafhilfe taugt die Seite, auf die ich da gestoßen bin, auf jeden Fall.
Gute Nacht!
Es wird bestimmt eine traumreiche!

15 KIRSCHBLÜTENZAUBER

Ich schlafe tief und fest und träume rein gar nichts. Dafür wache ich viel zu spät auf. Schnell schaue ich aufs Handy – Herr Rösti hat mir schon drei Smileys geschickt. Das letzte Symbol ist ein rauchender Smiley, wohl seine Art, mir mitzuteilen, dass er bereits auf dem Balkon bei seiner Lieblingsbeschäftigung ist. Ich werfe mir schnell was über, eile in seine Suite, und meine Vermutung bestätigt sich: Rösti sitzt in Pyjama und Bademantel draußen und – pafft. Nur sein vergnügliches Grinsen fehlt.

»Ich habe Schmerzen im Rücken«, sagt er. »Hat schon gestern angefangen. Ich habe schlecht geschlafen.«

Aha. Daher seine schlechte Laune gestern. Und heute. Kein Wunder.

»Warum haben Sie mich nicht gerufen?«, frage ich mit leichtem Vorwurf. Er winkt nur genervt ab.

Ich mahne eindringlich: »Das müssen Sie mir doch sagen, Herr Rösti! Wir wollen nicht, dass Sie Schmerzen haben. Vielleicht wären Sie bereit, die Medikamente regelmäßiger einzunehmen, damit wir einen gewissen Spiegel erreichen und es keine solchen Durchbrüche mehr gibt?«

Flurin hat mir für den Notfall Morphiumtropfen in den Safe gelegt, und ich gebe meinem Patienten nun genau die von ihm vorgeschriebene Anzahl Tropfen.

»Davon wird mir sicher wieder schlecht«, mutmaßt Rösti.

Aber auch daran hat Flurin gedacht und mir für diesen Fall die entsprechenden Tabletten dagelassen. Mein Patient schluckt alles gehorsam und legt sich dann wieder ins Bett.

»Wenn ich liege, muss ich vielleicht nicht kotzen.«
Ja, das ist oft ein Problem. Schmerzen zu unterdrücken, ist dank der Chemie keine Kunst. Die Frage ist einfach: zu welchem Preis?
Ich informiere Flurin. Er verspricht, möglichst schnell vorbeizukommen. Und dann muss Herr Rösti tatsächlich erbrechen und husten, und alles gleichzeitig. Einen kleinen Moment lang habe ich Angst, dass er mir erstickt.
Das tut mir selbst weh. Ich leide mit. Genau das verspricht doch die Palliativmedizin immer wieder großartig: Keiner muss Schmerzen haben! Keiner muss leiden! Allerdings sind diese Versprechen gar nicht so leicht einzuhalten. Man möchte den Patienten ja nicht sedieren, sodass er gar nichts mehr mitbekommt. Und diese furchtbare Übelkeit, die möchte man auch vermeiden.
Flurin schaut an diesem Tag mehrmals vorbei.
»Er darf einfach keine Schmerzen mehr haben«, sagt er bestimmt.
Wir schauen uns an, kennen beide die Problematik und verstehen uns ohne Worte.
Am Abend schlürft mein Patient eine Ochsenschwanzsuppe mit Sherry, zumindest etwa vier Löffel davon. Dann klagt er wieder über Übelkeit. Er ist gereizt und will allein sein.
»Ich werde schon nicht gerade sterben. Und wenn – dann ist es halt so«, sagt er und schmeißt mich raus.
Ich schalte das Babyfon ein. Dann verlasse ich sein Schlafzimmer und schließe die Tür.

Leah hat diesen schwierigen Tag zum Glück nicht mitgekriegt. Sie war in der Buchhandlung, will aber noch vorbeikommen. Ich setze mich in die Lobby und fange sie dort ab, damit sie ihren Großvater nicht weckt.

Ich muss nicht lange auf sie warten. Wir begrüßen uns mit einer Umarmung, und ich sage ihr, dass ihr Nonno schon schlafe. Danach gehen wir hoch in die Suite und bestellen etwas vom Roomservice. Bevor ich sie auf den aktuellen Stand bringe, frage ich, wie es ihr gehe. Die Antwort erheitert mich.
»Wie es einem halt so geht, wenn man den ganzen Tag Bücher verkauft – prima!«, lacht sie. Doch sie meint es ernst und erzählt weiter: »Natürlich habe ich auch Postkarten verkauft und Kalender und Kugelschreiber und heute sogar drei E-Book-Reader!«
»Schon ein wenig schräg, dass die Buchhandlungen E-Book-Reader verkaufen und sich so ihr eigenes Grab schaufeln.« Mir kommt das alles seltsam vor.
Das sieht Leah nicht so eng. Sie habe ja selber einen, und deswegen kaufe sie trotzdem noch Bücher. Es sei vor allem wichtig, die Menschen zum Lesen zu verführen und sie beim Lesen zu halten.
Dann berichte ich ihr, dass es ihrem Nonno heute nicht so gut gegangen ist, was sie natürlich traurig macht. Am liebsten würde sie noch nach ihm sehen, weiß aber selber, dass es besser ist, ihn schlafen zu lassen.
Während des Essens erzählt Leah, sie habe gerade in einer Zeitschrift gelesen, dass an der Fassade eines Basler Pflegeheims Wandtafeln angebracht wurden, auf denen Pensionäre und Passanten niederschreiben können, was sie vor dem Tod noch realisieren möchten.
»Eine kuriose Sammlung von Aussagen kam da zusammen. Der Satz, den es zu ergänzen galt, begann mit: ›Bevor ich sterbe, möchte ich …‹ Jemand wollte noch um die Welt reisen, einer möchte Kinderschokolade essen, der andere sich mit seiner Mutter versöhnen. Jemand möchte das Leben genießen lernen, jemand anderer nicht über den Tod nachdenken. Die

Antworten sind so vielfältig, wie das Leben eben ist. Erstaunlich finde ich, dass so viele Menschen mitgemacht haben, junge wie alte. Die haben ja alle einen Moment lang über ihr Leben nachgedacht und sich mit dem Tod auseinandergesetzt. Aber klar, das ist ja auch Sinn und Zweck dieser Installation.«

Wir sitzen schweigend da, und ich könnte wetten, Leah denkt gerade dasselbe wie ich.

Und prompt fragt sie mich auch schon: »Was wäre deine Ergänzung?«

Ich schüttle abwehrend den Kopf und weiche aus: »Die Frage ist mir gerade viel zu schwierig. Meine Antwort würde entsprechend weitschweifig ausfallen. Ich möchte wieder zufrieden sein, vielleicht sogar glücklich, oder zumindest wieder meinen Platz in der Gesellschaft finden. Mich wohl in meiner Haut fühlen.«

Leah findet diese Wünsche nicht besonders übertrieben. Jetzt dränge aber ich sie, auch ein paar Worte auf die imaginäre Tafel zu schreiben.

»Ich möchte noch etwas erleben. Neues. Reisen!«

Ich frage, ob sie inzwischen ihrem Nonno mitgeteilt habe, dass sie, obwohl sie Bücher liebe, nicht ihr Leben lang in einer Buchhandlung stehen wolle.

Leah lacht. »Ja, ja. Das habe ich. Stell dir vor: Er wollte mir die Buchhandlung kaufen. Und nicht nur die, sondern gleich das ganze Gebäude!«

Ich nicke nur.

»Du wusstest davon? Krass! – Meine Wohnung in St. Moritz, die ist doch genügend Sicherheit für mich. Ich könnte sie verkaufen, wenn ich in Not wäre. Jederzeit. Für viel Geld. Das ist wirklich ein sehr beruhigendes Gefühl, das ich zu schätzen weiß. Nonno hat es verstanden, dass ich kein Haus brauche und auch keine Buchhandlung. Erstaunlich gut verstanden.

Es hat ihn sogar glücklich gemacht, zu hören, dass ich reisen will. Er würde wohl am liebsten mitkommen.«

Für ein paar Sekunden beneide ich sie. Sie hat so viele Ideen, Wünsche, Sehnsüchte – und bald auch noch das Kleingeld dazu. Das ist doch in der Tat beneidenswert. Zudem ist sie so jung, dass sie noch in jedem Land Fuß fassen kann, wenn sie will. Und hoffentlich hält die Liebe noch viel Schönes für sie bereit. Das wünsche ich Leah von Herzen.

»Wohin wird denn deine erste Reise gehen, wenn es so weit ist?«, will ich neugierig wissen.

»Nach Japan.«

Diese Antwort kommt wie aus der Pistole geschossen. Japan? Das überrascht mich. Noch nie habe ich auch nur den allerwinzigsten Augenblick darüber nachgedacht, nach Japan zu reisen. Und ich kenne niemanden, der mir jemals von Japan vorgeschwärmt hätte.

»Was zieht dich denn nach Japan? Du kannst die Sprache nicht. Nicht einmal die Schrift kannst du entziffern, denk ich mir zumindest. Ist es der Kirschblütenzauber?«

Leah interveniert sofort: »Japan hat so viel zu bieten: wildes Großstadtleben, heiße Quellen, die Bergwelt von Nagano, malerische Dörfer mit zweihundertfünfzigjährigen Bauernhäusern … Geschichte, Schlösser, Kultur … Dazu neunzigtausend Tierarten, vom Braunbären über die Schneeaffen bis zum Riesensalamander.«

Ich nicke zuerst ehrfürchtig – Leah scheint sich ja wirklich schon genauer mit diesem Land befasst zu haben. Dann erfahre ich wohl den Hauptgrund, warum es sie nach Japan zieht, und ein Lächeln schleicht sich in mein Gesicht.

»Ich habe vor einem Jahr hier in St. Moritz eine umwerfende Frau kennen gelernt«, erzählt Leah. »Und wir schreiben uns seither. Englisch, natürlich. Wir skypen. Sie hat mich einge-

laden. Ihr Name ist Sakura, was übersetzt« – jetzt grinst sie – »Kirschblüte heißt.«
»Also tatsächlich irgendwie Kirschblütenzauber …«
»Ja.« Leah wird verlegen. Aber sie erzählt weiter: »Sakura ist Reiseleiterin. Daher ist sie öfters in der Schweiz und kommt bald wieder nach St. Moritz. Im Gegensatz zu mir kennt sie schon die halbe Welt.«
Jetzt weiß ich also, woher Leahs Fernweh kommt. Ob das ihr Großvater auch weiß?
Ich frage sie.
»Nein, nein!« Leah winkt ab. »Ich will sein Verständnis nicht mehr als nötig strapazieren.«
»Ach, ich bin sicher, er würde sich sehr freuen, zu hören, dass da etwas im Gange ist.«
Leah überlegt kurz, nickt und meint: »Wenn es eine passende Gelegenheit gibt, dann erzähle ich es ihm.«
Sie hat nun sehr viel von sich preisgegeben. Für heute scheint es ihr genug. Schnell verabschiedet sie sich.

In meinem Zimmer rufe ich meine E-Mails ab. Thomas hat geschrieben und mich gefragt, wie es mir gehe. Das freut mich, trotzdem antworte ich ihm nur kurz. Nicola Jäger, die Personalchefin des Spitals, hat mir ein erstaunlich gutes Arbeitszeugnis geschickt. Es komme auch noch per Post, falls ich gegen ihre Formulierungen nichts einzuwenden habe. Habe ich nicht. Das schreibe ich ihr umgehend. Und ich finde auch versöhnliche Worte, versuche sogar, mich zu entschuldigen und so weit wie möglich zu erklären. Den Hauptgrund lasse ich aber aus. Wahrscheinlich kennt sie ihn unterdessen sowieso. Und mir ist es inzwischen ziemlich egal, was die Leute von mir denken, die von Theo Eberles Wette wussten, dass er mich in sein Bett kriegen würde. Ich

bin darüber hinweg. Das ging jetzt doch unerwartet schnell. Gut so.
Bevor ich den Laptop zuklappe, schreibe ich Rita noch eine Mail.

Nach zwei Tagen hat Reto Rösti seine Krise überstanden. Wir staunen alle, Flurin und ich genauso wie alle anderen, die zwar kein medizinisches Wissen haben, aber trotzdem gesehen haben, wie schlecht es in letzten Tagen um ihn stand. Flurin unterdrückt Herrn Röstis Schmerzen nun mit einem Morphiumpflaster, was seinen Magen nicht belastet. Mein Patient kann auch wieder etwas mehr essen, allerdings ist sein Appetit nach wie vor bescheiden. Es macht ihm viel mehr Spaß, sich etwas auf den Teller zu schaufeln, als es dann auch zu verspeisen.
Das Segantini-Museum darf nun also erobert werden. Reto Rösti und ich lassen uns hinfahren. Obwohl es nur ein kurzer Weg dahin gewesen wäre, braucht er seine Kräfte ja für drinnen.
»Gegen Osten gebaut, Richtung Schafberg, wo Segantini gestorben ist«, präsentiert Rösti stolz sein Wissen, als wir vor dem gewaltigen Kuppelbau stehen, der das Museum beherbergt. »Es ist einfach großartig, fast wie ein begehbares Denkmal.«
Bald gehen wir von Raum zu Raum, und ich bemühe mich, nicht mehr das verpönte Wort »schön« zu verwenden, wenn wir vor einem Gemälde stehen bleiben und der alte Herr mich herausfordernd ansieht. »Wie gefällt Ihnen das?«, fragt er immer wieder.
Die Werke berühren mich tatsächlich. Zum Beispiel das des toten Rehs, das so friedlich im Stroh liegt, als wäre der Tod zwar zu früh gekommen, aber nicht als große Tragödie.

»Mein Lieblingsbild«, sagt Rösti vor einem Gemälde, das den Titel »Ave Maria bei der Überfahrt« trägt.
Morgenstimmung. Ein Boot voll mit Schafen, mit einem Ruderer und einer Frau mit Kleinkind. Mein Patient schaut mich an und will einen Kommentar hören.
Ich lasse mir Zeit, atme dann tief durch und sage: »Ja, Herr Rösti, da verstehe ich Sie gut. Dieses Licht hier ist bezaubernd. Die Menschen auf dem Bild beten in einer Stimmung, die sie in keiner Kathedrale der Welt finden könnten, und nirgends könnte man näher bei Gott sein als jetzt und hier. Ein einziges Leuchten. Ein Lichtkranz. Sehr viel Idylle und Frieden. Und dann die Spiegelungen im See – einzigartig.«
Rösti ist zufrieden, zitiert wieder einmal Nietzsche: »Man soll nicht in Kirchen gehen, wenn man reine Luft atmen will.« Nietzsche habe nicht viel von Religion und Kirche gehalten. »Ich übrigens auch nicht. Aber die Göttlichkeit auf diesem Bild, die berührt mich sehr. Ich glaube schon an einen Gott. Auf meine Weise.«
Ich staune, wie ihm das Betrachten der Bilder Freude macht. Er erzählt mir, dass er schon oft hier war.
»Aber ich sehe immer wieder etwas Neues oder schaue halt anders auf die Bilder, je nachdem, wo ich gerade stehe in meinem Leben.«
Dank einem Treppenlift können wir dann auch noch in die Museumskuppel. Oben angekommen, setzt sich Herr Rösti hin und bleibt lange, lange reglos sitzen. Er sitzt einfach da und schaut. Ich versuche, es ihm gleichzutun. Schließlich sind wir hier im doppelten Wortsinn beim Höhepunkt der Ausstellung angekommen. Die Kuppel wurde eigens für Segantinis Hauptwerk, das monumentale »Alpentriptychon«, gebaut. Die drei Bilder »Werden«, »Sein«, »Vergehen« mit den italienischen Namen »La vita«, »La natura«, »La morte« be-

eindrucken auch mich. Das letzte Bild – das Vergehen, der Tod – konnte Segantini nicht mehr vollenden, weil er kurz zuvor verstarb. Wohl auch deshalb berührt mich gerade dieses Bild am meisten. Auf den ersten Blick sehe ich nur eine Schneelandschaft mit Bergen. Nachdem ich die Beschreibung zum Bild gelesen habe, entdecke ich am Bildrand drei Menschen und ein Kind, die vor einem Haus stehen. Sie warten auf den Leichnam, der gerade hinausgetragen wird. Das Faszinierende an diesem an sich traurigen Gemälde ist – wie könnte es anders sein – das leuchtende, hoffnungsvolle Licht über allem.
Fast beneide ich Herrn Rösti um seine Fähigkeit, sich derart ernsthaft in Bilder vertiefen zu können – als würde er hineintauchen. Aber er interessiert sich überhaupt für so vieles, ist offen und tolerant. Er mag Kunst und Literatur, hat sogar Nietzsche gelesen. Und offenbar speichert er alles, was er je gehört oder gelesen hat, und kann es ohne weiteres abrufen. Mit achtzig! Wie muss er gewesen sein, als er noch jünger war oder als ganz junger Mann? Wahrscheinlich war er ein Frauenschwarm, ein echt cooler Typ, einer, der mir sicher auch gefallen hätte. Ich sage ihm, dass ich seine Kenntnisse von so vielen Dingen sehr bewundere.
Reto Rösti winkt etwas verlegen ab: »Lesen öffnet halt einfach Horizonte. Merken Sie nicht auch, dass Sie, zum Beispiel nachdem Sie die Geschichte von Segantini gelesen haben, viel offener waren für seine Werke?«
»Ja, das stimmt.«
»Genau. Das meine ich. Es war übrigens Käthy, die mich zum Lesen gebracht und mir damit nicht nur die Welt vor die Füße gelegt, sondern mich auch toleranter und offener gemacht hat.«
Toleranter und offener dank Lesen?

Es gibt so viele Leserinnen und Leser. Ich bezweifle aber, dass sie alle ständig toleranter und offener werden, sonst würden wir in einer anderen Welt leben. Das wäre zwar wünschenswert, aber dazu braucht es halt auch noch eine innere Bereitschaft. Ich glaube, es ist ein bisschen wie beim Reisen. Man behauptet zwar immer, Reisen bilde. Aber ich glaube nicht, dass ein Ballermann-Urlaub zur Horizonterweiterung beiträgt. Überhaupt wird Reisen per se überschätzt. Meine Nachbarin Gerlinde ist als Rucksacktouristin kreuz und quer durch die Welt gereist und brachte es trotzdem fertig, konservativ und rassistisch zu bleiben. Vielleicht sollte sie es mal mit Lesen versuchen. Oder auch nur mit Zuhören.
Wie viel habe ich vom alten Herrn Rösti schon gelernt?!
Er tut mir gut.

16 BEGEGNUNG

Zurück im »Palace«, unserer königlichen Residenz, setzen wir uns in dieselbe Polstergarnitur wie immer, direkt dem Flügel gegenüber. Heute will mein Patient Tee trinken. Und zwar eine besonders erlesene, kostbare Sorte – Südchina, Nordhang, was auch immer. Der Kellner serviert uns auf einer edlen dreistöckigen Etagere winzige Köstlichkeiten dazu.
Afternoon-Tea sei das, erklärt mir Herr Rösti und greift zu einem Fingersandwich mit Lachs.
Und dann sehe ich sie. Und bin total überrascht.
Dabei gibt es dafür gar keinen Grund. Es ist nur einfach ungewöhnlich. Oder vielmehr unerwartet. Andererseits: Wo sollten Fernsehstars Urlaub machen, wenn nicht in Häusern

wie diesem? Jedenfalls sitzt sie nun da wie eine schöne, etwas in die Jahre gekommene Diva, ganz in sich gekehrt, und nippt von Zeit zu Zeit an ihrem Drink. Sie trägt ein schwarzes Kleid und edle Sandalen. Eine knallrote Handtasche steht neben ihr auf dem Sofa. Ein rotes Jäckchen hängt nachlässig über einer Stuhllehne. In ihren kurzen, blonden Locken findet sich kein graues Haar. Den Lippenstift hat sie nach der Farbe ihrer Handtasche ausgewählt. Sie hört dem Pianisten zu und scheint in ihren Gedanken weit, weit weg.
Mary Mayer – die Frau, der die Menschen vertrauen.
Kein Witz! Genau so wurde sie jeweils im Fernsehen angekündigt. Mary Mayer, die über Jahrzehnte in ihrer eigenen Sendung Familien zusammengeführt hat. Die auf der ganzen Welt nach einer leiblichen Mutter suchte oder nach einem verschollenen Kind, nach einer verlorenen Brieffreundin. Sie war sich auch nicht zu schade, für eine besondere Klassenzusammenkunft nach einem unauffindbaren Kameraden zu suchen. Und sie reiste für alle diese Zusammenführungen höchstpersönlich in der ganzen Welt herum.
»Was schauen Sie immer da rüber? Sie machen mich ganz nervös!«, tadelt Herr Rösti, als wäre er ein unwilliges Kind, das die volle Aufmerksamkeit seiner Mutter vermisst.
»Nicht wichtig«, wehre ich ab. Und rühre intensiv mit dem Löffel in meiner Teetasse, als gäbe es nichts Interessanteres auf dieser Welt als eben diesen Tee: kostbarste Sorte – Südchina, Nordhang, was auch immer.
»Sie machen noch die wertvolle Tasse kaputt!«, warnt mein Patient nun und hält meine Hand fest. »Was ist denn los? Sie sind richtig durcheinander. Sie zittern ja!«
Ich flüstere: »Mary Mayer.«
Er dreht sich um, ganz und gar nicht unauffällig. Mary Mayer bemerkt ihn und winkt lächelnd in unsere Richtung.

Und Rösti?
Winkt zurück.
Ja, bravo!
Wieder zu mir gewandt, sagt er: »Das ist Mary. Eine alte Bekannte. Sie ist jedes Jahr hier, wohnt allerdings neuerdings im Hotel Laudinella, das eine Nichte von ihr führt. Warum bringt Sie diese Frau dermaßen aus dem Konzept?«
»Ach, schon gut. Ich war nur überrascht, sie hier zu sehen«, antworte ich leise.
Aber Herr Rösti lässt mir natürlich keine Ruhe und hakt nach: »Neulich sahen wir Schawinski hier, später dann diese Sängerin mit dem kahl geschorenen Kopf, mit der sich alle fotografieren ließen – ich habe ihren Namen vergessen …«
»Die Walliserin?«
»Genau! Sie haben also auch schon Promis hier gesehen, aber die haben Sie nicht derart beunruhigt. Raus mit der Sprache!« Der alte Herr durchbohrt mich mit seinem Blick.
Schon erschreckend, wie gut er mich bereits kennt.
»Sie werden an Ihrer Geschichte ersticken, wenn Sie sie mir nicht erzählen!«, sagt er nun, als wärs eine Drohung.
Damit bringt er mich zum Lachen, und ich erzähle ihm, was er hören will: »Mein Vater starb vor vier Jahren. Stellen Sie sich vor: Er wurde auf dem Trottoir von einem Betrunkenen angefahren, als er selber nach einer feuchtfröhlichen Feier sein Auto vorsichtshalber stehen ließ und zu Fuß heimging. Er war sofort tot. Meine Mutter starb vor einem Jahr. Sie hatte Speicheldrüsenkrebs, alles ging ganz schnell.«
»Oh, das tut mir leid«, sagt Herr Rösti und schaut mich fragend an. Natürlich hat er keine Ahnung, wo da der Zusammenhang zu Mary Mayer sein könnte.
»Meine Mutter sagte mir auf dem Sterbebett, ich sei adoptiert worden. Und ihre letzten beiden Worte, bevor sie starb, waren

Mary Mayer. Sie dachte wohl, ich sollte Mary Mayer engagieren, um nach meiner leiblichen Mutter zu suchen.«

»Und?«

»Ich wollte das nicht. Ich hatte große Probleme damit, dass ich erst so spät erfahren habe, dass ich adoptiert worden bin. Ich verstehe nicht, warum meine Eltern nie mit mir darüber geredet haben. Keine Andeutung! Ich hatte Mühe, um meine Mutter zu trauern, weil ich wütend auf sie war. Verletzt und wütend. Warum hat sie das Geheimnis nicht mit ins Grab genommen? Das wäre mir lieber gewesen. Sie wollte bloß ihr Gewissen erleichtern. Wenn sie wirklich etwas für mich hätte tun wollen, dann wäre Schweigen besser gewesen.«

»Ich verstehe Ihre Gedanken«, kommentiert mein Patient. »Aber könnte es nicht sein – nur so als Möglichkeit –, dass sie Ihnen so die Gelegenheit geben wollte, keine Waise zu werden, sondern Ihre richtige Mutter zu finden? Vielleicht dachte sie, Sie bräuchten jemanden an Ihrer Seite. Mit Verlaub: Damit hatte sie ja wohl recht. Irgendwie.«

»Ja, ja, ich verstehe Ihre Anspielung. Aber trotzdem: Warum sollte ich nach einer Frau suchen, die mich vor fünfundvierzig Jahren zur Adoption freigegeben hat? Wozu? Ich hatte eine Mutter. Eine gute Mutter. Also fand ich es nicht nötig, diese Mary Mayer zu bemühen. Und überhaupt: Wenn schon, dann hätte ich bei so einer Suche bestimmt nicht das Fernsehen an meiner Seite haben wollen. Das wäre wirklich das Allerletzte! Doch abgesehen davon, hat Mary Mayer inzwischen ihre Sendung aufgegeben. Sie ist ja auch schon fast siebzig, soweit ich weiß. Auch wenn sie wie sechzig aussieht. Sicher operiert. Gestrafft und glatt gebügelt«, ergänze ich bösartig und realisiere selber, dass ich jetzt ungerecht bin.

»Aha!«, sagt Herr Rösti. Er schaut nach oben, als müsste er sich jede Facette der antiken Kassettendecke merken.

»Ich bitte Sie, nicht mit Mary Mayer darüber zu reden«, sage ich eindringlich.
»Mmmm«, brummelt er nur.
Darum frage ich: »Kannten Sie denn die Sendung? Ich habe sie mir ab und zu angeschaut, und natürlich gab es da immer wieder sehr rührende Szenen. Das war ja wohl auch beabsichtigt und der Grund, warum die Zuschauerzahlen so hoch waren. Aber ich habe mich oft gefragt, wie es wohl weiterging mit den zusammengeführten Familien, wenn die Kameras nicht mehr auf sie gerichtet waren. Wie lange hielt wohl ihre Freude? Wie lange hielten die neuen Beziehungen? Das Fernsehen zeigte jeweils nur einen kurzen, emotionalen, kitschigen Ausschnitt und so gut wie nie Konflikte, Vorwürfe oder bittere Anschuldigungen. Das fand ich manchmal schon etwas realitätsfremd.«
»Mmmm«, wiederholt sich Rösti. Es klingt durchaus nach Bestätigung.
Ich wundere mich, dass er so gar nicht mehr gesprächig ist. Und ich sorge mich ein wenig.
»Geht es Ihnen nicht gut?«, frage ich deshalb vorsichtig.
Herr Rösti räuspert sich und findet dann seine Sprache wieder: »Also ich würde schon wissen wollen, wer meine Mutter war und warum sie mich weggegeben hat.« Er schaut mich herausfordernd an.
»Aber ich nicht«, entgegne ich. »Wozu? Um mir ihre Entschuldigungen und Rechtfertigungen anzuhören?«
»Vielleicht genau das. Jetzt gerade klingen Sie nämlich – mit Verlaub – ziemlich wütend. Wütend auf Ihre leibliche und gerade auch noch auf Ihre Adoptivmutter. Aber hinter solchen Schicksalen stecken oft schreckliche Tragödien.«
»Kennen Sie denn die Sendung?«, frage ich ein zweites Mal, will von meiner eigenen Geschichte ablenken.

»Ich habe sie mir ab und zu angeschaut, ja. Aber eigentlich nur wegen Mary Mayer.«
»Ach?« Das erstaunt mich.
»Ja. Und mehr möchte ich dazu nicht sagen.«
Soso. Ich mustere meinen Patienten und wundere mich. Hat er gerade zugegeben, dass er Interesse an der Fernsehdame hatte? Oder war da am Ende irgendwann irgendetwas zwischen den beiden?
Doch im Moment ist nichts mehr aus dem alten Herrn herauszubekommen. Er hat seine dünnen Ärmchen vor seinem Körper verschränkt, sich leicht von mir abgewandt und konzentriert sich nun demonstrativ auf den Pianisten, der heute ganz besonders virtuos unterwegs ist. Gerade spielt er Mozarts »Türkischen Marsch«, den sogar ich kenne, weil Rita ihn spielen konnte. Dafür habe ich sie grenzenlos bewundert. Ich selbst scheiterte nämlich bereits am Notenbuch »Strauß für die Jugend – Band 1« kläglich und gab den Klavierunterricht auf, bevor ich jemanden – außer meiner Mutter – mit meinen Fähigkeiten hätte begeistern können.
Dann steht Mary Mayer auf und kommt auf uns zu, geht langsam und geschmeidig an uns vorbei. So nah, dass ich ihr Parfüm rieche. Exotisch. Süß. Für meinen Geschmack etwas zu aufdringlich.
»Wie schön, dich wiederzusehen, Reto«, sagt sie mit einem Lächeln zu Herrn Rösti und klimpert ein wenig mit ihren langen Wimpern.
Er wirkt ein bisschen überrumpelt, schickt ihr dann aber schnell ein »Ganz meinerseits, ganz meinerseits!« hinterher und grinst sein ganz, ganz großes Grinsen.
Ich lächle in mich hinein.
Jetzt bin ich beruhigt. Weil er beunruhigt ist.
Das amüsiert mich.

Als sie außer Hörweite ist, sage ich: »Eine recht aufregende Frau.«

Rösti wirft mir von der Seite her einen Blick zu, der wohl bedeuten soll, ich solle die Klappe halten.

»Finden Sie?«, sagt er kurz angebunden und nippt an seinem Tee. Kostbare Sorte – Südchina, Nordhang, was auch immer. Dann will er sich in seine Suite zurückziehen und seine Ruhe haben. Also gehe ich in mein Zimmer, ignoriere den Baustellenlärm und google Mary Mayer. Ich finde ein Interview, das vor einigen Monaten in der »Glückspost« erschienen ist.

INTERVIEW

Sie hat viele Menschen glücklich gemacht

Mary Mayer feierte im Januar ihre Jubiläumssendung. Zum zweihundertsten Mal wurde »Wir suchen und finden« ausgestrahlt und – was ganz im Stillen beschlossen wurde – auch zum letzten Mal. Mary Mayer geht mit 65 Jahren in den Ruhestand.

Frau Mayer, Sie sind immer noch eine attraktive Frau, wie gemacht für den Bildschirm. Warum hören Sie schon auf?

Sie schmeicheln mir. Danke. Ich höre auf, solange alle noch Freude an der Sendung haben und solange meine Falten noch weggeschminkt werden können. Man soll aufhören, wenn es am schönsten ist. Außerdem bin ich mit fünfundsechzig Jahren wohl mit Abstand die älteste Frau im Fernsehen. Bei Frauen ist das Verfallsdatum normalerweise schon viel früher erreicht. Männer mit Falten gelten als attraktiv, Frauen verbannt man gern bereits mit vierzig vom Bildschirm. Es gleicht einem Wunder, dass ich so lange vor der Kamera stehen durfte.

Das Wort Ruhestand mit Ihnen in Verbindung zu bringen, fällt sehr schwer.

Das ist nett, aber ich sehne mich tatsächlich nach Ruhe. Ich bin zu viel gereist in den letzten Jahren. Manchmal wusste ich kaum mehr, wo ich gerade aufgewacht war. Aber ich beklage mich nicht. Ich hatte eine aufregende, spannende Aufgabe.

Sie haben viele Menschen zusammengeführt, Familien vollständig und glücklich gemacht. Sie selbst hatten weniger Glück in Ihrem Privatleben.
Ich habe immer versucht, Privates aus der Öffentlichkeit herauszuhalten. Das möchte ich auch jetzt tun. Aber ja, es stimmt, ich hatte nicht viel Glück in der Liebe. Dafür hatte ich einen sehr beglückenden Beruf und konnte andere glücklich machen.

Haben Sie noch Kontakt mit Menschen, die Sie zusammengeführt haben?
Ich bekomme viele Fotos und Briefe von Menschen aus meinen Sendungen. Nicht alle, die anfangs überschwänglich ihr Wiedersehen bejubelten, blieben danach lange in Kontakt zueinander. Aber viele, sehr viele sind sich nach den Jahren der Trennung nahegekommen, und das, obwohl sie in verschiedenen Ländern lebten.

Gab es nie Menschen, die gar nicht überrascht oder gefunden werden wollten?
Ja, das gab es – allerdings nur zweimal in den dreißig Jahren meiner Sendung. Eine Tochter suchte nach ihrem Vater in Mexiko. Wir fanden ihn, aber er wollte keinen Kontakt. Er hatte sieben weitere Kinder mit verschiedenen Frauen und wohl Angst, die Tochter könnte irgendwelche Forderungen stellen. Ein anderes Mal war es umgekehrt: Eine Mutter suchte ihre Tochter, die sie zur Adoption hatte freigeben müssen. Die Tochter weigerte sich, sie zu treffen. Das waren ganz schlimme Momente für die Betroffenen, und wir haben diese Filmbeiträge natürlich nie gezeigt, obwohl sie spannend gewesen wären und für eine gute Quote gesorgt hätten. Es wäre pietätlos gewesen.

Sie haben also auch mal gegen die Quote entschieden?
Aber sicher. Darum nannte man mich auch die Frau, der die Menschen vertrauen. Man konnte mir tatsächlich vertrauen.

Und was sind Ihre Pläne für die nahe Zukunft?
Ruhe. Kleine, komfortable Reisen ohne Stress. Lesen. Vielleicht auch schreiben.

Ihre Memoiren?
Möglicherweise.

Wir danken Ihnen für das Gespräch und wünschen Ihnen alles Gute!

Der Text ist, wie bei der »Glückspost« üblich, mit vielen kleinen Bildern umrahmt. Aufnahmen von ihrem großen TV-Abschied zum Beispiel, bei dem man sie unter üppigen Blumensträußen fast begraben hat. Ein Foto zeigt ein Familienfest irgendwo in Afrika, und Mary Mayer – in bunteste Tücher

gehüllt – mittendrin. Sie trägt einen Strohhut und strahlt auf dem fröhlichen Gruppenbild glücklich in die Kamera.
Tja. Mary Mayer. Die letzten Worte meiner Mutter. Ich hätte ein paar liebevolle Worte bevorzugt, die mich jetzt durchs Leben begleiten könnten. Ritas Mutter hat meiner Freundin auf dem Sterbebett gesagt: »Du bist absolut großartig. Vergiss das nie! Und ich werde immer bei dir sein, dir den Rücken stärken, bei allem, was du tust. Vergiss das nie!«
So etwas hätte ich mir auch gewünscht. Jedenfalls nicht dieses Gespräch über Adoption. Immer wenn ich an meine Mutter denke, spüre ich statt Trauer zuerst einmal eine große Enttäuschung, fühle mich betrogen und belogen. Natürlich bin ich alt genug, zu wissen, dass ich eine wunderbare Mutter und einen großartigen Vater hatte und es daher eigentlich gar nicht wichtig ist, ob sie nun meine leiblichen Eltern waren. Sie haben mir viel Liebe geschenkt. Und ich würde nichts vermissen, wenn meine Mutter nur geschwiegen hätte. Oder früher geredet.

17 GESTÖHNT, NICHT GESUNGEN

»Heute besuchen wir ein Konzert!«, verkündet Herr Rösti beim Frühstück. »Wir haben für die Eröffnung des Festival da Jazz im Dracula Club ja leider nicht mal mehr mit Vitamin B Tickets bekommen, was wirklich sehr schade ist – aber seis drum.« Mein Patient sieht darüber hinweg, dass sein Patenkind Christian Jott Jenny dieses Ereignis wegen der vielen Leute ja vor allem als zu anstrengend für ihn erachtet hat. Und er schaut vorwärts: »Heute Abend tritt hier im hauseigenen Konzertsaal Jane Birkin auf.«

Ihr Name kommt mir irgendwie bekannt vor. Aber eben: nur irgendwie. Doch dann beginnt Reto Rösti zu stöhnen, haucht »Je t'aime« und trällert irgendeine Melodie.
»Ach so!«, sage ich lachend. »Jetzt weiß ich es. Ein Song aus den Sechzigern oder Siebzigern. Mehr gestöhnt als gesungen. Jane Birkin mit Serge Gainsbourg.«
Rösti nickt anerkennend.
»Und was hat das mit einem Jazzfestival zu tun?«, frage ich.
»Finden wir es heraus!«
»Aber Jane Birkin konnte doch schon damals nicht singen! Wie sollte sie es also heute können, wo sie bald achtzig ist? Und hatte sie nicht letztes Jahr einen leichten Hirnschlag?«
»Was weiß ich?«
»Offenbar zum ersten Mal wenig«, lache ich.
»Stimmt«, sagt Herr Rösti lächelnd und betont, er wolle Jane Birkin aber auf jeden Fall sehen. Er habe großartige Erinnerungen an dieses Lied, zum Teil richtig unanständige, die er auf keinen Fall mit mir teilen wolle. Er grinst sein Grinsen. Wahrscheinlich wartet er nur darauf, dass ich mehr wissen will, aber diesen Gefallen tue ich ihm nicht.
Das Lied war ja sogar da und dort verboten, weil es so erotisch aufgeladen war und weil man sich erzählte, Jane Birkin und Serge Gainsbourg hätten im Studio allerhand nicht jugendfreie Dinge miteinander getrieben, damit der Song klang, wie er klang. Die Verbote waren natürlich hilfreich für den durchschlagenden Erfolg des Gestöhns.
Diese Skandalisierung funktioniert auch heute noch: Der Sommerhit »Layla« zum Beispiel hat enorm davon profitiert. Der Text ist total bescheuert und absolut sexistisch und einfach grässlich:
Ich hab 'nen Puff
Und meine Puffmama heißt Layla

Sie ist schöner, jünger, geiler
La-la-la-la-la-la-la, Layla.
Aber ich bin sicher, ohne den Skandal, den das Lied verursachte, hätte es nie diesen großen Erfolg gehabt, und ich hätte es überhaupt nie gehört – was schön gewesen wäre. Doch gibt es nicht noch schlimmere Texte, die man einfach hinnimmt? Müsste man nicht viele Rapper zensieren, wenn man ihren Texten wirklich zuhören und die meist englischen übersetzen würde?
Reto Rösti kennt »Layla« nur von Eric Clapton. Das wiederum war ein wunderschöner Song aus den Siebzigerjahren.

Mein Patient und ich sitzen also zu gegebener Zeit in bequemen Polstersitzen in einem fast vollen Saal. Herr Rösti trägt seinen schönsten Anzug und hat dreimal die Krawatte gewechselt. Er ist aufgeregt vor seinem Ausflug in die Vergangenheit.
Wieso sind so viele Leute gekommen? Lauter Publikum mit unanständigen Erinnerungen? Auf ein besonderes musikalisches Highlight kann doch keiner hoffen?
Christian Jott Jenny begrüßt charmant die Gäste. Aber auch bei ihm spüre ich nicht die richtige Begeisterung für den Anlass.
Und dann geht es los.
Und es ist viel, viel schlimmer, als ich es mir je hätte vorstellen können. Dass Jane Birkin in die Jahre gekommen ist und nicht singen kann, das wusste ich ja. Aber sie betritt die Bühne in zu langen Hosen und zu großer Jacke, ungekämmt, ungeschminkt, muss sich mit einer Hand immer am Barhocker festhalten. Sie wirkt, als hätte man sie auf die Bühne geprügelt, als hätte sie nicht einen winzigen Funken Freude an ihrer Musik. Dabei hat sie talentierte Musiker um sich herum. Im ersten Moment bin ich einfach nur traurig. Warum tut sie sich

das an? Und uns? Ihrem Publikum? Warum? Braucht sie das Geld? Sie tut mir unglaublich leid. Ihren Sprechgesang liest sie am Teleprompter ab. Ein Lächeln gibt es nicht. Es gibt ja auch keinen Grund dafür.
Irgendwann schlägt meine Trauer in Wut um. Immerhin ist sie doch Schauspielerin und könnte wenigstens so tun, als hätte sie noch Spiel- und Singfreude, und sie könnte sich bemühen, uns zu unterhalten, uns eine Show zu bieten.
Nein, wirklich!
Ich schaue immer wieder hinüber zu Herrn Rösti, der unbeweglich dasitzt. Irgendwann sehe ich eine Träne über seine Wange rollen. Eine einzige Träne, die alles sagt. Ja, das ist wirklich zum Heulen.
»Wollen wir gehen?«, flüstere ich ihm ins Ohr.
Er nickt.
Keiner wird böse sein, wenn ein alter Mann mit seiner Begleitung den Saal frühzeitig verlassen muss. Wir gehen.
Ich bin froh, hat die Veranstaltung im »Badrutt's« stattgefunden. Wir setzen uns auf Röstis Lieblingssofa im Jugendstilsaal. Die Hotelhalle, die als Wohnzimmer von St. Moritz bezeichnet wird, sei seit hundert Jahren unverändert geblieben, habe ich in einem Prospekt gelesen. Daher wohl die besondere Atmosphäre.
Herr Rösti bestellt sich einen Whisky und schickt mir einen Blick, der wohl verhindern soll, ihn davon abzuhalten. Ich bestelle keck auch einen. Wir haben den jetzt nötig.
»Warum waren Sie so traurig?«, frage ich meinen Patienten, obwohl ich die Antwort zu kennen glaube.
Nach kurzem Zögern sagt er leise: »Man sollte die Zeit für seinen Abgang nicht verpassen.«
Meint er das nun bezogen auf Bühnenkünstler oder allgemein, sozusagen metaphorisch?

»Und ich habe wieder einmal gemerkt, wie alt ich bin«, fährt er weiter, »auch mein Verfallsdatum ist längst abgelaufen.«
»Aber keiner wartet darauf, dass Sie gehen, Herr Rösti. Lassen Sie sich also – bitte! – Zeit.«
Reto Rösti zeigt ein kleines, kurzes Lächeln und sagt leise: »Schön, schön, schön …«
Wir trinken den Whisky. Er brennt sich durch meinen Körper wie ein wohltuendes Feuer und schüttelt mich durch. Damit rückt er ein paar Dinge zurecht oder – vielleicht eher – schiebt sie in den Hintergrund. Und ich frage Herrn Rösti, ob das der Sinn dieses Getränks sei – Ordnung und Raum zu schaffen.
»So habe ich mir das noch nie überlegt, aber es gefällt mir«, antwortet er, nimmt sein Glas und lässt es gedankenverloren kreisen. Später fügt er an, es gehe schon vor allem darum, Aromen und Geschmack zu spüren und zu genießen. Er redet von Fruchtnoten, Komplexität und Körper, sogar von Tanninen … Da bin ich raus. Zu viel Information. Ich höre nur noch halbseitig zu.
Irgendwann verkündet mein Patient: »Morgen besuchen wir ein anderes Konzert. Im legendären Dracula Club.«
»Sie meinen, wir kriegen Tickets?«, frage ich vorsichtig.
»Christian macht das möglich«, antwortet Rösti zuversichtlich. Er freut sich darauf, mir den Dracula Club zu zeigen. In den Siebzigern sei dieses edle Lokal von Gunter Sachs gegründet worden. Man komme normalerweise nur als Mitglied rein. Während des Festival da Jazz sei das anders. »Und Christian wohnt ja als Untermieter bei Rolf Sachs, wenn er hier in St. Moritz ist. Ihm gehört der Club heute. Wir haben also Beziehungen.«
»Gunter Sachs? War das nicht irgend so ein Gentleman-Playboy?«

Rösti lacht: »Stimmt. Er war aber auch ein sehr erfolgreicher Fotograf und ein anerkannter Kunstsammler.«
Das kann sein. In meinem Gedächtnis sehe ich ihn nur auf Fotos mit Brigitte Bardot und ähnlich prominenten und ausnehmend schönen Frauen.
»Zu seiner Zeit gab es hier ziemlich wilde Partys«, klärt mich Reto Rösti nun also auf. »Man erzählt sich, dass Gunter Sachs im ›Palace‹ in der Bar gern Tarzan spielte und sich am Kronleuchter durch den Saal schwang, der dann natürlich zu Boden ging. Das war ihm offensichtlich egal. Er machte es immer wieder, und am Ende standen auf seiner Hotelrechnung acht Kronleuchter.« Rösti grinst. Er wisse natürlich auch nicht, ob das stimme, aber er halte es durchaus für möglich. »Das waren halt andere Zeiten. Wilde Zeiten.«
Er sagt das so, als würde er sie sich noch einmal herbeisehnen. Oder als wäre er selber gern der Tarzan am Kronleuchter gewesen.
Männer! Leah würde hier wohl wieder eines ihrer Lieblingswörter ins Spiel bringen: Dekadenz oder dekadent.

Neuer Tag – Neue Abenteuer.
Gleich nach dem Frühstück ruft Reto Rösti Christian an und bittet um zwei Tickets für das heutige Konzert von Arturo Sandoval im Dracula Club. Und – sein Patenkind kann sie offensichtlich organisieren, denn als er den Anruf beendet, ist mein Schützling sehr zufrieden.
»Schön, schön, schön … Arturo Sandoval! Besser geht es nicht mehr«, meint er voller Vorfreude. »Christian bringt die Tickets gleich persönlich vorbei.«
Ich leiste Herrn Rösti noch etwas Gesellschaft und warte, bis der Gemeindepräsident kommt, lasse die beiden dann allein und mache einen Spaziergang um den See.

Als ich gegen Mittag zurück bin, ist Christian weg und Rösti schläft. Gut, so wird er heute Abend hoffentlich genug Energie haben.

Wir lassen uns in den Dracula Club chauffieren, und Christian verhilft uns zu zwei bequemen Hockern am Rande des Geschehens. Der Club ist klein, und es haben nicht sehr viele Leute Platz, nun stehen sie überall, sitzen sogar am Boden, fast schon auf der Bühne. Aber das macht wohl die Atmosphäre des Clubs aus.
Arturo Sandoval ist fast so alt wie Jane Birkin, aber im Gegensatz zu ihr geht er ab wie eine Rakete. Seine sechs Musiker auch. Der Amerikaner kommt ursprünglich aus Kuba und wehrt sich vehement gegen Schubladen wie Latin Jazz oder afroamerikanische Band. Er redet, erzählt, erklärt, und das alles mit Witz und Humor. Er spielt virtuos Trompete und Flügelhorn, einmal sogar Klavier. Das Konzert ist laut und wild. Reto Rösti grinst und schwingt ein wenig mit auf seinem Hocker. Dann gibts aber auch wieder überraschend ruhige Momente, wenn Sandoval zum Beispiel, bloß von seinem Pianisten begleitet, »Smile« singt.
Dieses Konzert verlassen wir richtig glücklich. Das war erlebte Spielfreude und Latin Jazz vom Feinsten, auch wenn Sandoval seine Kunst nicht so bezeichnet haben will.
Auch Herr Rösti findet, es sei wirklich ein gelungenes Konzert gewesen, genau so, wie es sein müsse. Trotzdem habe er das Gefühl, er sei dem Nachtleben nicht mehr gewachsen. Er habe Mühe gehabt, so lange auf diesem Hocker zu sitzen.
»Ich glaube, wir können den Punkt Festival da Jazz auf meiner Liste jetzt streichen. Ein weiteres Konzert wäre mir zu anstrengend.«

Vor dem Einschlafen will mein Patient noch einen Stumpen rauchen und bittet mich um meine Gesellschaft auf seinem Balkon. Der Himmel hat zu diesem Anlass sämtliche Sterne aufgehängt.

»Die Löffelliste ist gar nicht mehr so lang. Das ist gut. Meine Kräfte schwinden. Was werden Sie tun, wenn ich nicht mehr bin, Schwester Karin?«

Ich bringe kein Wort über die Lippen und muss mich schwer bemühen, nicht zu weinen. Schließlich schaffe ich es zu sagen: »Ich will gar nicht darüber nachdenken.«

»Je länger Sie hier sind, desto mehr wird der Zauber des Engadins Sie bezirzen, und am Ende werden Sie hierbleiben, hier arbeiten. So ein Neuanfang wäre doch eine gute Idee, nicht?«

»Wer weiß …«

»Ja, wer weiß …«

Ich habe tatsächlich schon darüber nachgedacht, hierzubleiben, und Leah hat mir sogar eine vorübergehende Wohngemeinschaft angeboten. Doch es scheint mir unpassend, schon die Zeit nach Herrn Rösti zu planen.

Ich bin sehr müde, aber mein Patient bittet mich, ihm noch eine Gutenachtgeschichte aus dem Patriarchen-Buch vorzulesen.

Also mache ich ihn bereit fürs Bett, setze mich zu ihm und klappe das Buch auf.

»Diesmal dreht sich alles um Schokolade«, sage ich und beginne zu lesen.

Am Anfang dieses Porträts erfahren wir, dass François-Louis Cailler 1819 die erste mit Wasserkraft betriebene Schokoladenfabrik gegründet habe, um Schokolade in großen Mengen herstellen zu können. Doch es geht gar nicht um Cailler, sondern um Rudolf Lindt, der sechzig Jahre später eine Fabrik kaufte, um sich als Chocolatier zu versuchen. Auch da folgt nun eine schöne Geschichte, deren Wahrheitsgehalt keiner mehr so genau überprüfen kann und will. Der junge Lindt, der eigentlich aus einer Familie von Apothekern und Ärzten stammte und lediglich zwei Jahre in der Schokoladenfabrik eines Onkels mit der Herstellung von Schokolade in Berührung gekommen war, vergaß wohl vor dem Wochenende, die Rührmaschine abzuschalten, und so wurde die Schokoladenmasse mithilfe der Wasserkraft bis am Montagmorgen ununterbrochen gerührt. Und siehe da: Das Erfolgsrezept für eine zart schmelzende Schokolade war erfunden! Ein sehr einfaches Geheimnis zwar, das er aber fast zwanzig Jahre lang vor der Konkurrenz geheim halten konnte. Die ganze Welt riss sich von da an um sein Produkt.

Herr Rösti ist eingenickt. Allerdings ist er sofort wieder munter, als ich nicht mehr weiterlese.

»Wussten Sie, dass in keinem Land der Welt mehr Schokolade konsumiert wird als in der Schweiz?«, verkündet er. »Pro Kopf Jahr für Jahr so um die zehn, elf Kilo!« Und ob diese Geschichte über Lindt nun stimme oder nicht, er selber esse am liebsten Lindor-Kugeln. »Aber wissen Sie was? Gerade gestern habe ich in der Zeitung gelesen, dass Schweizer Schokolade immer häufiger im Ausland hergestellt wird. Ist das nicht traurig? Nicht einmal mehr die Schweizer Schokolade hält, was sie verspricht.« Er schimpft noch ein wenig über den Ausverkauf der Schweiz, bittet mich trotzdem, »Lindor-Kugeln« auf die Löffelliste zu schreiben, und wünscht mir dann eine gute Nacht.

18 MARY MAYER

Reto Rösti braucht den ganzen Tag, um sich vom gestrigen Konzert und unserer anschließenden Balkon-Unterhaltung zu erholen. Doch gegen Abend wird er wieder unternehmungslustiger.

»Schwester Karin, nehmen Sie sich eine gemütliche Auszeit«, verkündet er. »Ich bekam eine SMS von Christian, dass er mir noch einmal zwei Tickets für den Dracula Club organisieren konnte. Ich habe Leah dazu eingeladen, was sie sehr gefreut hat.«

Jetzt bin ich wirklich gespannt, wer da auftreten wird, dass er sich plötzlich doch noch einmal die Nacht um die Ohren schlagen will.

»Peter Kraus!«, verkündet mein Patient und grinst ein freudiges Grinsen.

Peter Kraus? Ob das nicht auch wieder eine riesige Enttäuschung wird? Der Sänger ist doch schon über achtzig!

»Wir werden sehen«, tut Rösti meine Bedenken ab.

Leah ist bereits um vier da und meint, sie übernehme nun und werde ihren Nonno vor dem Konzert, das leider erst um neun beginne, noch zum Essen ausführen.

Ich verabschiede mich und gehe als Erstes ins hoteleigene Schwimmbad, das wollte ich schon lange einmal nutzen. Anschließend spaziere ich gut gelaunt dem See entlang. In einem Restaurant möchte ich etwas essen und staune: Die Karte ist digital. Bestellen soll ich auch digital. Am Ende kommt ein Roboter und bringt mir mein Essen? Haben die überhaupt noch Personal?

Haben sie, wie ich erleichtert feststelle. Ich sitze draußen, entspanne mich und mache es wie Reto Rösti: schauen, genießen.

Als eine Frau fragt, ob sie sich an meinen Tisch setzen dürfe, erkenne ich sie erst gar nicht. Sie trägt Jeans und eine weiße Bluse, Turnschuhe. Einen roten Pullover hat sie sich locker um die Schulter drapiert.

Ich nicke, und sie setzt sich.

Mary Mayer.

Ihr schönes Gesicht hat sie hinter einer klobigen Sonnenbrille versteckt, die sie nun abnimmt.

»Wir haben uns schon einmal gesehen«, sagt Mary Mayer. »Sie sind mit Reto Rösti unterwegs, nicht wahr?«

Und so reichen wir uns die Hand und stellen uns vor. Sie ist sehr unkompliziert, die elegante Fernsehfrau.

»Wo ist Reto?«, möchte sie wissen, nachdem sie sich routiniert digital etwas bestellt hat.

Ich erzähle, dass er heute Abend das Konzert von Peter Kraus besuchen werde.

»Oh, da wäre ich auch gern hingegangen, bekam aber kein Ticket mehr.« Sie lacht. »Ich liebe Peter Kraus!«

»Tatsächlich?«

»Aber ja. So viele schöne Erinnerungen an eine völlig andere Zeit. Peter Kraus war unsere Antwort auf Elvis. Vielleicht die weichgespülte, saubere, jugendfreie Version von Elvis. Doch ich fand ihn großartig. Das Konzert wird Reto gefallen.«

Ich gebe zu bedenken, dass es auch enttäuschend sein könnte, und erzähle kurz von Jane Birkin.

Wieder lacht sie. Ein sehr angenehmes, warmes Lachen.

»Na gut, aber Jane Birkin, die ist schon eine andere Nummer. Peter Kraus und Jane Birkin – nein, die beiden können Sie nicht miteinander vergleichen.«

»Hoffentlich. Es täte mir leid um Retos Abend mit Leah.«
»Leah?«, fragt Mary Mayer.
»Seine Enkelin.«
Sie fragt mich weiter aus, will wissen, wie es gesundheitlich um Reto Rösti bestellt sei, sie mache sich Sorgen. Er sei sehr dünn geworden. Und so klein. Ihre Fragerei ist mir unangenehm, denn ich weiß nicht, wie mein Patient zu dieser Frau steht. Mary Mayer merkt, dass es mir schwerfällt, über ihn zu sprechen. Als ich ihr dann meine Rolle erkläre, hört sie auf zu fragen.
»Ich besuche ihn einfach mal, dann kann er mir selber alles erzählen«, sagt sie. »Ich mag ihn wirklich sehr.«
Wir schweigen.
»Genießen Sie Ihren Ruhestand?«, frage ich irgendwann.
Die ehemalige Fernsehfrau zuckt mit den Schultern. »Genießen? Na ja …«, meint sie. »Ich habe immer nur für meinen Beruf gelebt, und jetzt fühle ich mich ein wenig – irgendwie – verloren.«
»Hätten Sie Ihre Sendung denn gern weitergemacht?«
»Ja. Aber es ging nicht mehr. Wir hatten schon lange keine besonders guten Quoten mehr. Und es war halt immer eine schwierige Sendung für die kleine Schweiz. Wir mussten die einzelnen Folgen manchmal total aufplustern. Zu jeder Suche im Ausland haben wir viel zu viel Hintergrundwissen über das jeweilige Land hineinpacken müssen. Es gab nicht genügend spannende Fälle in der Schweiz. Dadurch konnte die Sendung sich nicht mehr halten. – Aber das haben wir natürlich nie so kommuniziert. – Meine Kollegin in Deutschland, Julia Leischik, hat es da ein bisschen leichter.«
Mary Mayer fängt nun an, ihre Bündner Gerstensuppe zu essen. Mir wird eine riesige Portion Spaghetti Bolognese an den Tisch gebracht.

Ich erlaube mir noch eine Frage, möchte wissen, ob sie nun tatsächlich ihre Memoiren schreibe.
Frau Mayer verschluckt sich fast an ihrer heißen Suppe.
»Memoiren?«
»Ich habe in der ›Glückspost‹ gelesen, dass Sie sich überlegen, ein Buch zu schreiben.«
»Nie und nimmer!«, erklärt sie bestimmt. »Ich habe immer versucht, mein Privatleben aus den Medien herauszuhalten, und es ist mir im Allgemeinen gar nicht so schlecht gelungen. Da werde ich doch nicht jetzt alle meine finsteren Geheimnisse ausplaudern. Das wäre ja noch schöner! Ich habe das einfach so dahergesagt, weil alle immer wissen wollten, was ich denn jetzt mit der vielen freien Zeit anstellen werde. Sie haben ja keine Ahnung, wie hartnäckig Journalisten sein können! Irgendwann legt man sich halt Antworten auf immer wiederkehrende Fragen zurecht. Ja, alle wollten wissen, was ich nach der Pensionierung machen werde. Vielleicht einfach mal nichts? Aber so eine Antwort kann man halt nicht geben.«
Mary Mayer ist sehr gesprächig. Vielleicht ist sie ein wenig einsam? Ich mustere sie neugierig.
»Sie haben ja das Interview in der ›Glückspost‹ gelesen. Was ich da übers Älterwerden erzählt habe, habe ich nicht nur dahergesagt, sondern genau so gemeint. Ich bin wirklich dankbar, dass ich so lange im Fernsehen tätig sein konnte. Denn eben, vor der Kamera ist das Verfallsdatum für Frauen normalerweise tatsächlich mit vierzig erreicht. Und die ließen mich bis fünfundsechzig arbeiten. Das ist alles andere als selbstverständlich.«
Sie hat recht. Frauen über fünfzig sind im Fernsehen rar, mit eigener Sendung … ich überlege, aber es will mir gerade keine in den Sinn kommen. Zumindest nicht in der Schweiz.

Mary Mayer lacht wieder ihr warmes Lachen und meint: »Wie hat schon Joachim Fuchsberger gesagt – alt werden ist nichts für Feiglinge.«
»Ich glaube nicht, dass Sie zu den Feiglingen gehören«, sage ich und meine es auch so.
»Danke!« Sie schaut mich überrascht an. »Ich bin noch dabei, mich in meine neue Lebensrolle einzuarbeiten. Ich fühle mich darin noch nicht wirklich angekommen.«
»Ja, da geht es mir ähnlich. Ich bin auch gerade irgendwie auf der Suche nach meinem Platz im Leben.«
»Wirklich?« Mary Mayer schaut mich überrascht an.
»Ja, Reto Rösti und ich haben eher zufällig zusammengefunden. Was nach unserer Zusammenarbeit sein wird, weiß ich noch nicht.«
»Sie sind noch jung. Überstürzen Sie nichts. Lassen Sie es geschehen. Lassen Sie los, dann wird das Richtige kommen.«
Jung? Mit fünfundvierzig?
Schön zu hören.
Als wir uns verabschieden, ist es schon recht kühl geworden. Bergsommer.
»Wir sehen uns sicher wieder. Ich bleibe eine Weile hier in St. Moritz. Die Berge tun mir gut«, erklärt Mary Mayer. Dann marschiert sie davon.
Mary Mayer.
Die letzten Worte meiner Mutter.
Aber dafür kann die Frau ja nichts.
Rein gar nichts.

Als ich im Hotel ankomme, gönne ich mir an der Bar noch einen Röteli, setze mich danach in Reto Röstis Suite an den Glastisch und warte, bis mein Patient und Leah heimkommen. Es dauert nicht lange, bis die beiden auftauchen. Sie haben die

Veranstaltung zwar frühzeitig verlassen, sind aber sehr glücklich über das Erlebte.
»Das war ein wirklich schönes Konzert«, sagt Rösti mit leuchtenden Augen. »Wie Arturo Sandoval – nur total anders.«
Zum Erzählen ist er zu erschöpft, er will sofort ins Bett.
Leah wird die Nacht über hierbleiben, so kann ich ruhigen Gewissens in mein Zimmer gehen.

Am nächsten Morgen grinst der alte Herr wieder sein ganz besonders großes Grinsen. Er habe sich soeben mit Mary Mayer zum Abendessen verabredet.
»Schön!«, sage ich und überlege schon, was ich mit dem freien Abend anstellen könnte.
Aber Herr Rösti bittet mich, ihn zu begleiten.
»Es würde mich freuen, Sie dabeizuhaben. Mary hat mir erzählt, dass Sie sich gestern getroffen haben, und würde sich ebenfalls über Ihre Anwesenheit freuen.«
Ich sage zu. Falls ich mich selber als störend empfinde, kann ich mich notfalls sicher irgendwie verdrücken.
Wir verbringen den Tag auf dem Balkon. Wir liegen. Rösti raucht. Ich lese vor. Und wir widmen uns ausgiebig der Überlegung, welche Krawatte er für das Rendez-vous anziehen soll. Als die Wahl endlich klar ist, geht er ins Bad und trägt dort ein ziemlich penetrantes Rasierwasser auf, das er dann wieder abwaschen will, nachdem ich darüber gelächelt habe.
Er sieht in seinem Anzug mit der perfekt dazu passenden Krawatte sehr elegant, aber auch erschreckend klein und dürr aus. Auch Mary Mayer sieht elegant aus. Sie trägt ein buntes, schwingendes Kleid und stöckelt auf hohen Sandalen herbei. Anfangs ist unsere Konversation etwas verkrampft, und ich wünschte, ich könnte mich zurückziehen. Aber irgendwann fängt Herr Rösti an, vom Peter-Kraus-Konzert zu schwärmen.

Seine Vorspeise mag er ja eh nicht essen. Er wollte sie nur unbedingt bestellen.
Mein Patient erzählt ausführlich und begeistert: »Es war wirklich toll. Ein fröhlicher Abend. Ich habe sogar einmal kurz mit Leah getanzt. Oder so etwas Ähnliches … ›Sugar Sugar Baby – oh oh – Sugar Sugar Baby‹. Danach hatte ich für den Rest der Show Atemnot und bin fast vom Stuhl gekippt. Die Luft war eh nicht besonders gut, es war sehr eng.« Reto Rösti beschönigt seinen Gesundheitszustand nicht und erklärt Mary Mayer, dass er bald sterben werde.
Das erschüttert die schöne Frau. Sie schaut mich erschrocken an. Ich nicke nur.
»Das ist traurig«, sagt sie.
»Ja«, bestätige ich.
»Ja«, sagt auch Herr Rösti, »aber bitte keine Trauermienen! Ich hatte ein gutes Leben. Ich habe viel erlebt. Es ging mir gut. Es ging mir immer gut. Ich trete zufrieden ab. Und ich bin sicher, Käthy wartet schon auf mich.«
Wir essen alle dasselbe, ein Zürcher Kalbsgeschnetzeltes mit Rösti. Das Lieblingsessen meines Patienten, wie ich jetzt erfahre. Er stochert allerdings nur darin herum, obwohl er sich riesig darauf gefreut hat. Herr Rösti verliert immer mehr an Gewicht. Bald passt ihm nichts mehr von seiner Kleidung. Er verschwindet förmlich darin. Gestern habe ich ein paar neue Löcher in seinen kleinsten Ledergürtel stechen lassen. So halten die Hosen wenigstens noch.
»Das Kartoffelgericht da hat übrigens nichts mit meinem Nachnamen zu tun«, verkündet Rösti und zeigt in seinen Teller. »Das möchte ich hier mal festgehalten haben.«
Wir sind erstaunt und fragen nach.
Herr Rösti erklärt es uns gern: »Mein Nachname wird vom Mundartwort ›rösch‹ abgeleitet.«

»Rösch?«, spielt Mary Mayer Echo, und ihr Gesicht ist ein Fragezeichen. »Das habe ich noch nie gehört.«
»Ich auch nicht«, bekräftige ich. »Was soll es denn heißen?«
»Das Wort hat laut dem Mundartexperten des Schweizer Radios mehrere Bedeutungen«, Herr Rösti macht eine kleine Kunstpause und grinst stolz von einer zur anderen, »aber für mich passt ganz gut: schnell, kräftig, mutig, übermütig.«
Mary Mayer und ich müssen lachen und bestätigen das gern. Ich denke keinen Moment mehr daran, mich zu verdrücken, die Stimmung ist jetzt locker und gelöst – was möglicherweise auch am ausgiebigen Weinkonsum liegt.
Und irgendwann platze ich mit meinem kleinen Geheimnis heraus und sage zu Mary Mayer: »Wissen Sie, was die letzten Worte meiner Mutter waren?«
Sie schüttelt den Kopf und schaut mich neugierig an.
»Mary Mayer.«
»Was – Mary Mayer? Wie meinen Sie das?«
»Mary Mayer«, wiederhole ich.
Jetzt habe ich ihre volle Aufmerksamkeit, und verblüfft fragt sie: »Aber weshalb? Hat ihr meine Sendung so imponiert?«
Ich erzähle Mary Mayer alles, bin aufgewühlt und spüre auch wieder die Mischung aus Trauer und Wut, die mich überkommt, wenn ich daran denke, was mir meine Mutter kurz vor ihrem Tod offenbart hat.
»Sie wollte wohl, dass ich zu Ihnen komme und mir von Ihnen bei der Suche nach meinen leiblichen Eltern helfen lasse. Aber das wollte ich nicht. Ich hätte lieber ein paar andere letzte Worte von meiner Mutter gehört«, schließe ich.
Nun mischt sich Herr Rösti ein und gibt wieder einmal ein Nietzsche-Zitat zum Besten: »Welches Kind hätte nicht Grund, über seine Eltern zu weinen?« Und dann meint er: »Sind das nicht zu hohe Erwartungen an die Sterbenden, dass sie uns

auch noch wichtige Worte mit auf den Weg geben sollen? Wenn ich sterbe, dann hoffe ich, dass ich alles Wichtige schon vorher gesagt habe und mich in Ruhe mit meinem Ableben beschäftigen darf. Erwartet also bloß nicht irgendwelche sinnigen letzten Worte von mir. Möglicherweise werde ich einfach nur jammern oder mich ängstigen.«
»Sie haben Angst vor dem Sterben?«, frage ich, aufrichtig verwundert. Herr Rösti hat sich noch nie so geäußert.
»Na ja, ein Spaziergang wird das wohl nicht«, meint er. »Und die letzte Reise ist doch eine große Nummer, nicht wahr? Da darf man sich schon ein wenig ängstigen.«
Ich spüre, wie meine Augen feucht werden, und ich drücke kurz seine Hand.
Fast wäre uns entgangen, wie blass Mary Mayer geworden ist. Sie wühlt in ihrer roten Handtasche, wo sie schließlich eine goldene Tablettendose findet. Sie nimmt zwei weiße Pillen und spült sie mit einem Schluck Rotwein herunter.
»Alles gut, alles gut …«, sagt sie, »fast jedenfalls – irgendwas schlägt mir auf den Magen. Ich glaube, ich gehe besser heim und lege mich hin.«
Herr Rösti schlägt ihr vor, Flurin Caprez kommen zu lassen.
»Nein, nein, wie gesagt, alles gut … Keine Aufregung, bloß nicht!«
Mary Mayer verspricht, sich morgen wieder zu melden, und huscht nach einem kühlen Händedruck davon.
»Eigenartig …«, brummelt Rösti.
Und ich muss ihm recht geben. Vielleicht ist sie nicht so gesund und munter, wie es scheint. Wir wissen ja eigentlich nichts über sie.
»Wir hatten einmal eine sehr kurze, heftige Affäre«, flüstert Reto Rösti dann. Darum fühle er sich mit ihr noch immer irgendwie verbunden.

Ich bin erstaunt, und das sieht man mir wohl an.
»Ja, ja, es war während meiner Ehe mit Käthy«, erklärt der alte Herr. »Und ich bin nicht stolz darauf. Ich habe es schnell wieder beendet. Wegen Käthy. Aber sie ist schon eine tolle Frau. Und eine sehr verletzte Seele – irgendwie. Es war eine tiefe Traurigkeit in ihr. Aber auch Leidenschaft und Feuer, ja, viel Feuer, das auch.«
Ich wehre ab: »Keine Details!« So viel will ich gar nicht wissen. Reto Rösti war außerehelich verliebt? Wer hätte das gedacht. Aber Mary Mayer ist tatsächlich faszinierend. Und ich glaube, Rösti findet sie auch heute noch attraktiv und begehrenswert. Ich bin ja auch ihrem Charme erlegen, sonst hätte ich ihr niemals mein Geheimnis anvertraut. Ich wollte doch nie darüber reden, mit niemandem, schon gar nicht mit ihr.

Reto Rösti und ich sitzen dann noch eine Stumpenlänge auf dem Balkon. Er hängt seinen Gedanken nach und redet gar nichts. Das ist außergewöhnlich. Aber ich schweige mit und betrachte ausgiebig die Sterne. Eine nächtliche Idylle, nur ab und zu unterbrochen vom Husten meines Patienten.
»Die Schmerzen nehmen wieder zu«, sagt er leise.
Ich verspreche ihm, mit Dr. Caprez über die Medikation zu sprechen.
Herr Rösti winkt ab: »Ich will nicht völlig beduselt sein und nur noch erbrechen müssen. Aber zum Schlafen hätte ich gern etwas.«
Ich gebe ihm ein paar schmerzstillende Tropfen, die ihn sicher gut schlafen lassen. Aber ich bin besorgt. Er hat sich jetzt doch lange gut gehalten, und irgendwie erwarte ich immer den Anfang vom Ende.
Noch will Reto Rösti allerdings leben.

19 LEJ DA STAZ

Als Christian Jott Jenny am nächsten Tag zu Besuch kommt, kontrolliert er die Löffelliste seines Patenonkels.

»Ihr habt ja schon viel erledigt«, sagt er anerkennend und meint dann, den Besuch am Stazersee müsste man doch auch noch organisieren können.

Ich halte dagegen: »Da ist überall Fahrverbot. Und gehen kann Herr Rösti nicht mehr so weit.«

»Wir fahren. Ist zwar illegal, aber ich bin schließlich der Gemeindepräsident. Also eigentlich der Sheriff.« Christian lacht sein ansteckendes Lachen und meint dann: »Lasst mich nur machen. Morgen fahren wir ganz früh los. Ich hole euch um sieben vor dem Hotel ab.«

Reto Rösti interveniert: »Lieber eigentlich noch etwas früher, denn in der aufgehenden Sonne ist der See magisch. Drum steht ja auf der Löffelliste: Stazersee, am frühen Morgen.«

»Da haben Sie wohl recht«, sage ich.

»Wenn ihr meint …« Christian zeigt wenig Begeisterung über die Aussicht, noch früher als gedacht aufstehen zu müssen.

»Meinen wir«, kommt die Antwort im Kanon.

Herr Rösti freut sich auf das Abenteuer. In seinem Zustand noch in der Lage zu sein, etwas Verbotenes zu tun, sei ein besonderes Geschenk.

Den heutigen Tag akzeptiert er als Ruhetag. Er hat ihn nötig. Sein Husten ist schlimmer geworden. Seine Atemnot auch. Wir haben die Medikamente angepasst, viel hilft es nicht. Mein Patient ist extrem müde und liegt einfach nur still da. Nicht einmal etwas vorlesen lassen will er sich.

Ich weiß nicht, ob er morgen wirklich zum Stazersee fahren kann und will.
Er kann.
Und er will.

Am nächsten Tag klingelt der Wecker ganz früh. Ich helfe Herrn Rösti beim Ankleiden und achte darauf, dass er warm angezogen ist. Christian steht pünktlich in der Lobby und führt uns dann zu seinem Auto. Ein unmögliches Auto. Hier, wo jeder ein möglichst luxuriöses Fahrzeug zeigen will, chauffiert er einen alten Fiat Panda. Auf dem Dach ist ein riesiger Korb installiert. Es sieht fast so aus, als würde der Gemeindepräsident im Nebenamt noch für den Bäcker Brot ausfahren. Christian fällt eh schon auf wie ein bunter Hund. Mit diesem Auto wissen nun alle im Dorf jederzeit, wo er gerade ist. Ich muss lächeln. Was für ein Exot! Aber wäre er heute nicht besser mit einem unauffälligeren Auto gekommen?
Ich verkneife mir die Frage.
Wir fahren via Schießstand, die Via Dimlej, vorbei am Landgasthof Meierei zum Lej da Staz, dem Stazersee. Nur ein paar Jogger begegnen uns, Laufgruppen, die hier im Sommer ihr Höhentraining absolvieren. Zwei Frauen mit Hunden grüßen und lassen uns passieren. Warum sich niemand darüber aufregt, dass wir das Fahrverbot missachten, kann ich mir nur damit erklären, dass alle wissen, wer am Steuer unseres Vehikels sitzt.
Als wir angekommen und ausgestiegen sind, macht Herr Rösti einen tiefen Seufzer und sagt wehmütig: »Hier habe ich Käthy den Heiratsantrag gemacht. Danke, danke, danke, dass ich nochmals hierherkommen kann!«
Sie seien oft frühmorgens hierherspaziert, hätten einen Kaffee getrunken, und wenn der große Rummel eingesetzt habe, die

Radfahrer gekommen seien, die Wanderer, die Kutschen, die Hunde, hätten sie sich wieder auf den Rückweg gemacht.
Und es stimmt – die Stimmung ist magisch. Christian holt aus dem Korb auf dem Autodach einen alten Klappstuhl, und wir gehen langsam hinaus auf den Steg. Ganz vorne angekommen, platziert er den Stuhl, und Reto Rösti setzt sich. Nun holt Christian aus seinem Rucksack drei Becher und füllt sie mit Kaffee. Dann zaubert er frische Gipfeli hervor. Er hat an alles gedacht. Herr Rösti nimmt es dankbar entgegen.
Wir geben ihm nun Zeit und Raum für seine Erinnerungen und Gefühle und lassen ihn allein, gehen zurück ans Ufer und setzen uns auf eine Bank. Der Platz ist die pure Idylle. Im See spiegeln sich Berge und Bäume und eindrückliche Wolkengebilde am ansonsten stahlblauen Himmel. Das Bild – mit dem sitzenden Rösti auf dem Steg – muss ich unbedingt festhalten. Ich mache ein paar Fotos. Christian fotografiert auch.
»Man müsste das malen«, sage ich.
Christian nickt und meint: »Dieses Motiv und das Licht hätten Segantini gefallen.«
Wir sind beide berührt von der besonderen Magie des Moments. Reto Rösti ist total versunken in die Schönheit der Umgebung. Sitzt still und unbeweglich da. Bestimmt tief abgetaucht in Erinnerungen. Wir schweigen. Wir teilen den großen Moment mit dem alten, todkranken Mann.
Aber dann ist es vorbei mit der stillen Idylle. Wir hatten uns gerade so schön darin eingelullt.
Es rumpelt ein bisschen, und Reto Rösti fällt mitsamt seinem Stuhl vom Steg ins Wasser. Einfach so. Wir haben keine Ahnung, wie es passieren konnte, und das ist ja letztlich auch egal.
Wir schauen uns kurz an, Christian und ich, und rennen dann los. Beide. Stolpern im Laufen irgendwie aus den Schuhen und ziehen gleichzeitig unsere Jacken aus. Das Wasser ist eiskalt,

und obwohl ich das sehr wohl und schmerzvoll wahrnehme, bremst es mich keine Sekunde. Ich schwimme los und rufe nach Rösti. Kann er überhaupt schwimmen? Wahrscheinlich schon. Trotzdem schwadert er voller Panik im Wasser, hustet, prustet und schreit um Hilfe. Schnell sind wir bei ihm. Christian packt ihn rechts, ich links, und so schwimmen wir zum Ufer zurück. Was bin ich froh, dass der Steg nicht so weit ins Wasser reicht.

Herr Rösti spuckt Wasser, keucht, kommt aus dem Husten gar nicht mehr raus.

Wir alle frieren.

Einen Moment stehen wir da und versuchen, den Schrecken zu verarbeiten, müssen zuerst einmal durchatmen.

Und dann, dann verstummt Herrn Röstis Husten mit einem Mal, und er lacht laut drauflos. Er kriegt sich fast nicht mehr ein.

»Ich war gerade mit dem Gedanken beschäftigt, dass ich genau hier meine Asche verstreut haben möchte – hahaha – und ihr danach eine kleine Abschiedsfeier abhalten sollt mit anschließendem Whiskyfrühstück im Hotel Waldhaus am See«, keucht er, »und zack bricht der alte Stuhl zusammen, und ich lande jetzt schon im See. Hahaha – als könnte ich es nicht erwarten …«

Sein Lachen ist ansteckend. Und so stehen wir am Ufer dieses wunderschönen Sees, triefend nass und schlotternd – drei begossene Pudel, die nicht aufhören können zu lachen.

»Und habt ihr meine Panik gesehen, meine Schreie gehört?«, prustet Herr Rösti. »Als müsste ich nicht ohnehin vielleicht schon morgen sterben.«

Christian tut so, als würde er einen Fisch aus Röstis Hosentasche ziehen, was uns eine erneute Lachsalve beschert. Die Situation ist völlig schräg und unser Lachen viel zu laut.

Der Schrecken steckt uns in allen Knochen.

Endlich fasse ich einen klaren Gedanken und befehle: »Wir müssen sofort ins Hotel zurück, sonst holt sich Herr Rösti noch den Tod.«

Worauf Rösti einen weiteren Lachanfall bekommt.

Er prustet: »Ich hole mir den Tod – hahaha – das ist ja witzig – als müsste ich ihn mir holen – hahaha – er steht doch längst auf der Matte ...« Übrigens habe Nietzsche auch dafür ein Zitat: »Was mich nicht umbringt, macht mich stärker.«

Dann werden wir alle still und gehen schweigend zum Auto.

Bevor wir wegfahren, sagt Herr Rösti leise: »Ich danke euch. Das war ein guter Morgen. Ein gelungener Ausflug. Mit euch kann man wirklich noch etwas erleben. Ich habe mich verabschiedet. Von allem. Ein zauberhafter Ort.«

Wir fahren also heim. Christian und ich pitschnass. Herrn Rösti hat Christian mit meiner Hilfe aus seiner nassen Hose geschält, ihm die Jacke, den Pullover und das Unterhemd ausgezogen und ihn dann in eine alte Wolldecke gewickelt, die im Kofferraum lag. Im Hotel ziehen wir ihm sofort trockene Kleider an, und er kriecht ins Bett.

Leider scheint unser Ausflug an den Stazersee wirklich der Anfang vom Ende zu sein.

»Ich mag nicht mehr«, sagt Reto Rösti am Abend. »Ich habe beschlossen, ich stehe nicht mehr auf. Ich sterbe jetzt.«

Innerlich muss ich ein wenig lächeln. Viele denken ja, sie könnten ihr Sterben einfach so selbst bestimmen. Natürlich kann man es beschleunigen, wenn man aufhört, zu essen und zu trinken, alle medizinischen Behandlungen absetzt. Aber so einfach ist es dann halt doch nicht.

»Setzen Sie sich zu mir, Schwester Karin«, bittet mein Patient. »Ich werde Ihnen jetzt doch letzte Worte mit auf den Weg

geben. Also hören Sie gut zu: Sie werden nie mehr – nie mehr – auf ein Dach steigen, um runterzuspringen! Nie mehr! Weil Sie vom guten alten Reto Rösti gelernt haben, dass sich das Leben lohnt. Neue Perspektiven warten gleich um die Ecke oder vielleicht eben irgendwo in den Bergen. Ich werde nicht mehr da sein, um sie Ihnen zu zeigen. Aber Sie sind – mit Verlaub – alt genug, sich selbst auf die Suche zu machen, wenn es Ihnen wieder einmal richtig schlecht geht.« Er holt Atem und wiederholt dann: »Sie werden nie mehr auf ein Dach steigen! Könnten Sie das wiederholen, nur damit ich sichergehen kann, dass ich mich deutlich genug ausgedrückt habe?«
Unter Tränen wiederhole ich: »Ich werde nie mehr auf ein Dach steigen. Das wird in Zukunft mein Mantra sein. Danke, Herr Rösti. Danke. Danke für so vieles!« Natürlich sage ich ihm dann auch, dass er trotz seiner letzten Worte an mich noch nicht sterben müsse, bitte. Das habe keine Eile. Ich rede auf ihn ein, wiederhole mich: »Letzte Worte verpflichten nicht zum Sterben. Das ist wie bei den Abschiedstourneen der alternden Rockstars. Die können problemlos jedes Jahr eine Abschiedstournee machen. Wieder und wieder. Das nimmt ihnen keiner übel.«
Herr Rösti erklärt, dass er gern noch eine Weile leben und mit uns weiteren Unfug treiben würde. Die Schmerzen würden allerdings stärker. Vor allem im Rücken. Das Schlimmste aber sei die Atemnot, die jetzt doch häufiger auftrete und ihm Angst mache.
»Muss ich am Ende ersticken?«, fragt er besorgt.
»Nein!«, sage ich klar und bin mir doch nicht ganz sicher.
»Ich danke Ihnen – für das große Geschenk, dass ich hier oben sterben darf.«
»Und ich danke Ihnen, dass Sie mir so viel zurückgegeben haben. Den Lebensmut, den Lebenswillen, die Lebenslust.«

Reto Rösti lächelt.
»Dann sind wir ja quitt. Das ist gut. Wir sind also quitt. – Schön, schön, schön …«
Dann erklärt mein Patient, dass ich seinen Sohn Mark über seinen Zustand informieren solle.
»Sie möchten ihm auch noch letzte Worte mit auf den Weg geben?«, frage ich. Die beiden haben sich also doch wieder gefunden. Wie schön!
Herr Rösti schüttelt allerdings unwillig den Kopf und antwortet reichlich ungnädig: »Nein. Ich will nur sichergehen, dass er sich um Leah kümmert und nicht wieder den Schwanz einzieht und verschwindet.«
Auch Mary Mayer müsse Bescheid wissen. Die sei ja neulich einfach so verschwunden. Irgendetwas stimme da nicht.
»Bitte kümmern Sie sich darum!«
Ich nicke alles ab.
Der arme Herr Rösti schlottert jetzt, und ich bringe ihm eine zusätzliche Decke, lege sie liebevoll über seine bisherige.
»Und bitte Leah anrufen«, flüstert er.
Dann schläft er ein.
Er wird sicher ordentlich enttäuscht sein, wenn er am Morgen wieder aufwacht. Sterben ist nun mal keine leichte Disziplin.

Natürlich informiere ich das ganze Team Rösti von seinem Wunsch, jetzt und sogleich abzuleben. Zuerst führe ich ein längeres Gespräch mit Flurin, um mich mit ihm über das weitere Vorgehen abzusprechen. Später sitzen wir alle zusammen an Reto Röstis großem Glastisch: Christian Jott Jenny, Flurin Caprez, Leah und ich. Irgendwann kommt Mary Mayer dazu. Und Mark ist auch schon unterwegs nach St. Moritz.
Flurin übernimmt die Nachtwache und erklärt, ich könne schlafen gehen.

»Wir müssen uns jetzt ein wenig organisieren und unsere Kräfte einteilen«, meint er.
Ja, das glaube ich auch.
Mary Mayer lädt mich zu einem Drink in der Bar ein. Warum auch nicht? Ich bin überhaupt nicht müde.
Wir trinken einen Whisky, zu Ehren von Herrn Rösti.
Mary Mayer schüttelt sich, als das Getränk sich durch ihre Speiseröhre brennt, und meint dann: »Puh, dieses hochprozentige Zeugs! Eigentlich trinke ich ja lieber Softdrinks in schönen Farben, mit klickernden Eiswürfeln und bunten Schirmchen.«
Ich lächle. Das kenne ich.
»Geht es Ihnen gut?«, frage ich Mary Mayer und erkläre, Reto Rösti habe das wissen wollen. »Er machte sich Sorgen, weil Sie neulich so schnell gehen mussten.«
Sie schaut mich überrascht an, sogar leicht erschrocken, wie mir scheint, und beteuert: »Alles ist gut.«
»Die Tabletten?«, frage ich nach.
»Ach, ich nehme so pflanzliches Zeug, wenn ich mich etwas aufrege. Ich bilde mir ein, mein Herz flattere ab und zu. Das wurde aber alles abgeklärt, und daher weiß ich, ich habe ein extrem gesundes Herz.«
Ob das wohl stimmt?
Sie wechselt schnell das Thema und redet über Herrn Rösti und seine Gesundheit. Und dann fängt sie an, mich über alles Mögliche und Unmögliche auszufragen. Sogar mein Geburtsdatum will sie wissen. Mir geht das ein wenig zu weit.
Mary Mayer scheint das zu spüren: »Ach, diese Neugierde ist vielleicht noch von meinem Job zurückgeblieben, entschuldigen Sie.« Dann wird sie melancholisch und beginnt von ihrer Mutter zu sprechen: »Meine Mutter war nie besonders warmherzig, liebevoll und großzügig. Aber sie war da. Immer. Und

dann war sie plötzlich weg. Ich vermisse sie.« Mary Mayer tupft sich eine Träne aus dem Augenwinkel. »Heute noch erlebe ich ab und zu Dinge und denke spontan: Das muss ich meiner Mutter erzählen! Oder: Was würde wohl meine Mutter darüber denken? Um mich dann im gleichen Moment zu erinnern, dass ich ja gar keine Mutter mehr habe.«
»Dieses Gefühl kenne ich«, sage ich und nicke. »Manchmal habe ich schon fast mein Handy in der Hand, bis ich realisiere, dass ich sie nicht mehr anrufen kann.«
Mary Mayer schaut mich intensiv an und sagt dann unvermittelt: »Falls Sie sich mal entschließen: Ich würde Ihnen gern helfen, Ihre leibliche Mutter zu finden.«
»Nein«, meine Antwort ist entschieden und kommt schnell, kurz und unmissverständlich.
Vielleicht zu schnell.
»Nein?«
»Nein!«
»Aha«, sagt Mary Mayer nur, sie schaut mich fragend an.
»Sie hat mich zur Adoption freigegeben! Sie will mich doch gar nicht. Sie hat mich sozusagen ausgelagert.«
»Vielleicht denkt sie heute ganz anders, bereut vieles, würde sich über eine neue Chance freuen. Möglicherweise war sie extrem jung oder extrem verzweifelt.«
»Oder einfach nur egoistisch.«
»Wer weiß.«
Mary Mayer steht auf und verabschiedet sich. Sie drückt mir ihre Karte in die Hand.
»Rufen Sie jederzeit an, wenn Reto mich sehen will. Oder wenn Sie mich sehen wollen. Oder wenn er stirbt.«
Sie hält kurz meine Hand.
Ihre ist eiskalt.

20 STERBEN IST KEINE LEICHTE ÜBUNG

Und dann gibt es doch für alle einen neuen Morgen, einen neuen Tag.

Mein Patient ist irgendwie überrascht. »Schwester Karin, sind Sie ein Engel, oder bin ich noch auf Erden?«, fragt er und schüttelt den Kopf.

Reto Rösti nimmt seine Rolle als Sterbender ernst. Nachdem er beschlossen hat, diesen Weg zu gehen, gibt es für ihn kein Zurück.

»Ich mag wirklich nicht mehr!«, sagt er und diktiert mir diverse Wünsche und Anweisungen bezüglich seines Ablebens und seines Abschieds. Und ja, er habe weder Hunger noch Durst, aber eine rauchen, das würde er schon gern. »Zum Beispiel jetzt.«

Rauchen im Bett?

Rauchen im Nichtraucherzimmer?

Ich besorge einen Rollstuhl und fahre ihn auf den Balkon. Während er raucht, schüttle ich schnell seine Bettdecke und das Kissen auf und setze mich dann zu ihm.

In den kommenden Tagen wiederholt sich das. Herr Rösti will das Bett nur noch zum Rauchen verlassen. Wir sitzen dann auf dem Balkon, und er raucht.

Unsere Gespräche werden immer kürzer, leiser.

Es ist alles gesagt.

Meine letzten Worte habe ich schon bekommen. Manchmal bittet er mich, sie zu wiederholen.

Auch seine Rauchzeichen werden kleiner und kürzer.

Als ich ihn frage, ob er einen Priester sehen möchte, lacht er mich aus: »Den Glauben an die Kirche habe ich verloren. Und beten kann ich auch allein, ohne Priester.«
Reto Rösti isst nicht, trinkt nicht, er zieht sein Sterbefasten durch. Er hat immer selbstbestimmt gelebt und will genauso gehen. Allerdings verbraucht ein alter Mann, der nur noch liegt, auch kaum Kalorien.
Reto Rösti mag es, wenn das Radio ganz leise läuft, am liebsten Radio Swiss Jazz. Er liebt es, wenn ich die Lavendel-Duftkerzen anzünde, die Leah mitgebracht hat. Er mag es, wenn Besuch kommt und – so glaube ich jedenfalls zu spüren – wenn dieser nach fünf Minuten wieder geht. Ab und zu friert er, und ich sehe eine Andeutung seines mir so lieb gewordenen Grinsens, wenn ich ihm eine zusätzliche Decke bringe. Manchmal sucht er kurz nach meiner Hand und drückt sie kraftlos. Inzwischen sehen wir es schon an seinen Fingerkuppen, dass er unter chronischem Sauerstoffmangel leidet. Doch sein Atem wird ganz ruhig, wenn Christian für ihn Klavier spielt. Ab und zu kommt sogar der Hotelpianist nach oben und spielt eine leise Melodie.
Leah ist anfangs gar nicht einverstanden, dass wir Reto Rösti nicht künstlich ernähren und ihm, außer dem Morphium, keine Medikamente mehr geben, obwohl wir glauben, dass er eine Lungenentzündung hat. Ich bin froh, dass Flurin sich viel Zeit für sie nimmt und es am Ende immer wieder schafft, ihr Verständnis zu gewinnen. Sooft sie kann, sitzt sie an der Seite ihres Nonnos und befeuchtet mit einem Schwamm liebevoll seine Lippen.
Und dann kommt der Moment, in dem mich Rösti bittet, Mark an sein Bett zu holen.
Ihr Gespräch dauert nicht lange, aber als Mark aus dem Zimmer kommt, sehe ich, dass er geweint hat.

Er sieht mich an, presst kurz die Lippen zusammen und sagt dann: »Lange wird es nicht mehr gehen. Was für ein Glück, dass wir noch reden konnten.«
Und es ist wie so oft – erst wenn etwas geklärt ist, wird das Sterben möglich.

Wir sind alle bei Reto Rösti, als er seinen letzten Atemzug macht. Mark, Leah, Christian, Flurin und ich. Dank den Medikamenten und Flurins kompetenter Betreuung schläft unser Patient ohne Panik und ohne Erstickungsgefühle ein.
Seine allerletzten Worte hat er mehr gehaucht als gesprochen: »Schön, schön, schön …«
Vielleicht hat er da schon eine Welt gesehen, die uns – noch – verborgen bleibt.
Wir öffnen die Fenster.
Wir umarmen uns.
Wir sind traurig.
Aber auch froh darüber, dass er so friedlich gehen konnte.
Christian spielt und singt ganz leise und ohne Pathos:

Irgendwo auf der Welt gibts ein kleines bisschen Glück
Und ich träum davon in jedem Augenblick
Irgendwo auf der Welt gibts ein bisschen Seligkeit
Und ich träum davon schon lange, lange Zeit
Wenn ich wüsst, wo das ist, ging ich in die Welt hinein
Denn ich möcht einmal recht so von Herzen glücklich sein

Irgendwo auf der Welt fängt mein Weg zum Himmel an
Irgendwo, irgendwie, irgendwann
Irgendwo, irgendwie, irgendwann

Wir weinen.
Alle.

Meine professionelle Distanz habe ich längst verloren. Reto Rösti hat mein Herz erobert, mein Leben umgekrempelt.
Ich bin dankbar.
Man solle sich bei einem Verlust immer in die Dankbarkeit flüchten, habe ich schon mehrmals gelesen. Das helfe gegen die Schwere der Trauer.
Ich bin dankbar, dass Reto Rösti so einen guten Tod hatte. In seinem geliebten St. Moritz.
Und ich bin dankbar, dass Reto Rösti vor drei Wochen zur richtigen Zeit am richtigen Ort war – respektive auf dem richtigen Dach.
Danke, Reto Rösti!

Irgendwann stehen wir alle auf dem Balkon. Christian hat ein paar edle Stumpen verteilt, und wir rauchen, schicken ein letztes, riesiges Rauchzeichen für Reto Rösti in den Himmel hinauf. Einige von uns sind zwar mehr am Husten als am Rauchen, was uns dann doch etwas aufheitert und ein paar Lacher auslöst, die uns guttun. Mir fällt ein, wie oft Herr Rösti betont hat, Rauchen sei vielleicht ungesund, aber sehr gesellig. Und man dürfe den Wert dieser Rauchergemeinschaften nicht unterschätzen. Beim Rauchen würden oft die wirklichen Probleme besprochen, die wichtigen Entscheidungen gefällt, die unverzichtbaren Kontakte geknüpft. Es mag ja sein, dass er damit ein ganz klein wenig recht hatte.
Als ich meine Gedanken mit dem Team Rösti teile, meint Leah: »Stimmt. Und wenn man es genau nimmt, ganz genau, dann hat das Rauchen ja auch dein Leben gerettet, Karin. Es dürfte also auf den Zigarrenpackungen nicht nur immer stehen: Rauchen tötet. Rauchen verursacht Krebs. Raucher sterben früher. Auf einigen Packungen müsste auch stehen: Rauchen kann Leben retten!«

Worauf Flurin einwendet: »Ja, auf eine Milliarde Menschen vielleicht einen – also ein total vernachlässigbares Verhältnis. Schlimmer noch als bei der Nachtigallenpastete.«
»Nachtigallenpastete?«, frage ich, weil alle so wissend lachend und ich nicht die geringste Ahnung habe, worum es geht. Das sei ein alter Witz von Reto Rösti gewesen, den er eine Weile jedem erzählt habe, bis ihn keiner mehr hören konnte.
Christian erzählt ihn mir: »Ein Mann kommt in ein Restaurant. Auf der Speisekarte liest er: ›Diese Woche täglich frische, einheimische Nachtigallenpastete.‹ Der Mann lässt den Koch kommen und reklamiert: ›Das ist ja wohl ein Witz, oder? So viele Nachtigallen gibts hier ja gar nicht, dass Sie täglich Nachtigallenpastete anbieten können.‹ Der Koch gibt zu: ›Stimmt. Wir mischen noch etwas Pferd dazu.‹ Der Gast fragt nach: ›Pferd? In welchem Verhältnis?‹ Der Koch: ›Eins zu eins.‹ Der Gast: ›Eins zu eins??? Also eine Hälfte Pferd, eine Hälfte Nachtigallen?‹ Der Koch: ›Nein. Ein Pferd – eine Nachtigall.‹ «
Vielleicht kann ich bei anderer Gelegenheit den Witz lustiger finden. Immerhin verstehe ich jetzt den Zusammenhang.
Flurin nimmt mich zur Seite. »Du machst doch jetzt keine Dummheit? Oder? Und vergiss nicht: Ich wünschte mir, du würdest bei mir arbeiten. Du könntest langsam anfangen, mit fünfzig Prozent, bis du dich ganz erholt hast.«
»Ich überlege es mir.«
»Es ist mir schon klar, du wirst nicht ewig hier in St. Moritz bleiben, aber vielleicht könntest du mir für ein Jahr zusagen? Das würde schon sehr helfen.«
Der Zeitpunkt für diese Entscheidung scheint mir ein wenig verfrüht. Aber ich verstehe, was ihn dazu bewegt, mich genau jetzt damit zu bedrängen.
»Ich habe Reto Rösti versprochen, auf kein Dach mehr zu steigen«, versichere ich Flurin. »Und ich bin nicht mehr die

Frau, die ich war, als ich hier oben ankam. Reto Rösti hat mich verändert.«
»Schön, schön, schön …«, meint er, und wir lachen über seine Rösti-Parodie.
»Lass uns nach der Trauerfeier darüber reden«, bitte ich Flurin nun und mag vorerst nur so viel sagen: »Ich könnte es mir schon vorstellen, eine Weile hierzubleiben.«
Er lächelt und nickt.
Auch Leah will mir unbedingt nochmals bestätigen, dass ich in ihrer Wohnung jederzeit herzlich willkommen sei.
St. Moritz.
Vierhundert Tage Sonnenschein im Jahr – wenn es nach Christian Jott Jenny geht.
Und Menschen, die es gut mit mir meinen.
Licht und Liebe.

21 ANDERS – ABER GUT

Nun habe ich plötzlich sehr viel freie Zeit. Ich habe keinen Patienten mehr, keinen Job, keine Aufgabe. Leah und Mark organisieren alles, was es noch zu erledigen gibt, gemeinsam mit Flurin. Ich gebe nur kurz Bruno Blatter Bescheid, Röstis ehemaligem Nachbarn, den man sicher vergessen würde. Er ist traurig, wird allerdings nicht zur Beerdigung kommen, weil seine Internet-Liebe genau an diesem Tag wieder nach Polen abreisen muss. Wir plaudern ein wenig, und er fragt nach meiner Oldtimerfahrt nach St. Moritz. Nachdem ich ihm versichert habe, dass ich das kostbare Gefährt heil in die Berge gebracht habe, meldet er ernsthaftes Interesse am Kauf des Wagens an. Ich gebe ihm Marks Telefon-

nummer – Herr Rösti hätte sicher Freude, wenn der Jaguar in die sorgsamen Hände seines Nachbarn gehen würde.
Der Moment, an dem der Bestatter Freiberger Reto Rösti abholt, wird noch einmal eine ganz große Sache, ein eindrückliches Spektakel, das Herrn Rösti gefallen hätte. In vielen Institutionen werden Verstorbene ja gern durch den Keller und die hinterste Hintertür aus dem Haus gebracht. Oft sogar in Altersheimen und Spitälern, wo der Tod doch gar kein Tabu sein sollte. Hier ist das anders. Als der Sarg mit Rösti das Badrutt's Palace Hotel verlässt, steht sämtliches Personal, das irgendwie abkömmlich ist, vor dem Hauptportal Spalier. Wir folgen dem Sarg durch die Hotelgänge.
Eine kleine, stille, wunderschöne Prozession.
Und dann ist er weg.
Endgültig.

Ich versuche, zur Ruhe zu kommen, alles zu verarbeiten, meine Gefühle zu ordnen. Doch ich will jetzt nicht traurig in meinem Zimmer hocken, ich muss etwas tun. Unbedingt. Darum beschließe ich, einen weiteren Punkt auf Herrn Röstis Löffelliste abzuhaken.
Ich schnüre gerade meine Wanderschuhe, als jemand an meine Zimmertür klopft.
Es ist Thomas.
Mein Ehemann.
Eine echte Überraschung.
Wir stehen einander etwas unsicher und unbeholfen gegenüber.
»Thomas?«
»Dein Herr Rösti hat mich vor drei Tagen benachrichtigen lassen, dass du dich eventuell freust, wenn ich dich besuche. Ist es in Ordnung, dass ich gekommen bin, Karin?«

»Reto Rösti hat…«, weiter komme ich nicht. Ich breche in Tränen aus.
Was Thomas etwas verunsichert fragen lässt, ob er mich in den Arm nehmen darf.
Ich nicke und erzähle ihm, dass Reto Rösti gestorben ist.
Thomas reicht mir ein Taschentuch, fährt mir tröstend über den Rücken, lässt mich dann los und fragt fürsorglich, ob er mich auf einen Kaffee oder einen Tee oder was auch immer einladen dürfe.
»Lieber nicht, ich wollte gerade wandern gehen.«
»Wandern?«
»Ja, es ist das, was mir in meiner Trauer jetzt wohl gerade am besten hilft.«
Und dann erzähle ich ihm von der Löffelliste und dass ich im Andenken an Reto Rösti gern noch den einen oder anderen Punkt erledigen möchte.
»Darf ich dich begleiten?«
Das hat mir immer so gefallen an Thomas: seine spontane Art. Keine großen Fragen. Sofort mit von der Partie. Leider sind unsere gemeinsamen, spontanen Abenteuer aber viel zu früh zu Raritäten geworden und gingen irgendwann völlig vergessen. Jahrelang haben wir versucht, ein Kind zu bekommen. Dieses Thema nahm immer mehr Raum ein und zerstörte in unserem Zusammenleben alles Spontane. Später, als wir aufgegeben hatten, hingen meine drei Fehlgeburten ständig wie riesige dunkle Wolken im Raum, egal, wie sehr wir uns bemühten, uns auf ein Leben ohne Kinder einzustellen. Ich habe mich dann in meine Arbeit gestürzt. Ich liebte sie ja. Thomas ist diversen Sportvereinen beigetreten, was seinem Job als Treuhänder sogar entgegenkam. Sein Geschäft lief immer besser.
Und wir haben uns verloren.
Leider.

Doch jetzt machen wir uns auf zu einer Wanderung. Gemeinsam. Zuerst fahren wir mit dem Zug Richtung Pontresina.
»Was haben wir eigentlich genau vor?«, möchte Thomas irgendwann dann doch noch wissen.
»Wir machen den Panoramaweg von Muottas Muragl auf die Alp Languard hinüber, eine Lieblingswanderung von Reto Rösti.« Ich tippe kurz auf meinem Handy herum und lese Thomas dann vor: »Hundertsechzig Meter Aufstieg, zweihundertneunzig Meter Abstieg, etwa zweieinhalb Stunden Wanderzeit. Sieben Kilometer. Zuerst fahren wir mit der ältesten Bergbahn des Engadins, einer Standseilbahn, auf 2453 Metern Höhe. Dort soll man schon mal die beste Aussicht auf die Gegend haben. Zudem, heißt es da, könnten wir dort oben Steinböcken begegnen.«
Thomas findet, das klinge nach einer schönen Tour, was mich lächeln lässt.
»Stimmt, das tönt nach einer schönen Tour.«
»Warum lächelst du?«
»Nun, mein Patient hat einmal zu mir gesagt, er erwarte etwas mehr Begeisterung von mir, und ich solle mir ein paar andere Wörter ausdenken als bloß ›schön‹. Da ging es allerdings um Kunst.«
»Okay«, meint Thomas und lacht. »Dann sage ich es anders: Das tönt nach einer aufregenden Tour.«
»Schon besser«, lobe ich und erzähle ihm dann, dass ich im Netz nach Synonymen für »schön« gegoogelt habe. »Dabei war es ja genau Rösti, der ständig ›schön, schön, schön‹ vor sich hin gebrummelt hat.«
Wir beschließen, dass wir heute das Wort schön aus unserem Wortschatz streichen. Thomas geht noch einen Schritt weiter: »Wer zuerst das s-Wort verwendet, zahlt den ersten Imbiss!«

»Einverstanden!«
Es ist eindrücklich, wie nahe wir uns sind und wie locker wir miteinander umgehen können.
Als wir oben stehen, auf Muottas Muragl, mitten in den Livigno-Alpen, müssen wir uns aber offensichtlich beide zusammenreißen, um nicht zu sagen: »Wow, ist das schön hier, einfach wunderschön.«
Was für eine Weitsicht!
So viele Berge und Seen!
»Umwerfend«, sagt Thomas.
»Bezaubernd«, rufe ich aus.
»Sensationell!«
»Liebreizend!«
Und dann, dann umarmen wir uns und bleiben einfach eine Weile in dieser Umarmung stehen. Um uns die ganze Schönheit der Welt. In uns gemischte Gefühle, aber eben auch sehr, sehr wohltuende, vertraute, altbekannte. Fast ein wenig verlegen sind wir, als wir uns wieder loslassen.
Wir gehen zu einer Übersichtstafel, schauen uns die Berge an, die jetzt einen Namen bekommen, studieren die verschiedenen Wanderwege.
Und dann wandern wir los. Ich mag den Weg von Anfang an. Er geht über Stock und Stein, über Geröllfelder, vorbei an bunten Blumen, deren Namen wir beide nicht kennen, die wir aber trotzdem ausgiebig bewundern. Wir überqueren einen Bach, gehen durch Föhrenwälder und haben immer wieder die Berninakette im Blick.
»Entzückend!«, ruft Thomas aus.
Worauf wir albern kichern wie Teenager. Nie im Leben habe ich ihn dieses Wort sagen hören. Entzückend! Aber es passt.
Ist es falsch, dass wir nicht jetzt und hier alles bereden und ausdiskutieren? Müssten wir uns gegenseitig all die Verlet-

zungen und Verfehlungen der letzten Jahre um die Köpfe hauen, um vielleicht noch eine Chance zu haben?
Nein.
Es ist wie ein stilles Einverständnis: Nicht jetzt und nicht hier.
Wir wandern.
Die Anstrengung tut gut.
Genau wie die Ruhe.
Beim Restaurant Unterer Schafberg meint Thomas dann laut und deutlich: »In diesem schönen Lokal müssen wir unbedingt einen schönen Halt machen.«
Womit er also die Rechnung übernehmen wird.
Der »Untere Schafberg« ist eine einfache Gaststätte mit einer großen Terrasse. Wir essen Bündner Gerstensuppe und halten unsere Gesichter in die Sonne. Es ist gar nicht so, als würden wir uns anschweigen. Es ist nur einfach gut, so wie es gerade ist.
Anschließend müssen wir noch etwas bergauf wandern, zur Alp Languard, wo wir im Bergrestaurant mit Blick auf den Piz Palü Apfelkuchen essen.
Wir reden darüber, dass wir keinen einzigen Steinbock gesehen haben, obwohl hier fast zweitausend Stück leben sollen. Nur gerade zwei kugelrunde Murmeltiere sind uns begegnet – immerhin –, über die wir uns entsprechend gefreut haben.
Und dann ist es so weit, wir kommen nun doch nicht darum herum, über uns zu reden.
»Bist du sehr traurig?«, fragt Thomas.
»Du meinst wegen Reto Rösti? Es geht. Er wollte ja sterben. Und er konnte gut sterben. Aber er war halt schon ein sehr liebenswerter, spannender und empathischer Mensch.«
Jetzt fragt Thomas nach meinen Plänen: »Kommst du wieder nach Hause?«
»Ich weiß es nicht.«

Stille.
Sehr laute Stille.
Und dann erzähle ich ihm alles. Auch vom Spitaldach. Es ist der richtige Zeitpunkt dafür, mir alles von der Seele zu reden. Ich habe Thomas noch nie so erschüttert gesehen.
»Schau, Thomas, ich habe mich gerade wieder gefangen, habe wieder Boden unter den Füßen. Ich gesunde. Aber ich glaube, es würde mir guttun, noch eine Weile hierzubleiben. Ich könnte im Spital von Dr. Caprez arbeiten. Für ein Jahr.«
»Ein Jahr ist lang.«
»Ja, das stimmt.«
»Aber wenn du das Jahr brauchst: Mach es. Wir haben unsere Beziehung in den Sand gesetzt. Wir haben Fehler gemacht. Karin, ich vermisse dich. Sehr sogar. Ja, ich liebe dich noch immer und wünsche mir, dass du wieder heimkommst. Wenn du Zeit brauchst, ist das okay. Das halte ich aus.«
Er liebt mich noch. Liebe ich ihn noch?
Ich horche tief in mich hinein und realisiere, dass mir beim Gedanken, mich von ihm zu trennen, die Tränen kommen.
Ein Neuanfang?
Warum nicht?
Die Frage ist nur: Können wir uns verzeihen? Kann er mir verzeihen? Thomas hat Eberle bis jetzt mit keinem Wort erwähnt.
»Thomas, wenn es einen Neuanfang geben soll, geht das nur, wenn du die Sache mit Eberle irgendwie vergessen kannst.«
»Eberle? Karin, wer ist das?«
Er nimmt mich in den Arm und sagt: »Den kann ich gut vergessen, erst recht, nachdem du mir erzählt hast, was für ein mieser Typ er ist. Und dass du ihm eine geschmiert hast, macht das Vergessen noch leichter. Es ist okay, und irgendwie verstehe ich auch, dass du Gefühle für einen Mann entwickelt

hast, der dich – wenn auch wegen einer miesen Wette – umworben hat.«

»Dann ist dieses Thema für immer erledigt?«

»Absolut. Alles andere wäre zu viel der Ehre für ... wie heißt er schon wieder?«

Jetzt muss ich lachen und frage mich gleichzeitig: Könnte ich an seiner Stelle auch so reagieren?

Thomas überlegt gerade laut, ob es nicht vielleicht Zeit dafür wäre, sein Arbeitspensum zu überdenken. Er könnte es, wenn er es genau nehme, nämlich gut auf achtzig Prozent reduzieren und mich ab und zu besuchen kommen.

»Natürlich nur, wenn du das möchtest.«

Das sind interessante Ideen, und dass Thomas so etwas überhaupt in Erwägung zieht, beeindruckt mich sehr. Wir haben uns beide verändert.

Er nimmt meine Hand, drückt sie und sagt: »Alles wird gut. Anders. Aber gut.«

Ich halte mich am »anders« fest. Gut, wenn Thomas das so sieht. In unser altes Leben will ich nämlich nicht zurück. Doch ich würde uns gern noch eine Chance geben und Thomas in meinem neuen Leben einen Platz anbieten. Einen besonderen Platz.

Eine Stunde später steigen wir in den schon etwas in die Jahre gekommenen Sessellift, der uns hinunter nach Pontresina bringt. Ich fürchte mich ein wenig, und Thomas lacht mich aus, klammert sich allerdings selber irgendwo fest. Etwas weiter unten macht der Sessellift eine extreme Kurve. Unglaublich! So etwas habe ich noch nie erlebt. Es rattert und schüttelt. Ich frage mich, ob unser Sessel diese Kurve wirklich schaffen kann, beruhige mich aber mit dem Gedanken, wie alt die Bahn ist. Die Kurve ist jahrzehntelang erprobt, und es ist anscheinend möglich, sie zu passieren, ohne dass die Sessel abstürzen.

Auf der Heimfahrt im Zug google ich und berichte Thomas: »Die 32,5-Grad-Ablenkung – der vorhin überlebten Kurve – sei in Europa einzigartig. Außerdem ist ein Neubau dieser Bahn in Planung.« Ich fasse zusammen: »Wir kamen also in den Genuss einer Sesselbahnkurve, die bereits vom Aussterben bedroht ist.«
Thomas lächelt. Ansonsten ist er schweigsam und nachdenklich, aber ich habe trotzdem ein gutes Gefühl. Vorsichtig bette ich meinen Kopf an seine Schulter, worauf er den Arm um meine legt.
Es wird anders – aber es wird gut.

Am Abend, das war so abgemacht, treffen wir uns in der Hotelbar. Leah, Mark, Flurin und ich. Sie staunen im ersten Augenblick, als ich in Begleitung komme. Ich stelle ihnen Thomas vor, und er fügt sich problemlos in unsere Runde ein.
Vor dem Einschlafen telefoniere ich noch mit Rita, erzähle ihr, dass Reto Rösti gestorben ist und mir ein letztes Geschenk gemacht hat, indem er Thomas bat, nach St. Moritz zu kommen. Ich erzähle ihr von unserer Wanderung, und es freut sie, zu hören, dass wir uns einen Neuanfang vorstellen können.
Dann erzählt sie: »Ich habe mit meiner Chefin gesprochen. Sie würde dich praktisch blind engagieren, wenn du dich verpflichten könntest, mindestens ein Jahr lang für unsere Organisation tätig zu sein. Wir haben Arbeit genug. Geld weniger. Aber wir müssen nicht heute darüber sprechen. Trotzdem: Stell dir vor: Du, bei mir in Burkina Faso!?!«
Gerade noch kam es mir schon reichlich abenteuerlich vor, auf einem Sessellift mit Kurve zu fahren. Oder in St. Moritz eine Stelle anzunehmen. Brauche ich wirklich noch mehr Abenteuer?

»Rita, danke für die Idee, aber ich würde mir vorkommen, als würde ich wegrennen. Erneut. Und viel weiter als nur nach St. Moritz. Aber wer weiß, vielleicht kommst du mich mal hier besuchen.«
»Ganz ehrlich? Eine Auszeit würde mir guttun und etwas Luxus auch. Also warum nicht?«
Ich weiß, dass sie beim Wort Luxus nicht an das Badrutt's Palace Hotel denkt, sondern einfach nur an fließendes Wasser, eine verlässliche Stromleitung, ein eigenes Badezimmer. Ich weiß aber auch, dass sie der ganze Überfluss hier auch schockieren würde.
Zwischen der Ersten und der Dritten Welt liegen Welten.

22 ZEHN BRIEFE

Thomas, der in einem nahen Hotel wohnt, kommt zum Frühstück ins »Badrutt's«.
»Hast du gut geschlafen?«, begrüße ich ihn, als wir uns zum abgemachten Zeitpunkt in der Lobby treffen.
Er nickt und meint dann: »Ganz ehrlich, ich war gestern etwas enttäuscht, als wir uns entschieden haben, dass ich nicht bei dir übernachte. Heute bin ich froh, dass wir uns Zeit nehmen. Beim zweiten Anlauf sollten wir uns wirklich Mühe geben, alles richtig zu machen.«
Er nimmt mich in den Arm, und ich schmiege mich an ihn. Das fühlt sich so gut an wie schon sehr lange nicht mehr. Dann führe ich Thomas in den Frühstücksraum, und er kann sich fast nicht von seiner Begeisterung erholen.
»Wie im Königshaus!«, sagt er. »Und diese Aussicht auf den See!« Die Harfenspielerin macht ihn sprachlos. »Das ist doch

alles nicht von dieser Welt!«, flüstert er. Das Buffet haut ihn um. »Ich glaube, ich ziehe doch hier ein«, sagt er und zwinkert mir zu.
Ich lache, weil ich weiß, er wäre der Erste, der nach einer Woche gar nicht mehr zum Frühstück käme, weil er merken würde, dass seine Hosen etwas eng geworden sind. Nein, Thomas ist eigentlich nicht eitel, aber konsequent. Darum sieht er auch so gut aus, schlank und sportlich, und dies, obwohl er doch meist am Schreibtisch sitzt.
Mary Mayer schickt mir eine Nachricht.
Sie müsse mich dringend sprechen. Gern noch heute Morgen. Unter vier Augen. Ob ich sie um zehn in der Lobby treffen könne.
»Was will sie von dir? Hast du ihr jetzt doch den Auftrag gegeben, deine Mutter zu suchen?«, fragt Thomas verwundert.
Natürlich weiß er schon lange von meiner Geschichte und auch, dass sich die beiden letzten Worte meiner Mutter hier oben personifiziert haben.
»Nein, ganz bestimmt habe ich ihr keinen Auftrag erteilt. Es ist, wie es ist, und ich kann damit leben.«
Thomas lächelt. Ich weiß, was er denkt. Er ist überzeugt davon, dass ich irgendwann nach meiner leiblichen Mutter suchen werde. Er fand immer, das sei völlig normal. Man sei doch einfach neugierig auf seine Wurzeln, und man brauche Antworten. Da sei ich ganz bestimmt keine Ausnahme.
»Nein«, versichere ich deshalb nochmals.
»Vielleicht hat sie trotzdem zu recherchieren begonnen«, mutmaßt er.
»Das glaube ich nicht, dazu fehlen ihr jetzt, wo sie pensioniert ist, ja sicher die Möglichkeiten.«
»Du meinst die Redaktion? Sie hat sicher immer noch einen guten Draht zu ihren ehemaligen Mitarbeiterinnen und Mit-

arbeitern.« Er erklärt, dass er sich freuen würde, die Frau auch einmal kennen zu lernen, und meint dann: »Aber das eilt ja nicht. Triff du dich jetzt mit ihr. Ich werde unterdessen hier auf dich warten.«

Das Treffen mit Mary Mayer macht mich nervös. Ich stehe am Haupteingang, als sie kommt. Ich sehe, wie sie alle Blicke auf sich zieht, obwohl sie sehr dezent gekleidet ist – für ihre Verhältnisse. Sie begrüßt mich herzlich, wir gehen in die Hotelhalle, setzen uns und bestellen Kaffee. Wir sind beide überhaupt nicht locker heute.

Wir üben uns ein bisschen in Small Talk, aber schon ziemlich bald platze ich mit der Frage heraus, die mir auf der Zunge liegt: »Sie haben doch nicht nach meiner Mutter gesucht?«

»Nein, das brauchte ich nicht. Ich habe sie auch so gefunden«, sagt sie und fährt sich nervös durch die Haare.

»Was … wie bitte … warum denn?«, stammle ich.

Langsam und vorsichtig holt sie aus ihrer übergroßen gelben Handtasche ein wunderschön gearbeitetes, silbernes Kästchen und drückt es mir in die Hände. Eine richtige Schatztruhe! Das Kästchen sieht aus, als müsste sein Inhalt von großer Bedeutung sein. Und Mary Mayer so, als würde in der Kiste eine Bombe ticken. Man kann die Spannung, die in der Luft liegt, förmlich mit Händen greifen.

Das Kästchen fühlt sich kühl an, ich lege es auf meinen Schoß und schaue Mary Mayer einfach nur fragend an.

Sie druckst herum, und dann, dann lässt sie die Bombe höchstpersönlich hochgehen.

»Liebe Karin, ich bin deine Mutter«, sagt sie ruhig und beginnt dann zu weinen.

Ich bin fassungslos. Sprachlos. Spüre, wie meine Gesichtszüge entgleisen. Mit zittrigen Händen lege ich das Kästchen so

schnell vor mich auf den Tisch, als könnte ich mir daran die Finger verbrennen. Am liebsten möchte ich aufstehen und davonrennen, aber ich bin wie gelähmt. Mein Herz hämmert wie verrückt.
Mary Mayer gibt mir Zeit, mich zu sammeln.
Leise fragt sie: »Darf ich erzählen? Wirst du mir zuhören?«
Ich nicke. Ich kann jetzt sowieso nicht reden.
»Ich machte eine kaufmännische Lehre in einer Großmetzgerei, die meinem Onkel gehörte. Aber ich hatte immer Träume. Große Träume. Ich wollte Schauspielerin werden. Und obwohl alle mich nur ausgelacht haben, hielt ich an meinen Träumen fest. Nach der Ausbildung fand ich eine Anstellung als Sekretärin beim Schweizer Fernsehen. In dieser Position arbeitete ich auch immer wieder am Empfang und sah viele prominente Menschen ein und aus gehen.«
Die Frau, die behauptet, meine Mutter zu sein, macht eine kleine Pause, wartet vielleicht auf eine Reaktion. Ich starre sie ausdruckslos an, in meinem Kopf ist es leer.
»Und dann kam er, Cédric, ein Franzose«, fährt sie weiter. »Ein Regisseur, der mir nicht nur die große Liebe, sondern gleich auch noch eine große Karriere als Schauspielerin versprach. Er würde mich den richtigen Leuten vorstellen, versicherte er. Und ich war jung und naiv genug, ihm zu glauben. Beides. Dabei wollte er nur mit mir ins Bett.« Mary Mayer holt tief Luft, presst die Lippen zusammen und sagt dann: »Ich wurde schon beim ersten Mal schwanger. Cédric bestand auf einer Abtreibung. Ich bat meine Eltern um Hilfe und Unterstützung, bekam aber weder das eine noch das andere. Für sie war klar, es gibt nur eine Lösung: Abtreibung.«
Mary Mayer stockt, nimmt einen Schluck Kaffee, ihre Hände zittern. Ich bin noch immer unfähig, mich zu rühren, geschweige denn, etwas zu sagen.

Dann redet sie weiter: »Ich habe eine Weile so getan, als wäre ich mit allem einverstanden. Ich musste ja selbst zuerst einmal herausfinden, was ich überhaupt wollte, und verstehen, was da gerade mit mir geschah. Ich stand vollkommen neben mir. Dazu kam der Liebeskummer. Cédric sprach kein Wort mehr von Liebe und auch nicht davon, mich in meinem Wunsch, Schauspielerin zu werden, zu unterstützen. Er machte klar, dass er mich verlasse, auch dann, wenn ich das Baby behalten würde.«

Mary Mayers Worte dringen wie von weither zu mir, und ich versuche, sie zu einem Bild zusammenzusetzen. Doch mein Kopf weigert sich noch immer, zu denken.

»Ich habe dann Reißaus genommen und mich eine Weile bei meiner Brieffreundin im Tessin versteckt«, erzählt Mary Mayer weiter. »Als ich wieder heimkam, war die Frist für eine mögliche Abtreibung abgelaufen. Nun brachten meine Eltern das Thema Adoption auf.« Sie habe sich einreden lassen, als Mutter ohnehin nichts zu taugen und dass sie dem Kind nur schaden würde. Zudem hätten ihre Eltern ihr unmissverständlich zu verstehen gegeben, dass sie von ihnen keinen Rappen Unterstützung bekommen würde und Hilfe bei der Betreuung sowieso nicht. »Dein Vater war inzwischen wieder in Frankreich und hatte nur einen kurzen Abschiedsbrief mit etwas Bargeld zurückgelassen. Das wars. – Du musst wissen: Ich war nicht so, wie Zwanzigjährige heute sind. Ich hatte kein Selbstbewusstsein, kein Selbstwertgefühl. Ich war nur ein armes, verwirrtes Huhn mit ein paar geplatzten Träumen.« Jetzt lächelt sie, doch ihre Mundwinkel zittern.

Ich räuspere mich und mache den Mund auf, doch es kommt kein Ton heraus. Unverwandt schaue ich Mary Mayer an.

Sie erzählt weiter: »Nach der Geburt habe ich mein Baby, also dich, gerade einmal kurz schreien gehört, und dann ist man mit dir verschwunden.« Es sei gewesen, als habe man ihr das Herz aus dem Körper gerissen, und in den kommenden Tagen habe sie nur geweint. »Man versicherte mir mehrmals, mein Kind habe eine großartige Familie gefunden, und irgendwann musste mir das als Trost genügen. So habe ich weitergelebt, weitergemacht. Den Schmerz habe ich tief in mir vergraben, bis ich später eine Therapie gemacht habe, weil er halt doch immer wieder hervorbrach.«

Ich bin noch immer stumm.

Mary Mayer zeigt auf das Kästchen und sagt: »Darin sind zehn Briefe. Von deiner Adoptivmutter an mich, deine leibliche Mutter.«

»Das ist unmöglich!« Endlich habe ich meine Sprache wiedergefunden. »Den Adoptiveltern wird nichts über die Frau erzählt, die ihr Kind weggibt, so viel weiß ich.«

Feindselig starre ich sie an.

Doch sie bleibt ruhig: »Es ist, wie es ist, du wirst es mir glauben, wenn du das Kästchen öffnest. Wie sie mich gefunden hat, hat mir deine Adoptivmutter nicht verraten. Dafür aber, warum sie mir schrieb: Sie war unendlich dankbar für das Baby, das sie von mir bekommen hatte. Darum wollte sie meinen Seelenschmerz etwas lindern und mir versichern, dass es dir gut geht. Was für eine großherzige Geste! Aber dann plötzlich ...«

Mary Mayer ringt einen Moment um Fassung und sagt dann: »Zehn Jahre lang bekam ich an jedem deiner Geburtstage einen Brief. In jedem steckte ein Foto von dir. Im letzten Brief hat sie erklärt, sie höre jetzt damit auf. Sie schrieb, sie würde dir bald sagen, wer deine leibliche Mutter ist, und dann könnest du selber entscheiden, ob du mich kennen lernen willst oder nicht. Ich habe auf ein Lebenszeichen von dir gewartet. Da du dich nie gemeldet hast, dachte ich, du möchtest mich nicht sehen.«

Ich kann noch immer nicht wirklich glauben, was ich da gerade erfahren habe.
Mary Mayer sieht mich lange einfach nur an und sagt dann: »Als du mir von den letzten Worten deiner Mutter erzählt hast, habe ich zu rechnen begonnen.« Sie habe sich das silberne Kästchen nach St. Moritz schicken lassen. Sich die Fotos angesehen, und irgendwann sei sie sich sicher gewesen, dass sie gefunden habe, was sie fünfundvierzig Jahre lang jeden einzelnen Tag vermisst habe. »Dich, meine Tochter.«
Wir schweigen.
Wir starren auf das Kästchen.
»Liebe Karin, alles ist so lange her. Ich bin froh, dass du gute Eltern hattest. Bitte glaub mir, dass ich immer an dich gedacht habe.« Sie schaut mir jetzt direkt in die Augen und wiederholt: »Wirklich jeden verdammten einzelnen Tag. Aber ich verstehe: Es muss ein riesiger Schock für dich sein.«
»Und mein leiblicher Vater, was ist mit ihm?«, flüstere ich.
»Er ist vor etwa zehn Jahren gestorben. Das habe ich einmal mithilfe des Internets entdeckt. Wir hatten keinen Kontakt mehr.«
Komisch, ich habe ja gerade nach ihm gefragt, aber diese Nachricht erschüttert mich nicht im Geringsten. Noch immer funktioniere ich wie im Sparmodus.
Mary Mayer schlägt vor: »Ich werde jetzt gehen und dir Zeit lassen, den Schock zu verdauen. Zeit, die Briefe deiner Mutter an mich zu lesen. Zeit, darüber nachzudenken, ob du mir eines Tages vergeben kannst. Egal, wie viel Zeit du brauchst, ich wäre glücklich, wenn du dich bei mir melden würdest und wir uns wieder treffen könnten, vielleicht sogar umarmen, reden. Uns kennen lernen. Ich bete darum, dass du eines Tages dafür bereit bist.«
Ich nicke nur. Ja, ich werde Zeit brauchen. Viel Zeit.

Im Aufstehen drückt Mary Mayer meine Hand, sagt: »Danke, dass du mir zugehört hast, liebe Karin«, nimmt ihre Handtasche und geht.
Mary Mayer.
Meine Mutter.
Meine leibliche Mutter.
Wie erstarrt bleibe ich sitzen. Dann löst sich die Spannung. Langsam stehe ich auf, nehme das Kästchen in beide Hände und gehe so vorsichtig auf mein Zimmer, als könnten meine Beine jeden Moment nachgeben.
Dort schreibe ich dem sicher immer noch wartenden Thomas eine SMS: »Lieber Thomas, das Treffen hat mir den Boden unter den Füßen weggezogen. Nicht so, dass du dir Sorgen machen musst. Ich steige auf keine Dächer mehr! Ich brauche einfach gerade ein paar Stunden für mich. Also warte bitte nicht mehr im Hotel auf mich. Ich melde mich, sobald ich wieder klarer sehe.«
Die Antwort kommt postwendend: »Liebe Karin, ich bin da, wenn du mich brauchst. Pass auf dich auf!«
Ich ziehe meine Trekkingsandalen an, verlasse das Hotel und wandere drauflos. Ich sehe nichts von der Schönheit der Umgebung. Ich marschiere, ich gehe, ich stürme voran. Dabei weiß ich, dass ich nicht davonlaufen kann. Vor nichts und niemandem. Nicht vor diesem Kästchen und seinem Inhalt und erst recht nicht vor meiner Geschichte, meiner Vergangenheit.
Mary Mayer!
Ich kann es nicht fassen!
In mir toben die übelsten Gewitter.
Da ist so viel Wut.
Aber auf wen?
Auf Mary Mayer?

Ihre Geschichte klingt glaubwürdig. Und wie wäre mein Leben verlaufen, hätte sie mich behalten? Und wie wäre es gewesen, wenn sie mich abgetrieben hätte? Ach, das kann ich ja gar nicht denken. Ich hatte doch ein wundervolles Leben, eines mit Höhen und Tiefen, aber insgesamt auf jeden Fall ein lebenswertes.
Wut auf diesen Cédric? Nein. Er ist nicht mal eine winzige Gefühlsregung wert. Ich fühle nichts, wenn ich an ihn denke.
Wut auf meine Mutter? Sie hatte nicht den Mut, mir die Wahrheit zu sagen. Sie hat sich davor gedrückt, mir meine Geschichte zu erzählen. Und irgendwann dachte sie vermutlich, jetzt sei es zu spät für klärende Worte. Aber sie war eine wirklich liebevolle Mutter und die Ehrlichkeit in Person – abgesehen von ihrer Feigheit in dieser für mich so wichtigen Sache. Dennoch weiß ich, ich hätte mir keine bessere Mutter wünschen können.
Wut auf meinen Vater? Er hätte ja auch mal den Mund aufmachen können. Feige – auch er! Aber ich habe nichts zu klagen. Er war der liebevollste Vater, den ich mir vorstellen kann.
Aber das ändert alles nichts an der Tatsache, dass ich mich betrogen und verraten fühle.
Und wütend!
Und traurig!

Reto Rösti hatte ja einmal Nietzsche mit einem Satz zitiert, der besagte, man solle keinem Gedanken Glauben schenken, der nicht im Freien und bei freier Bewegung geboren sei. Und ich merke: Die Bewegung tut mir gut. Auf die große Erkenntnis und den noch größeren Gedanken warte ich allerdings umsonst.
Irgendwann sitze ich am Stazersee, mitten unter Menschen, die auch aus irgendwelchen – sicher entspannteren – Gründen

hierhergekommen sind. Ich schaue, wie die Schönwetterwolken sich im See spiegeln. Heute sind sogar einige Badegäste hier. Ich sitze da und denke an Reto Rösti, erinnere mich an sein unfreiwilliges Morgenbad und an unser lautes Lachen. Bald werden wir hier seine Asche verstreuen. Wie gern würde ich ihn jetzt neben mir wissen und ihm meinen Schmerz von der Seele reden. Er hätte zugehört und mich danach ganz eindeutig dazu angehalten, Mary Mayer eine Chance zu geben. Er mochte sie sehr. Vielleicht kann ich sie ja auch gernhaben, irgendwann. Nicht gerade so wie meine Mutter, aber vielleicht wie eine mütterliche Freundin?
Den Heimweg nehme ich etwas langsamer und ruhiger unter die Füße. Ich spaziere. Ich atme ganz bewusst. Ich versuche, innerlich ein wenig runterzukommen. Das schlimmste Gewitter hat sich verzogen. Die größte Wut ist verraucht. Zumindest für den Moment.
Ich habe so viel erlebt in letzter Zeit.
Ich fühle mich stark.
Und ich bin bereit, mir das spannende Innenleben des schönen Kästchens anzuschauen. Es wartet im Hotelzimmer auf mich.
Zehn Briefe.
Zehn Fotos.
Ich öffne den ersten Brief mit zittrigen Händen und großer Spannung. Tatsächlich! Das ist eindeutig die zierliche, rundliche Schrift meiner Mutter.

Liebe Mary Mayer
Ich schreibe Ihnen anonym und möchte Sie bitten: Versuchen Sie nicht, herauszufinden, wie ich heiße, wo ich wohne, wer ich bin. Für Sie bin ich die Frau, die Ihre Tochter adoptiert hat, das muss Ihnen genügen. Wie ich in Erfahrung gebracht habe, dass Sie die Mutter unserer wunderbaren Tochter

sind, das wiederum wird immer mein Geheimnis bleiben. Warum ich Ihnen schreibe? Ich kann mir Ihren Schmerz vorstellen und möchte, dass Sie wissen: Die Kleine ist aufgeweckt und pflegeleicht, ein hübsches, fröhliches Kind, das wenig weint. Und immer wieder, wenn ich ganz fest darüber glücklich bin, für dieses Baby sorgen und es lieben zu dürfen, denke ich auch an Sie. Und ich bin Ihnen dankbar. Aus ganzem Herzen dankbar. Ich werde Ihnen von jedem Kindergeburtstag ein Foto schicken, um Ihnen die Sicherheit zu geben: Alles ist gut. Ihr Baby ist umgeben von Liebe.
Ich wünsche Ihnen alles Gute.
Danke.

Eine Unterschrift gibt es logischerweise nicht. Auf dem Foto, das im Umschlag steckt, sehe ich eindeutig mich! Ich kenne das Bild. Es stand gerahmt auf dem Schreibtisch meines Vaters. Ich liege halb nackt auf einem Schaffell, habe mein winziges Plüschschaf Susi bei mir und sehe fröhlich und zufrieden und wohlgenährt aus.
Ob diese regelmäßigen Briefe Mary Mayer gutgetan haben? Vielleicht hat es zumindest ihr schlechtes Gewissen beruhigt, wenn sie sehen konnte, wie gut es mir ging. Aber jedes Jahr so einen Brief zu bekommen und ein herziges Kinderfoto, das muss doch auch ihren eigenen Seelenschmerz immer wieder aufgefrischt haben.
Die Briefe zu den Bildern werden allerdings jedes Jahr kürzer, sind bald einmal nur noch Notizen.

Das Mädchen kann jetzt gehen.
Das Mädchen plappert und redet wie ein Wasserfall.
Das Mädchen singt fürs Leben gern.
Das Mädchen kann bereits lesen.
Unser Mädchen fährt Fahrrad und ist ein richtiger Wirbelwind.

An meinem zehnten Geburtstag schreibt meine Mutter den letzten Brief an Mary Mayer:

Liebe Mary Mayer
Ich habe beschlossen, Ihnen keine weiteren Briefe mehr zu schicken. Ich werde unserem Mädchen bald erzählen, dass es adoptiert wurde. Es kann dann selber entscheiden, ob und wann es Kontakt zu Ihnen aufnehmen möchte. Ich weiß ja nicht einmal sicher, ob Ihnen diese Briefe am Ende wehtun. Seien Sie versichert, dass ich Ihnen damit nur helfen wollte.
Ich wünsche Ihnen alles Gute.
Übrigens habe ich mit Freude Ihre Anfänge beim Fernsehen mitverfolgt!
Alles Liebe.

Auf dem letzten Foto bin ich schon recht groß und stehe strahlend hinter einer riesigen, bunten Geburtstagstorte mit zehn Kerzen. Ich trage ein gepunktetes Kleid, an das ich mich noch genau erinnern kann, weil ich mir darin sehr erwachsen vorkam. Es war ein neues Kleid, nicht eines, das ich von irgendeiner Cousine nachtragen musste, auch kein selbst geschneidertes. Ich hatte es mit meiner Mutter in einem Fachgeschäft sorgfältig ausgewählt.
Ja, ich war ein glückliches Kind.
Ich wurde geliebt.
Ich habe überhaupt keinen Grund für den Groll und die Wut in mir. Das weiß ich. Theoretisch. Doch auch wenn sie weniger geworden sind, spüre ich noch den Schmerz.
Ich lese die Briefe immer wieder, als könnte ich zwischen den Zeilen noch irgendeine versteckte Botschaft finden.
Aber da ist nichts.
Es ist, wie es ist.
Ich habe plötzlich eine zweite Mutter. Und es liegt an mir, was ich aus dieser Erkenntnis mache, ob ich sie hereinlasse in

mein Leben oder nicht. Und ich muss es nicht jetzt und hier und heute entscheiden. Sie hat mir Zeit gegeben. Ich bin ihr dankbar dafür.

Am Abend verabrede ich mich mit Thomas. Wir spazieren um den St. Moritzersee und essen in der Pizzeria des Hotels Laudinella Spaghetti. Ich erzähle ihm alles. Er hört zu. Unterbricht mich kein einziges Mal. Wartet, wenn ich mich fassen muss. Als alles erzählt ist, reden wir.
Viel.
Thomas findet, ich müsse der Frau zumindest eine winzige Chance geben. Ich dagegen meine, ich müsse rein gar nichts. Er schlägt vor: »Gibt es nicht vielleicht noch einen Programmpunkt auf Reto Röstis Löffelliste, den du mit ihr abhaken könntest? Ein gemeinsamer Ausflug, das wäre doch eine gute Möglichkeit, einander näherzukommen? Diese Chance, finde ich, solltest du ihr geben.«
»Meinst du? Nun, ich müsste noch hoch zu einem kleinen Bergsee. Fuorcla Surlej heißt es dort. Das sei ein besonders magischer Ort, erklärte Reto Rösti. – Thomas, kommst du auch mit?«
Er ist ganz offensichtlich etwas überrascht, dass ich ihn dabeihaben möchte, aber er nickt und hat dann eine großartige Idee: »Lad doch gerade das ganze Team Rösti dazu ein. So wird es sicher entspannter. Für dich, aber auch für sie.«
Und so schreibe ich kurz eine Mitteilung an alle:

Mittagessen morgen im Berghaus Fuorcla Surlej. Wer ist dabei?

Als Erstes meldet sich Christian Jott Jenny. Das Berghaus sei im Umbau und geschlossen. Aber da oben zu picknicken, das sei durchaus eine wunderbare Idee. Er sei allerdings anderweitig beschäftigt.
Flurin entschuldigt sich ebenfalls.

»Spielverderber!«, schimpfe ich, meine es aber nicht so.
Leah und Mark sind dabei.
Und dann schicke ich Mary Mayer eine SMS:

> Mein Mann Thomas, Leah, Mark und ich würden morgen gern zur Fuorcla Surlej wandern. Es würde mich freuen, du wärest dabei, Mary. Karin.

Ich realisiere, wie nervös ich auf ihre Antwort warte.
Es dauert.
Was, wenn sie Nein sagt?
Doch dann erlöst sie mich:

> Liebe Karin, dass du mich in deiner SMS geduzt hast, freut mich sehr. Danke dafür! Ich musste erst einen Termin verschieben, daher hat die Antwort etwas gedauert. Ich bin dabei.

»Das wird gut«, ist sich Thomas sicher. Wir benachrichtigen alle, dass sie ihre Verpflegung selber mitbringen müssen, wir uns an der Talstation der Luftseilbahn Corvatsch treffen und die Wanderung zum See nur etwa eine Stunde dauert.

23 MAGIE UND ZAUBER

Der Wecker klingelt früh. An der Rezeption treffe ich Thomas. Er hat auch die letzte Nacht in seinem Hotel verbracht. Wir fahren mit dem Bus zur Station Luftseilbahn Corvatsch, wo alle schon warten. Wir begrüßen uns.
Mary sagt: »Danke, dass ich mitkommen darf.«
»Gern geschehen«, antworte ich freundlich, schenke ihr ein Lächeln und stelle ihr dann Thomas vor, die beiden kennen sich ja noch gar nicht.
Er verwickelt sie in ein Gespräch, was mir etwas Raum gibt. Ich weiß seine Geste sehr zu schätzen, denn ganz offensicht-

lich spürt er – wieder –, was ich brauche. Wir waren früher in dieser Hinsicht ein wunderbares Team. Und es scheint, als könnten wir es wieder werden.

Die Luftseilbahn bringt uns hoch zur Mittelstation Murtèl auf etwa 2700 Metern Höhe. Und dann wandern wir los. Der Weg ist leicht und geht meist geradeaus. Man muss sich nicht besonders konzentrieren oder anstrengen, kann die Umgebung genießen, die Blumen bewundern, die überall in allen Farben blühen.

»Malerisch! Entzückend! Bezaubernd!«, ruft Thomas aus.

Die anderen schauen ihn befremdet an. Und so erzähle ich meine Rösti-Geschichte.

»Das erstaunt mich, seine Lieblingsworte waren ja eigentlich ›schön, schön, schön‹ …«, kommentiert Leah, was uns alle schmunzeln lässt.

»Stimmt!«, bekräftige ich.

Dann verlangsame ich meine Schritte, ziehe Leah zu mir und frage sie vorsichtig, ob sie okay sei. Irgendwie dünkt sie mich heute ungewöhnlich schweigsam, ihr Kommentar vorhin war das Einzige, was ich bisher von ihr gehört habe.

»Ich habe mich gestern Abend grauenhaft mit meinem Vater gefetzt«, erklärt sie und schaut in Marks Richtung. »Und zwar richtig.«

»Warum denn?«, frage ich erstaunt.

»Weil ich reisen will! Weil ich nach Japan will! Weil ich nicht nach seinen Vorstellungen funktioniere. Weil er erfahren hat, dass Nonno mir die Buchhandlung kaufen wollte. – Manchmal frage ich mich schon, ob er wirklich mein Vater ist.«

»Sag so etwas nicht, bitte«, interveniere ich schnell.

»Ich vermisse meinen Nonno«, sagt Leah leise und beginnt zu weinen.

»Ich auch«, gebe ich zurück und nehme sie in den Arm.

Die anderen drei sind nun schon ein gutes Stück vor uns und bekommen nichts mit.
Leah fasst sich schnell wieder, und wir gehen weiter.
»Ich dachte, mein Vater hätte endlich akzeptiert, dass ich anders bin als er, in jeder Beziehung. Er hat sich zwar inzwischen, wie er zumindest behauptet, damit abgefunden, dass ich lesbisch bin, ist jetzt aber total schockiert, dass ich mich tatsächlich verliebt habe. Und erst noch in eine Japanerin!«
Ich erinnere mich, wie Leahs Großvater seinen Sohn Mark einmal als Arschloch bezeichnete und wie sehr mich das damals entsetzte. Jetzt ertappe ich mich beim Gedanken, Herr Rösti könnte recht gehabt haben.
»Es tut mir leid«, sage ich. »Wie schade.«
»Schon gut, bis zum Begräbnis von Nonno halte ich ihn aus.«
Also hat Reto Rösti doch nicht alles so einrenken können, wie er es sich gewünscht hatte. Aber er hat es immerhin versucht.
Ich überlege kurz, ob ich ihr meine Geschichte mit Mary erzählen soll, und entscheide dann, dass es der falsche Zeitpunkt ist.
Die Wanderung gefällt mir, obwohl sie nicht besonders spektakulär ist. Vielleicht bin ich einfach schon zu verwöhnt von all den Möglichkeiten hier. Aber nach einer kleinen Anhöhe ist sie da, die Magie, und ich weiß, warum Reto Rösti mich diesen Ort auf seine Löffelliste schreiben ließ.
Wie aus dem Nichts blicke ich hinunter auf einen kleinen Bergsee, in dem sich nicht nur der blaue Himmel und ein paar schneeweiße Wolken spiegeln, sondern auch die imposanten Berge, die ihn umrahmen. Was für ein Juwel!
Ich glaube, ich war noch nie an einem idyllischeren Platz.
Thomas, Mark und Mary warten, bis Leah und ich sie eingeholt haben.
Mark stochert mit seinem Zeigefinger in der Luft herum und

erklärt lautstark: »Dort hinten sieht man den Piz Bernina, der über 4000 Meter hoch ist, dort den Piz Roseg und dort den Piz Tschierva.«

Ich höre ihm zu, wünschte mir aber, dass er ruhig wäre – wie er es ja bisher immer war. Ich möchte nur andächtig dastehen, genau so, wie Reto Rösti im Segantini-Museum vor den Kunstwerken gestanden hat.

Stehen und schauen.

Das Kunstwerk bestaunen, das vor mir liegt.

Entstanden über Jahrmillionen.

Was für ein wunderbares Geschenk der Natur.

Nach einer Weile sage ich zu Thomas, der sich ganz nahe neben mich gestellt hat: »Ich bin richtig berührt von so viel Zauber. Fast überirdisch, nicht?«

Er nimmt meine Hand. Und während die anderen schon munter einen Platz zum Picknicken suchen, bleiben jetzt wir beide einen Moment zurück.

»Reto Rösti wollte ja, dass ich hierherkomme. Es ist, als hätte er mir damit ein letztes Geschenk gemacht. Ich werde diesen Platz und meine Gefühle hier nie vergessen.«

Thomas umarmt mich. Er teilt den Augenblick mit mir.

Ein magischer Moment.

Ich spüre seinen Herzschlag, und es ist, als würde mein eigener sich mit seinem gleichschalten. Wir sind immer noch ein Paar, eines zwar, das sich neu finden muss, aber eines, das eine zweite Chance verdient hat.

Ich hauche ihm einen Kuss auf die Lippen, worauf er mich festhält und den Kuss zärtlich erwidert.

Und dann setzen wir uns zu den anderen. Ich suche bewusst einen Platz neben Mary, die gerade erzählt, dass sie schon vom Rosegtal hier hochgewandert sei. Vor Jahren. Damals sei sie noch wesentlich jünger und sportlicher gewesen.

Wir essen und plaudern. Nur Leah bleibt ziemlich schweigsam. Irgendwann zieht sie los und klettert auf den flachen Felsstücken hinter dem See herum. Thomas und Mark sind in ein Gespräch vertieft. So finden Mary und ich Zeit, ein paar private Worte zu wechseln.

»Hast du die Briefe gelesen?«, fragt Mary.

Ich nicke.

»Wie geht es dir?«, will sie wissen.

»Ich bin okay. Ich brauche einfach Zeit.«

Mary lächelt und sagt: »Ach, wir haben so viel Zeit. Ich bin da. Jederzeit. Immer. Ich war lange weg, viel zu lange – aber jetzt bin ich da. Kannst du mir verzeihen?«

»Das habe ich bereits getan.«

»Ich kann mir vorstellen, wie verwirrt, aufgewühlt und durcheinander du bist. Exakt vorstellen kann ich mir das, weil es mir genauso geht.«

»Ja, es ist wohl ein Schock für uns beide.« Und dann kann ich einen Schritt auf sie zugehen und sage: »Mary, ich kann dir noch nicht die Tochter sein, die du vor fünfundvierzig Jahren verloren hast. Vielleicht kann ich das nie. Aber wir werden irgendeine Beziehung haben. Und ich bin mir sicher, es wird eine gute sein.«

Sie nickt, strahlt mich an, drückt meine Hand und sagt ergriffen: »Danke, Karin.«

Bevor wir wieder zur Seilbahn zurückmarschieren, machen wir Fotos. Ich lasse mich auch mit Mary ablichten. Sie macht dafür Aufnahmen von Thomas und mir.

»Ihr seid ein schönes Paar«, sagt sie.

»Stimmt«, bestätigen wir unisono.

»Wir hatten es nur fast vergessen«, füge ich an.

»Genau, aber das passiert uns nicht noch einmal!«, sagt Thomas bestimmt.

»Versprochen!«, sage ich.
»Versprochen!«, bekräftigt er.
Und es ist, als hätte dieses Versprechen vor der gigantischen Kulisse eine ganz besonders große Bedeutung.

Mir gefällt dieser Gruppenausflug. Daher schlage ich vor, morgen noch einen Punkt auf der Löffelliste abzuhaken.
»Was ist denn da noch so drauf?«, fragt Leah.
Ich versuche, mich zu erinnern: »Er wollte, dass ich mit dem Zug nach Poschiavo fahre. Zum Mittagessen.«
»Poschiavo, das liegt auf der wunderschönen Strecke St. Moritz–Tirano!«, ruft Mary begeistert. »Eine der schönsten Bahnstrecken der Schweiz. Sie ist sogar Unesco-Kulturerbe. Traumhaft. Und wenn man Glück hat, erwischt man einen Zug mit offenem Wagen und fährt total im Freien.«
Leah und ihr Vater Mark winken ab. Sie haben beide keine Lust. Thomas meint, er sollte morgen mal wieder ein wenig arbeiten.
Mary schaut mich an.
Ich erwidere ihren Blick, frage: »Wollen wir das morgen zusammen machen?«
»Nur wir zwei?«, fragt sie zurück.
Ich zögere erst ein wenig.
Dann nicke ich.
Am Abend tut es mir schon wieder leid. Ich wollte mir und uns doch Zeit lassen. Was, wenn es eine ganz und gar peinliche, steife, verknorzte Angelegenheit wird?
Thomas beruhigt mich: »Du kennst sie ja schon. Sie ist nett und unterhaltsam. Ich mag sie. Du magst sie auch.«
»Ja, ja … aber …«
»Kein Aber! Mach einfach einen ›schönen‹ Ausflug. – Ich meine: einen ›krassgeilen‹ Ausflug.«

Schon hat er mich wieder zum Lachen gebracht. Und mir Mut gemacht.
»Danke, Thomas.«
Diese Nacht verbringen wir gemeinsam.

24 FAHRT DURCHS BILDERBUCH

Ein krassgeiler Ausflug?
Ich bin gespannt und aufgeregt.
Mary und ich sind früh genug am Bahnhof und ergattern uns die begehrten Sitzplätze im hintersten, offenen Wagen. Er hat nicht einmal ein Dach.
»Lass uns rechts sitzen, wegen der Aussicht«, bittet Mary. Sie hat sich ein Kopftuch umgebunden und die dunkle Sonnenbrille montiert. »Ein Traumwetter – was für ein Glück«, meint sie dann. »Am Nachmittag soll es zwar regnen. Aber wir können ja auch im geschlossenen Wagen zurückfahren.«
Die Bahn rumpelt und ruckelt um Punkt neun Uhr achtundvierzig los. Zuerst müssen wir ein paar gruselige Tunnels passieren. Dann aber ist es so, als würden wir durch ein gigantisches Bilderbuch fahren. Wir schauen nach rechts und nach links und wissen gar nicht, wo es mehr zu sehen gibt. Bald erreichen wir Pontresina.
»Oberhalb Pontresina lebt eine der größten Steinbockkolonien Europas. Ich habe diese wunderschönen Tiere schon mehrmals besucht. Es gibt sogar öffentliche Führungen«, berichtet Mary begeistert.
Darüber kann ich nur lächeln, denn ich muss an die zwei vollgefressenen Murmeltiere denken, mit denen Thomas und ich uns zufriedengeben mussten.

Bei der Station Morteratsch erzählt mir Mary, die Eiszunge des Morteratschgletschers gehe jedes Jahr um vierzig Meter zurück.

»Vor hundert Jahren soll der Gletscher bis zu den Gleisen gereicht haben. Heute musst du fünfzig Minuten zum Gletscher gehen.«

Die unglaubliche Montebellokurve öffnet uns den herrlichen Blick auf den Piz Bernina, den höchsten Berg der Region.

Mary weiß: »Das ist die am höchsten gelegene Eisenbahnstrecke der Alpen – ohne Zahnrad. Und die Bahn steigt hier siebzig Meter pro Kilometer.« Sie erzählt, dass sie jedes Jahr einmal hier entlangfahre. Und einmal habe sie dies sogar mit Reto Rösti gemacht. Aber darüber mag sie jetzt nicht reden. Lieber erzählt sie mir beim Ospizio Bernina auf 2253 Metern Höhe von der Wasserscheide: »Das Wasser vom Lej Nair fließt nordwärts über den Inn in die Donau und dann ins Schwarze Meer. Das Wasser vom Lago Bianco in den Po und ins Adriatische Meer.«

Nun erschließt sich mir auch der Begriff »Wasserscheide«. Auf dem Julierpass, wo ich auf der Reise nach St. Moritz mit Herrn Rösti haltmachte, konnte ich nichts mit diesem Begriff anfangen, wollte auch nicht nachfragen, war gefangen in meinem Kummer.

Mary erzählt weiter, dass hier auf dem Pass auch die Sprachgrenze von Rätoromanisch zu Italienisch verlaufe. Deshalb auch die rätoromanische Bezeichnung für den Lej Nair – Schwarzer See – und die italienische für den Lago Bianco – Weißer See.

Die Seenlandschaft, die sich hier präsentiert, ist einfach wunderschön. Mary reicht mir ein warmes Kaschmirtuch, als sie sieht, dass ich ein wenig friere. Sie hat es eigens für mich eingepackt. Das rührt mich. Ihre Gesellschaft ist wirklich sehr angenehm. Ihre Fürsorge nehme ich gern an.

Die Bahn fährt am östlichen Ufer des Lago Bianco vorbei. »Siehst du die Staumauer? Hier entsteht der Strom für unsere Bahn.«
Erst jetzt fällt mir auf: Mary und Herr Rösti hätten gut zusammengepasst – auch sie scheint ein wandelndes Lexikon zu sein. Ich stelle mir die beiden als Paar vor und lächle in mich hinein.
Im Zug wird nonstop fotografiert und gefilmt. Ich verstehe das zwar, doch ich selber lehne mich lieber zurück und schaue, huldige der Schönheit der Natur. Manchmal rufe ich innerlich laut: »Danke!« Ich werde andächtig und demütig, lasse die ganze Herrlichkeit auf mich einwirken.
Auch die Alp Grüm ist ein idyllischer Ort mit Blick auf den Palügletscher. Diese Alp ist mit dem Auto nicht zu erreichen, wohl darum ist es so ruhig. Hier würde ich gern einmal wandern gehen. In einer zünftigen Kurve, der sogenannten Himmelskurve, können wir dann schon bald hinunterschauen auf das Puschlav und den Lago di Poschiavo. Es quietscht und rumpelt – die Bahn fährt jetzt steil bergab.
In Poschiavo steigen wir aus. Eigentlich wäre ich lieber weitergefahren. Noch nie habe ich eine so spannende, vergnügliche Zugfahrt erlebt, mit Wind in den Haaren und der Sonne auf der Nasenspitze. Doch die Rhätische Bahn fährt jetzt ohne uns weiter nach Italien.
Poschiavo hat einen besonderen Charme, weil hier so viele Palazzi aus dem 19. Jahrhundert stehen. In Gedanken bin ich bei Reto Rösti, der mir von dieser Zeit erzählt hat. Damals wanderten viele als Wirtschaftsflüchtlinge aus. Einige von ihnen wurden – oft als Zuckerbäcker – in Europa oder Amerika wohlhabend, kamen heim und wollten jetzt mit diesen Prunkbauten im Renaissance-Stil ihren Reichtum zur Schau stellen.
Mary und ich flanieren durch das Städtchen und essen dann

auf einer großen Piazza im Hotel Albrici, direkt bei der Kirche, unter roten Sonnenschirmen ein Geschnetzeltes mit Polenta, das hier natürlich »spezzatino di vitellone con polenta nera« heißt und auch entsprechend besser schmeckt.

»Die Überdosis Bergluft hat mich hungrig gemacht«, sagt Mary und isst mit großem Appetit. Sie habe lange genug für ihre Fernsehfigur gehungert. Jetzt werde sie halt mit ein paar Kilos mehr auf den Rippen leben. Es tue ihr nur leid, dass sie viele ihrer Lieblingskleider bald nicht mehr tragen könne.

Wir trinken einen schweren, roten Hauswein, der uns beiden schnell in den Kopf steigt. Es tut gut, so unbefangen mit Mary zu reden. Sie fragt viel, und ich antworte recht offen, weil ich ihr ehrliches Interesse und ihre Anteilnahme spüre. Wir haben ein schönes Gespräch unter Frauen.

Auch Mary ist sehr offen und erzählt mir schließlich von ihrer kurzen Affäre mit Reto Rösti: »Ich bin nicht stolz darauf. Ich wusste, dass er verheiratet ist. Aber er war ein umwerfender Mann. Es ist dreißig Jahre her, da war er allein hier, weil seine Käthy mit einem Frauenverein in die Toskana gereist war. Wir sahen uns, und das Feuer brannte sofort lichterloh. Er war unglaublich gut aussehend, so charmant, so interessant. Wir trafen uns an der Bar im Badrutt's Palace Hotel und verabredeten uns für diese Zugfahrt. Und – was soll ich sagen: Wir nahmen genau hier in diesem Hotel ein Zimmer und fuhren erst am nächsten Morgen wieder zurück. Wir wussten, wir hatten nur diesen einen Abend, diese eine Nacht. Ich habe viele Tränen um ihn geweint.«

»Ich kann mir vorstellen, dass er einmal ein echter Herzensbrecher war. Bis zum Schluss hatte er noch seinen besonderen Charme.«

Die Gedanken an Reto Rösti lassen mich lächeln. Doch Mary scheint gerade in traurigen Erinnerungen zu versinken.

»In der Liebe hatte ich wirklich nie Glück«, sagt sie jetzt. »Nie. Bis ich mich irgendwann damit arrangiert und abgefunden habe. Es geht auch ohne Männer, wenn es sein muss.« Mary lacht, aber es ist kein gutes Lachen. Und dann gibt sie zu: »Eigentlich – ganz ehrlich – bin ich noch heute auf der Suche nach der großen Liebe. Dafür ist man wohl nie zu alt.« Sie schüttelt über sich selber den Kopf.
Sie bittet mich, ihr von Thomas zu erzählen. Als ich ihr von unseren Schwierigkeiten berichte, von unseren Versuchen, ein Kind zu bekommen, das wir uns so sehnlich wünschten, bedrückt sie das sehr. Kein Wunder: Sie hatte als junge Frau gerade einmal Sex und war sofort ungewollt schwanger.
»Das Leben kann wirklich ungerecht sein«, sagt sie und drückt kurz meine Hand.
»Das stimmt. Aber wir sollten mehr sehen, was wir haben, als uns darüber zu beklagen, was wir nicht haben.«
Sie nickt, lächelt und nimmt mich in den Arm.
Es fühlt sich gut an.
Auf der Heimfahrt regnet es tatsächlich, was uns allerdings nicht groß stört. Wir hatten einen zauberhaften Tag, einen unvergesslichen Ausflug.
Und wir sind uns nähergekommen.

25 ABSCHIED UND ANFANG

Die Beerdigung.
Ein Regentag.
Ein hässlicher, grauer, windiger Regentag.
Aber ein Verschiebedatum gibt es nicht, denn es ist ja schließlich keine Schulreise, kein Vereinsausflug des Schützenvereins.

Vielleicht hätte es Reto Rösti gefallen, dass sein Abschied unser Improvisationsgeschick herausfordert und keine leichte Übung ist. Jedenfalls wird heute wohl keiner in Versuchung geraten, das Wort »schön« zu verwenden.
Treffpunkt des Teams Rösti ist um sieben vor dem Badrutt's Palace Hotel. Die Asche von Reto Rösti wurde in eine spezielle Urne gefüllt, die sich im Wasser auflöst. Jetzt, wo es so regnet, als gäbe es kein Morgen, müssen wir aufpassen, dass dies nicht schon unterwegs passiert. Leah hat es sich nicht nehmen lassen, ihren Nonno zu seiner letzten Stätte zu tragen. Sie hat die Urne mit einem Plastiksack geschützt in ihren Rucksack verpackt und trägt ihn voller Vorsicht vorne am Körper.
Wir sind ausgerüstet: bunte Regenmäntel und Schirme, Hüte und Kapuzen. Wasserdichte Schuhe.
Eine sehr spezielle Trauergesellschaft, die sich da auf den Weg macht.
Thomas ist einfach still an meiner Seite, als wäre er nie fort gewesen. Wir sind wieder ein Paar und voller Optimismus, es diesmal besser zu machen. Alles. Und anders.
Wir wandern zum See.
Der Regen ist laut.
Unser Schweigen auch.
Ich erinnere mich immer wieder daran, wie sanft Reto Rösti sterben konnte, und flüchte mich in die Dankbarkeit, weil ich weiß, wie gut mir dieses Gefühl tut.
Reto Rösti ist mein Held.
Mein Superman.
Ich habe mich sogar schon mal ganz, ganz kurz gefragt, ob er wirklich in seinem Zustand noch nach St. Moritz reisen wollte oder ob er das alles nur für mich inszeniert hat, weil er mich retten, mir meine Lebensfreude, meine Lebenslust wieder zu-

rückgeben wollte und wusste, hier oben würde das gelingen. Aber das war nur so ein Blitzgedanke, denn er ist natürlich wegen Leah hierhergekommen und weil St. Moritz der Hort seiner Erinnerungen war. Und jetzt hat St. Moritz auch für mich eine ganz besondere Bedeutung.

»Du grinst gerade wie Reto, wenn er wieder irgendetwas ausgeheckt hatte«, sagt Christian Jott Jenny, der plötzlich neben mir wandert.

»Ich dachte gerade daran, was dein Patenonkel alles für mich getan hat und wie viel sich in St. Moritz für mich geändert hat«, erkläre ich leise.

»Tja, ein magischer Ort, ein verzaubertes Tal«, sagt dieser nur, und da ist ganz viel Stolz in seiner Stimme.

Mary sucht immer wieder meinen Blick. Wir lächeln uns zu. Ich bin froh, dass wir einen lockeren Umgang gefunden haben.

Der Stazersee zeigt heute nichts von seiner Idylle, seinem Zauber. Vielmehr ist er ein düsteres, unheimliches Wasserloch. Ab und zu peitschen heftige Windstöße den Regen über seine Oberfläche und direkt hinein in unsere traurigen Gesichter. Schnell einmal beschließen wir, hier nicht unnötig lange zu bleiben.

Flurin liest das Gedicht »Stufen« von Hermann Hesse. Er kann es fast auswendig vortragen, und es scheint ihm viel zu bedeuten.

Wie jede Blüte welkt und jede Jugend
Dem Alter weicht, blüht jede Lebensstufe,
Blüht jede Weisheit auch und jede Tugend
Zu ihrer Zeit und darf nicht ewig dauern.
Es muss das Herz bei jedem Lebensrufe
Bereit zum Abschied sein und Neubeginne,
Um sich in Tapferkeit und ohne Trauern

In andre, neue Bindungen zu geben.
Und jedem Anfang wohnt ein Zauber inne,
Der uns beschützt und der uns hilft, zu leben.

Wir sollen heiter Raum um Raum durchschreiten,
An keinem wie an einer Heimat hängen,
Der Weltgeist will nicht fesseln uns und engen,
Er will uns Stuf' um Stufe heben, weiten.
Kaum sind wir heimisch einem Lebenskreise
Und traulich eingewohnt, so droht Erschlaffen;
Nur wer bereit zu Aufbruch ist und Reise,
Mag lähmender Gewöhnung sich entraffen.

Es wird vielleicht auch noch die Todesstunde
Uns neuen Räumen jung entgegen senden,
Des Lebens Ruf an uns wird niemals enden,
Wohlan denn, Herz, nimm Abschied und gesunde!

Ich werde das Gedicht später noch einmal in Ruhe nachlesen müssen. Ich kenne daraus eigentlich nur diese zwei Zeilen:

Und jedem Anfang wohnt ein Zauber inne,
Der uns beschützt und der uns hilft, zu leben.

Ich spüre gerade sehr viel Anfang.
Und sehr viel Zauber.
Aber auch eine tiefe Trauer um einen Menschen, der plötzlich in mein Leben kam, darin so viel bewirkte und der sich nun schon wieder daraus verabschiedet hat.
Leah nimmt die Urne aus ihrem Rucksack. Es ist eine Art Filzkugel. Sie taucht sie kurz ins Wasser, damit sie etwas Gewicht bekommt, und rollt sie dann schwungvoll in den See hinaus. Der Wind hält kurz seinen Atem an.
Der See wird ruhig.

Und wir stehen da und schauen dem Sinken zu.
Jeder schickt Reto Rösti still seine eigenen Gebete oder Gedanken hinterher.
Dann reichen wir uns die Hände, umarmen uns, weinen. Der Regen wird kräftiger, als möchte er uns beim Weinen helfen.
Der Wind nimmt wieder zu, peitscht den Regen über den See, drückt das Wasser in unsere Gesichter, zerlegt die letzten intakten Schirme.
Die Kapuzen tief ins Gesicht gezogen, machen wir uns auf den Weg Richtung »Waldhaus am See« zum Whiskyfrühstück.
Ich kann mir ein Lächeln nicht verkneifen. Dieses Whiskyfrühstück ist Reto Röstis Version von einem Trauermahl. Das passt.
Heute ist kein Tag zum Wandern. Niemand ist freiwillig unterwegs. Nur ein paar ganz verbissene Laufsportler begegnen uns. Ein einsamer Frosch hüpft über den Weg.
Trauriger Anlass – trauriges Wetter.

Im Hotel angekommen, ziehen wir die Regenkleider aus und setzen uns an den Tisch, halten mit klammen Händen die warmen Kaffeetassen. Es dauert eine Weile, bis wir die Kälte abschütteln können. Den Gedanken, dass wir Reto Rösti in dem kalten, finsteren Wasser zurückgelassen haben, versuche ich zu verdrängen. Ich werde den See auf jeden Fall noch einmal bei Sonnenschein besuchen, um das düstere Bild loszuwerden.
Jetzt singt Christian Jott Jenny am Klavier das Lied, das Rösti sich gewünscht hat:

Irgendwo auf der Welt gibts ein kleines bisschen Glück
Und ich träum davon in jedem Augenblick
Irgendwo auf der Welt gibts ein bisschen Seligkeit

Und ich träum davon schon lange, lange Zeit
Wenn ich wüsst, wo das ist, ging ich in die Welt hinein
Denn ich möcht einmal recht so von Herzen glücklich sein

Irgendwo auf der Welt fängt mein Weg zum Himmel an
Irgendwo, irgendwie, irgendwann
Irgendwo, irgendwie, irgendwann

Alle holen ihre Taschentücher hervor. Er singt so wundervoll und mit viel Gefühl. Seine Stimme ist großartig. Ich erinnere mich, wie die beiden dieses Lied zusammen im Hotelzimmer gesungen haben, Reto Rösti und Christian.
Leah liest einen Text vor, der ihr am Herzen liegt und den ich noch nicht kannte, der mich aber sehr berührt. Die Worte seien von Henry Scott Holland, einem englischen Theologen, der 1918 gestorben sei.

Tod bedeutet gar nichts.
Ich bin nur nach nebenan verschwunden.
Ich bin ich, und du bist du.
Was immer wir füreinander waren, das sind wir noch.
Nenne mich bei dem alten vertrauten Namen.
Sprich von mir, wie du es immer getan hast.
Ändere nicht deinen Tonfall.
Zwinge dich nicht zu aufgesetzter Feierlichkeit oder Traurigkeit.
Lache weiterhin über die kleinen Scherze, an denen wir gemeinsam Spaß hatten.
Spiele, lächle, denke an mich, bete für mich.
Lass meinen Namen weiterhin so geläufig sein, wie er immer war.
Sprich ihn unbekümmert aus, ohne die Spur eines Schattens.

Das Leben bedeutet all das, was es bisher bedeutete.
Es ist genauso wie immer.
Es geht uneingeschränkt und ununterbrochen weiter.
Ist der Tod nicht nur ein unbedeutender Zwischenfall?
Warum sollte ich vergessen sein,
nur weil du mich nicht mehr siehst?
Ich warte einstweilen auf dich, ganz in der Nähe,
nur um die Ecke.
Alles ist gut.

Wirklich sehr tröstliche und versöhnliche Gedanken.
Wie so oft an diesen traurigen Anlässen wird die Stimmung schließlich locker und gemütlich. Dabei hilft sicher auch die Tatsache, dass wir schon am Morgen Whisky trinken. Wir stoßen an, und das »Feuerwasser« – das vom Ursprung des Wortes Whisky her eigentlich besser »Lebenswasser« genannt werden müsste – verbrennt mich fast. Aber es wärmt.
Thomas umarmt mich und drückt mich fest an sich.
Wie war das mit dem Zauber des Neuanfangs?
Er ist da.
Ganz eindeutig.
Thomas und ich – das haben wir uns gestern Nacht versprochen –, wir starten noch einmal durch.
Gemeinsam, aber vorläufig getrennt.
Zumindest unter der Woche.
Es fühlt sich gut an.
Anders.
Für beide.
Als mich Thomas loslässt, sehe ich, wie Leah und ihr Vater sich an einem Ecktisch gegenübersitzen und reden. Ich sehe erst Mark lächeln und dann Leah und hoffe ganz fest, dass die beiden wieder zueinanderfinden.

Christian sieht die beiden auch und zwinkert mir zu, ich lächle zurück und gehe dann zu Flurin, der am Fenster steht und ins graue Grau blickt, stelle mich neben ihn, verschränke die Arme, genau so, wie er es tut.
Er schaut mich an, und ich frage ihn: »Steht dein Jobangebot noch?«
»Und wie! Aber darüber reden wir morgen. Jetzt stoßen wir noch einmal an.«
Flurin lässt eine zweite Runde Whisky ausschenken, und wir trinken.
Auf das Leben.
Auf die Liebe.
Auf Reto Rösti.
Und auf alles, was kommt.
Machen wir das Beste daraus.

Ich durfte im Sommer 2022 einen Monat in St. Moritz als Writer in Residence verbringen:

vierzehn Tage im luxuriösen Badrutt's Palace Hotel und vierzehn Tage im wunderschönen Hotel Reine Victoria, das zur Laudinella Hotel Group gehört.

Ich danke herzlichst für die großzügige Gastfreundschaft, die ich extrem genossen habe und zu schätzen wusste.

Danke

Ich danke vor allem meinem genialen Wörterseh-Team, allen voran meiner liebenswerten Verlegerin Gabriella Baumann-von Arx, der allerbesten Verlagsassistentin und Arbeitskollegin Daniela Welti, meiner wunderbaren Lektorin Andrea Leuthold, dem Cover-Künstler Thomas Jarzina, der leidenschaftlichen Layouterin Beate Simson, der großartigen Korrektorin Lydia Zeller. Bei meinem Verlag fühle ich mich wohl und aufgehoben. Danke!

Dann danke ich ganz speziell meinem Lebenspartner Peter Bachmann, der mit mir in St. Moritz jeden Stein umgedreht und jeden Weg gewandert ist. Er bringt Freude und Farbe in mein Leben. Und sehr viel Liebe.

Ich bedanke mich bei meiner Familie und meinen Freunden und bei jeder einzelnen Leserin, jedem einzelnen Leser. Ich bedanke mich für die vielen Engagements der letzten Jahre in Bibliotheken und bei Vereinen. Lesungen mag ich sehr.

Feedbacks und Anfragen gern an: info@blancaimboden.ch.

Besonders herzliche Dankesgrüße gehen auch – stellvertretend für viele, die mir speziell bei diesem Buch geholfen haben – an folgende Personen:

- Christian Jott Jenny, Gemeindepräsident von St. Moritz, Künstler, Musiker, Sänger und Macher (www.chjj.ch)
- Susi Wiprächtiger, verantwortlich für die Dorfführungen in St. Moritz

- Antonia Meier, Celerina
- Richard Leuenberger, Badrutt's Palace Hotel
- Christoph und Myriam Schlatter, Felix Schlatter sowie Vera Kaiser, Laudinella Hotel Group, St. Moritz
- Rolf Sachs, St. Moritz
- Kulturkommission St. Moritz
- Auto Frey AG, Safenwil (besonders Michela Roberti und Jean-François Raoult)
- Rosemarie Kléthi-Annen, Tabati, Schwyz
- Dr. med. Markus Schnoz, Ibach
- Angela Zimmermann, Schwyz
- Lucius Keller, Zürich

Viele Sterbende haben noch letzte Wünsche. Bei ihrer Erfüllung könnte dieser Verein helfen: www.wunschambulanz.ch.

Diese Bücher las ich in St. Moritz, und ich empfehle sie gern weiter:

- »Das Schönste, was ich sah«, Asta Scheib, dtv
- »Das grüne Seidentuch«, Marcella Maier, Piper
- »Patriarchen«, Alex Capus, dtv
- »A Long Way Down«, Nick Hornby, KiWi
- »Pioniere: Fünf Generationen Badrutt«, Susanna Ruf, Verein für wirtschaftshistorische Studien
- »Engadin – St. Moritz«, Cordula Seger und Bettina Plattner-Gerber, AS Verlag

Das Lied »Irgendwo auf der Welt« wurde für den Film »Ein blonder Traum« (1932) geschrieben und darin von Lilian Harvey gesungen. Später wurde es durch die Comedian Harmonists berühmt. Text: Robert Gilbert und Walter Reisch, Musik: Werner Richard Heymann. Ich habe es in der Show von Christian Jott Jenny gehört und war von seiner Darbietung extrem berührt.

Das Gedicht »Stufen« von Hermann Hesse habe ich seinem Roman »Das Glasperlenspiel« (1943) entnommen. Aus diesem Gedicht stammen auch die zwei besonders bekannten Zeilen, die ich gern ans Ende meines Buches stellen möchte:

Und jedem Anfang wohnt ein Zauber inne,
Der uns beschützt und der uns hilft, zu leben.

Ich bin überzeugt davon, dass auch schmerzliche Abschiede aller Art immer Anfänge sind. Irgendwann, wenn man den ersten Schmerz überwunden hat – vielleicht auch den zweiten –, muss man sich höchstpersönlich wieder auf den Weg machen, um diesen Zauber des Anfangs zu suchen. Selber. Allein. Ich wünsche Ihnen die Kraft dazu. Immer.

Blanca Imboden
Malters, im Juli 2023

Unsere Bücher finden Sie überall dort,
wo es gute Bücher gibt, und unter
www.woerterseh.ch